dtv

Eine Sommernacht. Die Zwillinge Kate und Nick schlafen den unbeschwerten Schlaf der Ahnungslosen, während Paula, ihre Mutter, in einem anhaltenden Monolog Stück für Stück die Geschichte ihrer Ehe aufrollt. Ihre Erinnerungen sind doppelbödig, das Glück im englischen Mittelstand vielleicht nur brüchige Fassade und die Ehe mit Mike nicht ganz so idyllisch wie das auf den ersten Blick erscheinen mag. Mit dem nächsten Morgen, erfahren wir, bricht ein Tag des Gerichts an: Wenn sie sechzehn sind, so haben die Eltern beschlossen, werden die Kinder eine Wahrheit erfahren, die das Glück, die Zärtlichkeit, die Vollkommenheit ihres gemeinsamen Lebens zunichte machen könnte …

*Graham Swift*, geboren am 4. Mai 1949 in London, arbeitete nach dem Studium in Cambridge und York zunächst als Lehrer. Seit seinem Roman »Wasserland«, der mit Jeremy Irons verfilmt wurde, zählt er zu den Stars der britischen Gegenwartsliteratur. »Letzte Runde«, wurde 1996 mit dem Man Booker-Prize ausgezeichnet und, hochkarätig besetzt, von Fred Schepisi verfilmt. Swift favorisiert unzuverlässige Erzähler, die den Funktionen der Erinnerung und der Verknüpfung persönlicher Erinnerung mit zeit- und weltgeschichtlichen Ereignissen auf den Grund gehen – das Ergebnis sind psychologische Glanzstücke von hoher Raffinesse. Einen vorläufigen Höhepunkt erreichte Swifts Schaffen mit dem Roman »Wish You Were Here« (dt., »Wärst du doch hier«).

# Graham Swift

# Im Labyrinth der Nacht

Roman

Aus dem Englischen
von Barbara Rojahn-Deyk

Deutscher Taschenbuch Verlag

Von Graham Swift sind im Deutschen Taschenbuch Verlag erschienen:
Das helle Licht des Tages (13464)
Schwimmen lernen (13757)
Wasserland (14053)
Wärst du doch hier (24922)

**Ausführliche Informationen über unsere Autoren und Bücher finden Sie auf unserer Website www.dtv.de**

MIX
Papier aus verantwortungsvollen Quellen
FSC® C019821

2013
Deutscher Taschenbuch Verlag GmbH & Co. KG, München
Die englische Originalausgabe erschien 2007
unter dem Titel »Tomorrow« bei Picador in London.

Umschlagkonzept: Balk & Brumshagen
Umschlagfoto: gettyimages/Stone
Satz: Fotosatz Amann, Aichstetten
Druck und Bindung: Druckerei C.H.Beck, Nördlingen
Gedruckt auf säurefreiem, chlorfrei gebleichtem Papier
Printed in Germany · ISBN 978-3-423-14197-0

Für Tim

War es noch kindlich' Tun?
*John Donne, Der Morgengruß*

# I

Ihr schlaft, meine Engel, nehme ich an. Zu meiner Verwunderung und Erleichterung tut das auch euer Vater, wie jemand, der es fertigbringt, am Vorabend seiner Hinrichtung zu schlafen. Morgen wird er all seine Kraft brauchen. In dieser Nacht vor dem Tag, der unser aller Leben verändern wird, bin ich die Einzige, die wachliegt. Obwohl dieser Tag bereits angebrochen ist: Die kleinen, leuchtenden Zeiger meines Weckers (den ich nicht gestellt habe) hatten gerade auf ein Uhr morgens gestanden. Und die Nächte sind kurz. Nur noch wenige Tage bis zur Sommersonnenwende 1995. Vor einer Woche seid ihr sechzehn geworden. Der Zufall, der uns in einige Verlegenheit gebracht hat und von dem ein paar Leute sagen, dass es gar kein Zufall war, wollte es, dass ihr im Sternbild der Zwillinge geboren seid. Ich bin nicht besonders abergläubisch. Ich habe einen Naturwissenschaftler geheiratet. Aber eine Kleinigkeit werde ich morgen tun – ich meine heute, jedoch, ein Weilchen kann ich die Illusion noch aufrechterhalten: Ich werde die Daumen drücken.

Alles ist ruhig, im Haus rührt sich nichts. Mike und ich haben diesen Augenblick erwartet, haben darüber so oft gesprochen und ihn in Gedanken so oft durchgespielt, dass es uns in letzter Zeit manchmal fast wie eine Erleichterung vorkam: Er ist tatsächlich da. Andererseits ist er ungeheuerlich, empörend, und es liegt in meiner Macht, ihn hinauszuschieben. Aber »wenn sie sechzehn geworden sind«, haben wir gesagt und »dabei muss es dann auch bleiben«. Vielleicht wisst ihr ja unsere Disziplin und unsere Besonnenheit sogar zu schätzen. Lass uns strikt sein, aber nicht grausam. Geben wir ihnen eine Woche. Sollen sie ihren Geburtstag haben, ihren letzten Geburtstag des alten Lebens.

Ihr schlaft den tiefen Schlaf der Teenager. Ich kann mich noch vage daran erinnern. Wie ihr wohl morgen schlafen werdet?

Sechzehn war alt genug, sechzehn war in etwa richtig. Ihr seid keine Kinder mehr, dem würdet ihr als Erste zustimmen. Und in den letzten sechzehn Jahren, so könnte man sagen, ist sechzehn sogar noch älter geworden. Heute ist sechzehn, was achtzehn vor sechzehn Jahren war. Es findet eine Beschleunigung statt, eine Verschiebung, die mir Angst macht, euch jedoch kaum berührt. 1995 – schon. Im August werde ich fünfzig, das Ende meiner jährlichen Aufholjagd mit eurem Vater. Welch ein Jahr der großen Zahlen. Fünfzig ist natürlich nichts heutzutage, es ist das Vierzig der letzten Saison. Das Leben wird länger, dehnbarer. Aber das hält die Jahre nicht davon ab, schneller zu vergehen, verhindert nicht dieses Gefühl, dass die Welt dahinrast.

Vielleicht spürt ihr es nicht in der Windstille eures jugendlichen Schlafes. Vielleicht wollt ihr, dass die Welt rast. Los, kann sie sich nicht schneller drehen? Vielleicht ist es das, was sich alle Eltern von ihren Kindern wünschen, wieder jene tiefe, anhaltende, nahezu bewegungslose Langsamkeit der Zeit zu spüren. Noch einmal eine süße Kostprobe davon, bitte.

Es sind aber sechzehn Jahre vergangen, und sechzehn sind so viel wie früher vielleicht einmal achtzehn. Aber das ist egal. Für mich seid ihr heute Nacht noch immer kleine Kinder, winzige Babys, so als würdet ihr jetzt nicht jeder in seinem eigenen Zimmer schlafen, sondern wie früher in der Davenport Road in einem einzigen Bettchen. Unser Nick und unsere Kate. Und mich überkommt ein ganz furchtbares Gefühl, nämlich dass wir euch vielleicht für immer aus eurer Kindheit reißen, genauso, als hätte man euch einst verfrüht und auf gefährliche Weise aus meinem Leib gezerrt. Aber ihr wart absolut pünktlich: 10. Juni 1979. Und zufällig auch noch um zwei Uhr morgens.

Mike wird das Reden übernehmen. Er weiß und er akzeptiert, dass es seine Sache ist. An einem Sonnabend wird, so wie ich euch kenne, der Vormittag schon halb vorüber sein, ehe ihr auch nur zum Frühstück auftaucht, und ihr werdet euer Frühstück brauchen. Dann wird Mike sagen, dass wir mit euch reden müssen. Es wird merkwürdig und gezwungen klingen, wie er es sagt, und ihr werdet einen Augenblick zögern, bevor ihr protestiert. Nein, sofort bitte. Was immer ihr sonst vorhattet, vergesst es. Es wird etwas in seiner Stimme liegen. Er wird euch auffordern, ins Wohnzimmer zu gehen. Ich werde frischen Kaffee kochen. Ihr werdet euch fragen, was zum Teufel hier vor sich geht. Ihr werdet denken, dass euer Vater irgendwie seltsam wirkt. Aber vielleicht habt ihr das auch schon vorher bemerkt, habt es vielleicht schon die ganze Woche lang bemerkt. Was ist los mit Dad? Was ist mit den *beiden* los?

Als er euch auffordert, euch nebeneinander aufs Sofa zu setzen (sogar solche unbedeutenderen Einzelheiten haben wir besprochen), geht ihr schnell in Gedanken all die Geschichten durch, die eure Schulfreunde mit euch geteilt haben: Familiengeschichten, kleine Berichte von häuslichen Krisen. Vielleicht seid ihr jetzt dran. Es liegt etwas von einer Katastrophe in der Luft. Er steht im Begriff, euch zu sagen (ungeachtet all eurer vermuteter Gewissheiten), dass wir, er und ich, uns trennen werden. Schon seit einiger Zeit geht da etwas vor sich. Er hat eine Affäre mit einer dieser (jungen und von ihm ausgesuchten) Frauen im Büro. Mit einer Emma oder Charlotte. Gott bewahre. Oder ich habe eine Affäre (Gott bewahre in der Tat) mit Simon bei Walker oder mit einem unserer geschätzten, aber hartnäckigen Kunden. Das Eheleben hier in Rutherford Road ist nicht ganz so, wie es aussieht. Erfolg und Geld, sie bewirken seltsame Dinge. So wie Fünfzigsein.

Ihr seid durch euern Pausentratsch an solche Unter-der-Oberfläche-Geschichten gewöhnt. Es ist Teil eurer Bildung: das geheime Leben Putneys.

Andererseits, ihr seid sechzehn. Bemerkt ihr zur Zeit überhaupt besonders viel von dem, was uns betrifft? Kriegt ihr unsere Stimmungen mit und das, worüber wir nicht sprechen? In den letzten Wochen hatten wir ein paarmal Krach, habt ihr das bemerkt? Und wir streiten nicht oft. Aber auch ihr habt euch öfter gestritten. Ihr seid in einer Phase, mir ist das nämlich nicht entgangen, in dem jene Schnur, jenes unsichtbare Seil, das euch verbindet, bis zum Äußersten gespannt ist. Es ist hierhin und dorthin gezerrt und gezogen worden. Ihr habt eure eigenen Welten, mit denen ihr fertig werden müsst.

Und ihr habt gerade erst eure Prüfungen hinter euch gebracht. Anstrengend genug. Dieses Wochenende hätte der Erholung dienen sollen. Und wenn ihr noch mehr Prüfungen vor euch gehabt hättet, dann hätten wir unseren Zeitplan dem angepasst. Wir wollen ihnen ihre Chancen nicht nehmen, sie nicht um ihre Konzentration bringen. Schlimm genug, dass euer Geburtstag vergangenes Wochenende mit euren letzten Wiederholungen draufgehen musste. Es war für uns schon eine Versuchung. Lass uns warten … vielleicht bis nach den Zeugnissen, noch einen kostbaren Sommer lang. Aber wir kehrten zu unserem festen Entschluss zurück: nur ein einwöchiges Polster. Und da euer Geburtstag dieses Jahr praktischerweise auf einen Sonnabend fiel … Vergebt uns, es gibt noch mehr zu wiederholen. Prüfungen können das Leben beeinflussen. Das hier ebenfalls.

Mike wird das Reden übernehmen. Ich werde meinen Teil hinzufügen. Und natürlich wird er, wenn er fertig ist, für Fragen offen sein, für so viele, wie ihr wollt. Für ein Kreuzverhör wäre vielleicht der passendere Ausdruck.

Es ist durchaus denkbar, dass alles nach Plan verläuft, obwohl ich gar nicht genau weiß, wie der »Plan« eigentlich aussieht, abgesehen von unserem genauen Timing. Es könnte alles wie eine Besprechung ablaufen, die reibungslos und zügig ihren Zweck erreicht, aber es wird wohl kaum wie eine der Vorstandssitzungen eures Vaters oder wie eine unserer flüchtigen Zusammenkünfte bei Walker sein: »Das ist alles auf der Sitzung besprochen worden …«

Ich glaube ohnehin, dass ihr alles werdet wissen wollen, die ganze, vollständige und verwickelte Geschichte. Und ihr verdient das auch, um das einmal festzuhalten.

Euer Vater schnarcht leise vor sich hin.

Ich weiß noch, Kate, wie du einmal zu mir gesagt hast: »Erzähl mir, wie das war, bevor ich zur Welt kam.« Bei diesen schlicht geäußerten, unschuldigen Worten überlief es mich kalt. Ich hätte mich freuen, ja sogar ein bisschen geschmeichelt fühlen sollen. Du hattest tatsächlich eine Vorstellung von einer Zeit vor deinem Hiersein, ein aufkeimendes Interesse daran. Du erkanntest, dass sie irgendwie auf magische Weise mit dir verbunden war, wenn du noch an sie dachtest, vielleicht wie an ein Leben auf einem anderen Planeten.

Wie alt warst du da – acht? Wir waren am Strand von Carrack Cove in Cornwall. Wir verbrachten dort drei Sommer, dies muss der zweite gewesen sein. Ich hatte dich in das große, ausgeblichene blaue Badehandtuch gewickelt und rieb dich behutsam trocken, und ich weiß noch, wie ich dachte, dass es nicht mehr so aussah, als könntest du in dem großen Handtuch verloren gehen, so viel größer, wie du inzwischen warst. Und ein ganzes Jahr war seit dem Tag verstrichen, an dem ihr beide von demselben Strand aus ganz plötzlich schwimmen lerntet. Zuerst du, dann fast unmittelbar danach Nick, ohne alle Schwierigkeiten. Einer dieser erstmaligen und einmaligen Augenblicke im Leben. Aber ich habe euch plötzlich »ein Paar Krabben« genannt. Wieso nicht »Fische«? Oder »Helden«? Ich nehme an, es war, weil ihr so rosig und so klein wart. Ich nehme an, es war die Art und Weise, in der ihr wild, aber ekstatisch im Flachen einfach um euch schlugt und euch ruckartig vorwärtsbewegtet. Mit Fischen hatte das nicht sehr viel Ähnlichkeit. Ich wollte mir lieber noch nicht vorstellen, wie ihr aufs offene Meer hinausschwimmt. Krabben.

Hast du meinen seltsamen Blick bemerkt? Eine völlig harmlose Bitte, aber etwas an ihr war sonderbar. Du sagtest: »Bevor ich zur Welt kam«, nicht: »wir zur Welt kamen«. Nick war noch immer mit Mike unten am Strand. Wie er so neben seinem schmalen, hochgewachsenen Vater stand, sah man, dass er ein gutes Stück gewachsen war. Hast du mein leichtes Zaudern bemerkt? Aber bestimmt habe ich schnell gelächelt, hoffe ich jedenfalls. Bestimmt wurde ich schnell ganz wehmütig und von Frau zu Frau, obwohl nach wie vor mütterlich. Ich rubbelte dich weiter trocken und erzählte dir, du erinnerst dich vielleicht, von einem anderen Strand, weit weg in Schottland, wo, sagte ich, dein Vater mir einen Heiratsantrag machte. In den Dünen, um genau zu sein.

Das war vor acht Jahren. Dein halbes Leben. Ich konnte es damals noch wagen, einen Bikini zu tragen. Es war einer jener häufigen, von panischer Angst erfüllten, uns aber nicht eingestandenen Augenblicke – du wirst bald verstehen, was ich meine –, die Mike und mich manchmal an eine Grenze gebracht haben. Warum nicht *jetzt*? Oh, wir haben geschwankt! Aber wir haben uns an unseren Zeitplan gehalten. Morgen wird es an euch sein zu urteilen, uns zu sagen, ob ihr unter den Umständen dasselbe getan hättet. Aber was für ein törichter Gedanke – ob *ihr* dasselbe getan hättet!

Du sagtest, du würdest Nick gerne einen Heiratsantrag machen, gerne üben, Nick einen Heiratsantrag zu machen. Ich sagte, normalerweise funktioniere das nicht so rum, und überhaupt sei das etwas, das in die »alten Zeiten« gehöre. Und angenommen, sagte ich, Nick sagt nein? Mein Bikini war dunkelbraun, dein kleiner Badeanzug orangerot. Es sind die Männer, sagte ich, die, wenn heutzutage überhaupt noch, die Heiratsanträge machen.

Und manchmal das Erklären übernehmen. Aber ich finde, dass ihr beide es verdient, die ganze Geschichte von mir zu hören, von eurer Mutter. Mike erzählt euch dann seine Geschichte, seine Version. Ich meine, eine Geschichte wird es dann nicht sein, sondern es werden die Tatsachen sein. Eine Geschichte ist das, was ihr bis jetzt gehört habt. Trotzdem wird es eine Art Version von etwas Wirklichem sein. Eins haben wir in diesen sechzehn Jahren gelernt: wie schwierig es sein kann zu sagen, was wahr ist und was falsch, was die Wirklichkeit ist und was So-tun-als-ob. Das ist etwas, was ihr unglücklicherweise entscheiden müsst. Welche Version wird es sein?

Um zwei Uhr morgens. Das haben wir euch natürlich gesagt. Eine reizende kleine Randbemerkung zu jenen Fragen der Aufklärung, die zweifellos früher oder später gestellt werden würden und manchmal zu peinlichen Sonnabendmorgen führen können – oder in den »alten Zeiten« einmal führen konnten. Natürlich noch nicht, als ihr, gerade erst drei Jahre alt, zum erstenmal die unschuldige Frage stelltet und beide, wie es schien, absolut entzückt wart, als ihr erfuhrt, dass ihr beide einmal aus meinem Bauch gekommen, dass ihr beide einmal *zusammen* dort gewesen wart. Es entzückte euch so sehr, dass es euch, obwohl ihr inzwischen jeder in sein eigenes kleines Bett umgezogen wart, in der hartnäckigen Angewohnheit zu bestärken schien, schließlich dennoch im selben Bett zu landen.

Eines Morgens fand ich euch so vor. Ihr versuchtet gerade, ein einziges kleines Knäuel aus sich aneinanderklammerndem, sich windendem, um nicht zu sagen kicherndem Fleisch zu bilden. Und ihr sagtet, dass ihr übtet, »noch nicht geboren zu sein«. Und der Versuch hat, wenn man das so sagen kann, ganz gut hingehauen.

Ich hätte noch sagen sollen, dass ich einmal absolut entzückt war, dass ihr da zusammen in mir drin wart.

Was die andere gefährliche Frage betrifft, nämlich, wie ihr dort hineingekommen seid – sie wurde niemals gestellt. Ein Stadium vor dem Stadium des Noch-nicht-Geborenseins lag außerhalb eures Vorstellungsvermögens. Aber ihr müsst wissen, dass es unser erster unsicherer, vorläufiger Standpunkt war ... dass die Frage, sollte sie tatsächlich gestellt werden, unsere Richtschnur sein sollte, der Test, wie wir mit der anderen Sache, die wir euch zu erzählen hatten, würden umgehen müssen. Vielleicht würde es sogar ein und dieselbe Gelegenheit sein. Nur dass es, als die Rede darauf kam, auf meine eigene, überstürzte Veranlassung hin geschah und du, Kate – du wirst dich bestimmt daran erinnern –, mir doch den Wind glatt aus den Segeln nahmst.

Ein weiterer Von-Frau-zu-Frau-Augenblick wie der mit dem Heiratsantrag-Machen, und es kann nicht sehr lange danach gewesen sein. Ich war es, nicht dein Vater, die sich plötzlich mit dem Erklären in den Vordergrund drängte. Allerdings hätte ich mit der üblichen Biologiestunde begonnen. »Kate, es gibt da ein paar Dinge, die du wissen musst … darüber, wie Babys in Wirklichkeit zur Welt kommen …«

Weiß der Himmel, was mich dazu brachte. Etwas an der Art, wie du mich ansahst, die ich als Herausforderung auffasste? Einfach nur die Schnelligkeit, mit der du größer wurdest? Worüber hatten wir gerade geredet? Und du hättest mich glatt weiterstolpern, ja, mich sogar, dich noch immer krampfhaft festhaltend, in einen Abgrund stürzen lassen können, dessen du dir nicht im Geringsten bewusst warst. Und um die Wahrheit zu sagen, in meinem Kopf dröhnte eine Art Gong: Los, bring's hinter dich! Aber du nahmst mir den Wind aus den Segeln.

»Meinst du die Periode und so Sachen, Mum? Und was die Jungs mit ihren Pimmeln machen? Das ist schon in Ordnung, das weiß ich schon alles. Und mach dir keine Gedanken, Nick habe ich auch alles erzählt.«

Wie alt warst du da? Du schienst deiner Sache auf so unbekümmerte Weise sicher zu sein, dass ich nicht länger riskieren wollte, mir eine Blöße zu geben. Und bis heute bin ich mir nicht sicher, ob ich meine Nase jemals in jenen frühen Biologieunterricht stecken möchte, den du Nick gegeben hast. Der Blick, mit dem du mich ansahst, war vollkommen heiter. Schön, dachte ich, damit wäre die Sache erledigt, damit können wir die Aufklärung abhaken und bis auf Weiteres auch alles, was sonst noch dazugehört.

Vielleicht hätte alles andersherum laufen sollen. Diese fröhliche Informiertheit – von euch beiden, wie es schien – hätte Mike und mich veranlassen sollen, mit unserem vollen Programm loszulegen. Tatsache ist, dass wir an dem geplanten Aufschub festhielten: wenn sie sechzehn sind.

Für das volle Programm wart ihr zu dem Zeitpunkt sicherlich noch zu jung. Andererseits, wenn ihr wirklich schon aufgeklärt wart und die diesbezüglichen Vorgänge nicht mehr einem zukünftigen Brandherd glichen, war es dann unbedingt nötig, dass wir uns Hals über Kopf in Schwierigkeiten stürzten?

Okay, ihr werdet das begreifen, davon bin ich überzeugt – so wie euch, wollten wir auch uns schützen, wollten unsere Schonzeit verlängern wie die eure. Werdet ihr dafür Verständnis haben? Werdet ihr uns Vorwürfe machen – vielleicht eine zweitrangige Frage –, dass wir so lange damit gewartet haben? Oder werdet ihr, im reifen Alter von sechzehn, begreifen, dass die Wahl des Zeitpunkts niemals absolut richtig sein kann und vielleicht ohnehin akademisch ist? Jedenfalls werden wir uns treu und wahrhaftig an den Termin halten, den wir für uns festgesetzt haben.

Draußen fängt es gerade an zu regnen, ich kann hören, wie der Regen leise auf die Blätter trommelt. Aus irgendeinem idiotischen Grund habe ich mir vor dem Schlafengehen die Wettervorhersage angesehen, so als hätten wir eine größere Reise geplant. Dabei wollen wir gar nicht wegfahren, das Wetter ist das Allerunwichtigste. Aber sie haben Regen vorhergesagt, anhaltenden Regen von frühmorgens bis zum späten Nachmittag. Na, da hat es aber zeitig angefangen. Prasselnder Sommerregen. Ich kann nicht sagen, dass ich traurig darüber bin. Gutes Wetter, um im Haus zu bleiben. Ich kann nicht sagen, dass ich traurig darüber bin, dass morgen dieses Haus in einen Regenschleier eingehüllt und abgeriegelt sein wird.

Was kann ich anderes tun, als euch zu erzählen, wie es war? Was anderes, als euch die Version eurer Mutter von der Zeit vor eurer Geburt zu geben? Ihr seid sechzehn, und die Nacht ist bereits fortgeschritten, aber hier kommt trotzdem eine Gutenachtgeschichte.

## 2

Ich lernte euren Vater 1966 in Brighton kennen, als wir beide an der Sussex University studierten. Ich war zwanzig und er einundzwanzig. Wenn ich »kennenlernen« sage, meine ich in Wirklichkeit »ging mit ihm ins Bett«, »schlief mit ihm«, auch wenn wir in jener Nacht kaum zu Schlafen kamen. Ich sollte von Anfang an so aufrichtig sein, wie ich es bei den späteren Ereignissen sein möchte. Kennengelernt, nur kennengelernt, hatte ich ihn schon vorher, und als ich ihn im vollen Sinne des Wortes kennenlernte, hatte er bereits meine beiden Mitbewohnerinnen, Linda Page und Judy Morrison, im vollen oder nahezu vollen Sinne kennengelernt.

Ich rede von eurem Vater, von dem Mann, der jetzt neben mir so fest schläft. Und so etwas war im Jahr 1966 möglich. 1956 wäre es noch undenkbar gewesen, aber zehn Jahre später nicht mehr, besonders an einer neuen Uni wie Sussex. So war das damals in den Anfangsmonaten des Jahres 1966. Wann immer wir »die Sechziger« erwähnen, fangt ihr beiden an zu gähnen oder kriegt glasige Augen, so als sei heute alles eine so viel lässigere und hemmungslosere Party. Aber ich bin nicht so sicher, dass das stimmt. Worauf seid ihr eigentlich aus, meine Lieblinge, in eurem fortgeschrittenen Alter von sechzehn

Jahren? Sagt es mir. Wir hatten wenigstens die Aufregung des Neuen, des »Befreiten«, wie wir es manchmal nannten. Und es war nicht so dilettantisch oder so ziellos. Euer Vater probierte aus. Er schlief ziemlich schnell hintereinander mit Linda und – möglicherweise – mit Judy, dann schlief er mit mir. Dann schlief er nie mehr mit irgendjemand anderm. Er schläft jetzt noch mit mir. Das sind die schlichten und grundlegenden Tatsachen, an denen ich niemals gezweifelt habe, und ich hoffe, soweit es den letzten Teil betrifft, ihr auch nicht. Und sie ergeben etwas, das, wie ich hoffe, viel wert ist, wenn er morgen mit euch redet.

An der Uni gab es einen Arzt mit dem unter diesen Umständen passenden Namen Doktor Pope. Von Zeit zu Zeit suchte ich ihn zusammen mit der üblichen Schlange von Studentinnen auf, um mir meine Ration abzuholen. Ich erinnere mich an eine andere, weniger begierige Schlange in meiner Kindheit, wo es um eine Schutzimpfung gegen Kinderlähmung ging. Was dieses Zeitalter so neu machte, so anders als vorangegangene Epochen, war eine kleine Pille – eine täglich einundzwanzig Tage lang, dann eine Woche Pause. Ein bisschen Wissenschaft, ein bisschen soziale Hexerei. Man sprach vom freizügigen Zeitalter, aber brachte die Pille das Zeitalter hervor oder das Zeitalter die Pille? Sex muss es immer gegeben haben, unsere Eltern müssen gewusst haben, wie sie an ihn rankamen. Aber hatte es je zuvor einen solchen Ausbruch gegeben, eine solche Überproduktion, so als hätte man ihn gerade erst speziell für uns entdeckt, wie Gold im Klondike, in den South Downs? Natürlich stimmte das nicht. Aber wir waren Kinder unserer Zeit, wie ihr Kinder

der euren seid. Obwohl wir vielleicht erst im Nachhinein verstehen, Kinder welcher Zeit wir sind.

Doktor Pope war einer dieser jungen, gerade zugelassenen Ärzte, der, glaube ich, nur zu froh über diesen Strom weitgehend gesunder Patienten war, die nicht so sehr viel jünger als er selbst und überwiegend weiblichen Geschlechts waren. Ich sehe immer noch sein unpäpstliches, ja gespielt priesterliches Gesicht vor mir. Dunkles Haar, dunkle Augen, eine Vorliebe für leuchtend bunte, unärztliche Krawatten. Nicht wenige der Mädchen, die ihn aufsuchten, hatten eine kleine Schwäche für ihn. Er gehörte zu den nicht weiter wichtigen Nebenfiguren aus der Vergangenheit, die – ihr werdet das eines Tages auch feststellen – einem plötzlich in den Sinn kommen, so dass man sich fragt, wo sie jetzt wohl sein mögen und was sie zur Zeit gerade machen. Ob sie immer noch dieses dunkle Haar haben? Obwohl einem dasselbe, dieses plötzliche Auftauchen aus dem Nichts, manchmal auch bei Menschen passiert, die man durchaus nicht als Nebenfiguren bezeichnen kann.

Euer Vater war alles andere als monogam, und ich hielt es dank Doktor Pope genauso. Lassen wir es auf sich beruhen, wer mehr Partner hatte, und räumen wir eurem Vater einen Vorsprung ein. Ich war die Jüngere, wenn auch bloß um sechs Monate. Und nur der Ordnung halber: Bevor euer Vater mich kennenlernte und selbst in jenen Zeiten der Pille hatte euer Vater immer eine altbewährte Hilfe bei sich: den Dreierpack. Ihr haltet das vielleicht für eine Information, die euch nicht unbedingt etwas angeht. Ich habe zu ihm gesagt: »Die wirst du nicht brauchen.« Aber euer Vater ist immer – vorsichtig gewesen.

Wie es bei euch ist, weiß ich nicht. Mitte der neunziger Jahre dieses zwanzigsten Jahrhunderts, wo sechzehn achtzehn ist und wo, soweit ich sehen kann, das, was einmal an der Uni vor sich ging, jetzt manchmal in der Schule passiert, möchte man annehmen, dass ihr zumindest schon angefangen habt. In Anbetracht all des frühzeitigen Wissens, das auszuposaunen euch früher so viel Freude zu machen schien. Sexuelle Aufklärung? Die Fakten waren allgemein im Umlauf, Gesprächsstoff (wie es aussah) für Kinder, unnötig, sie noch besonders zu erklären.

Aber andererseits, trotz der Allgegenwart dieser Dinge heutzutage und massenweisen Schwangerschaften unter Schulmädchen – ja, Kate, ich mache mir Sorgen – gibt es manchmal auch eine merkwürdig entgegengesetzte Reaktion. Warum sich um etwas reißen, das so offensichtlich verfügbar ist? Eine Art Sexmüdigkeit, ehe es richtig angefangen hat, eine Art Reinheit oder einfach hartnäckige Vernünftigkeit. Enthaltsamkeit ist die neue Befreiung. Ist das der Umschwung? Manchmal, wenn wir auf die ach-so-wunderbaren, ach-so-zum-Gähnen-langweiligen sechziger Jahre zu sprechen kommen, tut ihr nicht einfach nur gelangweilt. Manchmal liegt in eurem Blick so etwas wie Missbilligung. So als wolltet ihr – vielleicht ein bisschen sehr spät – zu uns sagen: »Werdet endlich erwachsen.«

Zwischen uns besteht zeitlich ein ziemlich großer Abstand, wie ihr sicher bemerkt habt. Ihr seid sechzehn, euer Vater ist fünfzig. Aber das ist eine weitere Veränderung, die heutzutage nicht mehr außergewöhnlich ist. Dreißig, fünfunddreißig, das ist für eine Frau nicht mehr dramatisch. Mike sagt – ihr kennt ja seine ironische und ein wenig professorale Art, obwohl er morgen nicht so zu euch sprechen wird, da bin ich sicher –, dass sich die ganze Sache verändert, dass der Druck der kurzen Lebensspanne aufhört und wir alle eines Tages hundert Jahre alt werden und uns fortpflanzen, wenn wir fünfzig sind. Na ja. »Wenn alles in Sack und Tüten ist«, setzt er hinzu. Wenn bis dahin, sagt er, nicht ohnehin »ein völlig neues System herrscht«. Der leicht prophetische Tonfall. Jedenfalls hatten die Menschen einmal Glück, wie wir alle wissen, wenn sie die vierzig erreichten, und es gab vierzehnjährige Bräute. (Wenn nicht sogar achtjährige, Kate.)

Also, ich weiß nicht. Die Welt kommt mir nicht entspannter und besser reguliert vor, sie hat diese Angewohnheit, plötzlich loszurasen. Ich weiß nicht, wie sie sich für euch anfühlt. Aber was ich mit Sicherheit weiß, ist, dass ihr mit sechzehn beide noch unschuldig seid. Ich habe dafür keinen Beweis, und ihr habt es mir nicht direkt bestätigt, es ist nur eine Intuition. Und ich glaube nicht, dass das irgendetwas mit der Welt um euch herum zu tun hat und damit, dass ihr mehr Zeit zur Verfügung habt und mit allem einfach cool und gelassen umgehen könnt. Es hat etwas mit euch zu tun, damit, was ihr seid: Nick und Kate, mit jenem unsichtbaren Seil, das zwischen euch straff gespannt ist und manchmal auf schmerzhafte Weise hängen bleibt. Kleine Verstimmungen und Gefühlsausbrüche, die durch kürzlich aufgetretene Symptome elterlicher Spannungen nicht besser werden. Hin und wieder wird eine Tür zugeschlagen.

Ich weiß nicht, wie sich der morgige Tag darauf auswirken wird. Ein gewaltiges Zerreißen aller unserer Seile?

Ihr seid sechzehn, ihr seid achtzehn, ihr seid erwachsen und imstande, mit allem fertig zu werden? Wir werden sehen. Im Augenblick kommt es mir so vor, als wärt ihr so unbeständig, so plötzlich erwachsen und dann genauso plötzlich kindisch, so unvermittelt launenhaft und gereizt und dann wieder voller Elan und Lebensfreude wie alle Teenager. Und ihr seid noch unschuldig. Das ist etwas Wunderschönes, von außen betrachtet. So wie, von außen betrachtet, eure unvermeidliche Zusammengehörigkeit anrührend ist. Und Gott sei Dank, dass ihr im Augenblick einander noch habt. Ihr seid, so könnte man sagen, auch in anderer Hinsicht jungfräulich.

# 3

Sussex in den Sechzigern – allein schon die Worte wie feuchtglänzender Salat. Und Sussex war einfach *die* Uni, die beste, coolste im ganzen Land. Und natürlich war es *die* Universität, denn dort lernte ich euern Vater kennen.

Ich studierte Englisch und Kunstgeschichte. Euer Vater war Student der Biologie … oder der biologischen Wissenschaften, wie es dort hieß. Jetzt gehöre ich zur Geschäftsführung von Walker & Fitch, und euer Vater ist mehr als ein Geschäftsführer, er besitzt und leitet in erster Linie Living World Books, wozu auch das Living World Magazine gehört. Wie weit wir es gebracht haben. Er hat immer noch mit Naturwissenschaft zu tun, gewissermaßen. Das heißt, er verkauft sie. Und gelegentlich, wie ihr bemerkt haben werdet, kriegt er immer noch einen Anfall von Selbsterforschung und schlechtem Gewissen, weil er der »echten« Naturwissenschaft untreu wurde, nur um Geld zu machen. Als wären da nicht all die mageren Jahre vor eurer Ankunft gewesen, in denen er mit der Wissenschaft so gut wie überhaupt kein Geld gemacht hatte. Als wäre es nicht sein eigener Entschluss gewesen. Und die Ironie des Ganzen ist jetzt sowieso, dass sich die Zeiten wieder geändert haben und es große Fische gibt, die es darauf abgesehen haben, Living World zu schlucken, und euer Vater drauf und dran ist, alles zu verkaufen. Noch etwas, das er verkünden muss.

Wir bekamen euch spät – in kluger Voraussicht, wie es jetzt scheinen könnte, aber Tatsache ist, dass wir es nicht wissen konnten. Die Naturwissenschaft wurde erst zu eurer Zeit lukrativ, wurde erst da eine »populäre Wissenschaft«, und euer Vater trat erst als erfolgreicher Verleger in Erscheinung, als ihr schon da, aber noch zu jung wart, um es zu bemerken.

Hatte es etwas mit euch zu tun? Durchaus möglich. Es hatte wohl etwas mit euch zu tun, dass er die wahre Naturwissenschaft, nämlich die Biologie, überhaupt aufgab. Da das aber geschah, lange bevor ihr zur Welt kamt, mögt ihr euch fragen, wie ihr es überhaupt habt beeinflussen können. Euer Vater behauptet gern, dass er seinen späteren Erfolg allein dem Glück verdankt, dem Glück und der Tatsache, dass er zufällig im richtigen Augenblick am richtigen Ort war. Dem Glück und seinem »Onkel« Tim. Zu ihm komme ich später. Aber ich glaube, es war ein bisschen wie mit der Antibabypille. Was kam zuerst, die Pille und die Wissenschaft, die sie hervorbrachte, oder die veränderte Atmosphäre, die damit verbunden war? Die Biologie wäre vielleicht niemals so populär geworden, wenn euer Vater, wie auch andere, nicht eine Gabe an sich entdeckt hätte, ein Marketingtalent, sie populär zu machen. Und er war nicht einfach nur »zufällig« da. Er war lange da, und es war eine Zeit voller Zweifel (ich gehörte zu den Zweiflern), bevor die Zeit überhaupt reif war.

Er neigt immer noch dazu, das abzustreiten und sich Augenblicken wehmütigen, naturwissenschaftlichen Bedauerns hinzugeben. Aber das ist zu wenigstens fünfzig

Prozent Quatsch, glaubt mir, oder gilt in Wirklichkeit etwas völlig anderem. Verkaufen ist nicht gleich Selbstverleugnung, oder wir alle wären bettelarm. Ich kaufe und verkaufe Kunst. Viele Jahre lang, wie ich eurem Vater immer wieder in Erinnerung rufe, sorgte das für unseren Lebensunterhalt. Aber ich kann das immer noch gerne tun. Ich kann Tintoretto noch immer lieben. Das bringt ihn für gewöhnlich zum Schweigen. Euer Vater weiß ein gutes Bild ebenfalls zu schätzen. Über die Jahre hat er einen sicheren Blick entwickelt. Er gibt sogar – unter Druck – zu, dass die Kunstabteilung bei Living World einen wesentlichen Anteil am Erfolg des Verlages hat. »Onkel« Tim war einfach kein visueller Typ.

Und ich schätze, wie euer Vater, die Bilder – auch wenn es keine Tintorettos sind –, die wir jetzt kaufen und an die Wände hängen können. Dieses Haus hat sich in dem Maße, in dem ihr älter wurdet, mit Bildern angefüllt, angefüllt mit »Kram«, wie ihr es gerne nennt. Und obwohl das Haus nicht gerade klein ist, habt ihr euch vielleicht gefragt – Teenager scheinen ja heutzutage in diesen Dingen Bescheid zu wissen –, warum wir nicht in ein größeres Haus gezogen sind, in das noch mehr von dem Kram reinpasst. Vor allem, weil wir vor gar nicht so langer Zeit ganz nebenbei in Frankreich ein Bauernhaus gekauft haben – euer Vater nannte es ein Schlupfloch –, an dem noch gearbeitet wird. Verkaufen und aufkaufen. Wenn alles in Sack und Tüten wäre, um die Redewendung eures Vaters zu benutzen, könnten wir jetzt da sein, schauen, wie es dort vorangeht, und im Hôtel des Deux Églises übernachten. Ich glaube, er wünschte, es wäre bereits fertig, um augenblicklich dorthin flüchten zu können.

Aber es ist nicht alles in Sack und Tüten, auch wenn wir heute Nacht alle zusammen hier in diesem Haus sind, wie es sich schließlich gehört. Alle eure Erinnerungen, jedenfalls fast alle, hängen mit diesem Haus zusammen. Euer ganzes Leben, jedenfalls fast das ganze, hat sich zwischen diesen Wänden abgespielt. »Nach eurem sechzehnten Geburtstag«, haben wir gesagt. Wie hätten wir denn da vorher irgendwo anders hinziehen können, wo hätten wir euch das, was wir euch morgen erzählen werden, erzählen können, wenn nicht hier?

Vor langer, langer Zeit lebten euer Vater und ich zusammen in einer Kellerwohnung in Earl's Court. Schmuddelige Poster, nur Reproduktionen, an den Wänden. Und ja, in jenen Tagen war euer Vater ein richtiger Naturwissenschaftler und arbeitete in einem Labor. Sein Spezialgebiet waren, wie ihr wisst, die Mollusken, und innerhalb dieses Spezialgebiets galt sein besonderes Interesse den Schnecken. Und sein besonderes Interesse innerhalb dieses Teilgebiets, das, wie er sagte, durchaus nicht klein war, galt dem Bau und der Bedeutung, dem gesamten evolutionären und ökologischen Sinn ihrer Häuser. Wie entsteht so etwas? Warum bleibt eine Schnecke nicht einfach eine Nacktschnecke? Eine Frage, die zu stellen euch und mir vermutlich nie in den Sinn kommen würde. Aber es war eines der vielen Beispiele dafür, was die Natur in puncto Chemie und suborganischen Erfindungsreichtums vermag. So oder ähnlich würde es euer gelehrter Vater formulieren.

Ich beziehe mich natürlich auf seinen eigenen Aufsatz, der jetzt Jahre zurückliegt, in Living World. (Ein äußerst schwacher und wenig wissenschaftlicher Aufsatz, würde er sagen, aber ich weiß, dass er ihm viel bedeutete, dass er ein Schritt in Richtung seiner vor langer Zeit aufgegebenen Promotion war.) Nicht einfach nur Chemie, sondern allmählich und in einem langen, langsamen Prozess, der weit über die Bedürfnisse von Mollusken hinausging, Mineralogie, Geologie, der Aufbau der Welt. Oder wie er einmal zu mir sagte, als wir noch auf der Universität waren: Eine Napfschnecke wird das nie wissen, aber ohne die Fähigkeit ihrer uralten Vorfahren, ein Gehäuse herzustellen, würde es ganz einfach keine South Downs geben.

Stellt euch vor, möglicherweise hätte er Napfschnecken studiert. Aber ich glaube, euer Vater hat die Biologie niemals wirklich aufgegeben. Und er kann immer noch Dinge sagen, immer noch kleine Vorträge halten, die einen nahezu aus der Fassung bringen.

Schnecken, nicht Napfschnecken. Die eine bewegt sich, in etwa … die andre klebt einfach fest. Mike stand auf Schnecken. Was für eine passende Wahl, habe ich manchmal gedacht, aber natürlich niemals gesagt, für einen Mann, der es erst spät im Leben zu etwas gebracht hat. Euer Vater und seine Schnecken.

Jetzt werden sie da draußen sein, denke ich gerade, eine ganze Armee von ihnen in diesem Sommerregen. Regen lockt sie immer herbei oder lockt sie heraus. Dieses Haus ist, vielleicht passenderweise und sogar aus einem sanften, nostalgischen Einfühlungsvermögen heraus, von Schnecken umgeben. Wir behandeln sie jetzt wie die normalen Schädlinge, die sie sind, und bringen sie ungerührt und gnadenlos um. Aber früher einmal war euer Vater ein Schnecken-Experte. Und damals in Sussex war er ein ernsthafter Student der Biologie, obwohl ich da vielleicht gesagt hätte, dass sein Spezialgebiet in Biologie seine eigene war.

Linda Page und Judy Morrison hätten vielleicht dasselbe gesagt. Ich teilte mir mit ihnen eine Wohnung in einem oberen Stockwerk in der Osborne Street in Brighton. Sie wurden unsere »Brautjungfern«. Linda habt ihr vor ein paar Jahren kennengelernt. Sie hat schließlich einen netten, rundlichen Rechtsanwalt geheiratet und wohnt jetzt in Highgate. Was ihr nie erfahren habt, ist, dass sie früher einmal mit eurem Vater geschlafen hat. Judy hat den Kontakt weniger gehalten. Ich muss aufpassen, dass sie nicht zu jemandem wie Doktor Pope wird, zu jemandem, bei dem man sich nur gelegentlich fragt, was wohl aus ihm geworden sein mag. Wir haben uns früher regelmäßig getroffen, wir drei. Wir aßen zusammen zu Mittag oder gingen abends gemeinsam aus. Manchmal zu *Piero* in der Jermyn Street, von Walker bloß ein Stück die Straße rauf (Simon, wie immer mit hochgezogener Augenbraue, wollte vorgestellt werden). Linda und Judy – wenn es je zwei Menschen gegeben hat, denen gegenüber ich mir die ganze Geschichte von der Seele hätte reden können, dann waren sie es. Wenn wir bei unserer dritten, unnötigen Flasche angekommen waren. Aber ich habe es nie getan.

Die drei Schwestern aus der Osborne Street. Wir teilten fast alles miteinander. Möglicherweise haben wir sogar euren Vater miteinander geteilt. Ich bin mir immer noch nicht sicher, ob es bei Judy tatsächlich auch der Fall war. Euer Vater kann sehr gut den Mund halten, und das war auch nötig. Aber wie weit das vorherige Teilen auch gegangen sein mochte, nachdem ich meinen ersten Anteil bekommen hatte, hörte es definitiv mit allem weiteren Teilen auf. Das solltet ihr wissen, und sei es nur der guten Ordnung halber. Linda war die Erste, die euer Vater besuchte, oder richtiger gesagt: Linda brachte ihn als Erste mit nach Hause. Und das mit eurem Vater und Linda hat auch nicht besonders lange gedauert. Die Frage, wer mit wem Schluss gemacht hat, bleibt offen. Ich glaube, sie haben sich gegenseitig den Laufpass gegeben, auf freundliche Art. Dann war es vermutlich Judy. Aber dann kam ich.

Osborne Street Nr. 33, Brighton. Nur einen Steinwurf, wie man in Brighton gern voller Ehrgeiz sagt, vom Meer entfernt. Aber in einer stillen Nacht, wenn Flut war, konnte man manchmal das leise Anbranden der Wellen hören. Wie weit entfernte Musik von Becken, dachte ich immer, und an einem stürmischen, nassen Abend hatte man das Gefühl, der Regen am Fenster könnte Gischt sein.

Wir hatten die oberen beiden Stockwerke … drei Schlafzimmer und eine Küche. All das hatte seinen eigenen Eingang und eine extra Treppe … weniger eine Wohnung als eine »Maisonette«, wie man das damals nannte. Wie die drei Schwestern, so waren wir auch die drei Maisonetten. Linda hatte das Vorderzimmer, ich das daneben und Judy das Zimmer im obersten Stockwerk. Und wir alle hatten unsere Besucher.

Mike hat seitdem immer behauptet – was natürlich auch völliger Quatsch sein mag, aber ich habe ihm nie widersprochen, da es sich für mich kaum schicken würde, anderer Meinung zu sein –, dass er zunächst mit Linda und Judy hatte schlafen müssen, um zu mir zu kommen. Fair ist fair: wir alle dort unter einem Dach. So als wäre er ein Ritter und Linda und Judy wären nur Herausforderungen gewesen, Hindernisse, aufgetaucht, um ihn bei seiner ansonsten unbeirrbaren Suche aufzuhalten.

Wie auch immer, das Resultat war dasselbe, und ich habe meine eigene, schlichte Zusammenfassung des Ganzen, von der ich mich nie habe abbringen lassen. Ich kann mich eigentlich nicht mehr genau erinnern, ob ich damals tatsächlich eifersüchtig oder ungeduldig war oder bloß verzweifelt, als er sich, wie er es nannte, zu mir vorarbeitete. Oder ob ich dachte … oder hoffte …, dass mir mein Schachzug, die Dritte zu sein, einen unsicheren Vorteil verschaffen würde. Aber was ich einfach eurem Vater immer gesagt habe und jetzt auch sage, ist, dass ich Glück hatte, so unglaublich viel Glück, Glück beim dritten Mal.

Glück, das blieb. Die unbestreitbare und anhaltende Wahrheit ist, dass ich die Letzte war. Die Zeiten des Erprobens waren vorüber. Wir hatten einander gefunden. Vor fast dreißig Jahren ist euer Vater mit mir eines Abends in Brighton ins Bett gegangen, und obwohl Ort und Zimmer und Bett immer wieder einmal andere waren, hat er es nie wieder verlassen.

# 4

»Mit jemandem schlafen« ist ein seltsamer Ausdruck. Er bedeutet nicht, was er sagt, obwohl er das manchmal doch tut. Als ob man einem anderen Menschen niemals näher kommen kann, als wenn man neben ihm liegt, ohne sich seiner Anwesenheit auch nur bewusst zu sein. Ich habe fast dreißig Jahre lang mit eurem Vater zusammen geschlafen. Das sind, wenn man darüber nachdenkt, fast zehn Jahre gegenseitigen Vergessens. Aber hier, schaut mich an, hellwach. Heute Nacht schlafe ich nicht mit ihm.

Und in jener Nacht vor dreißig Jahren haben wir auch nicht so besonders viel geschlafen. Obwohl es ganz am Anfang nicht das Schlafen ist – egal welcher Art –, das zählt, das könnt ihr eurer Mutter glauben. Es ist das Bettgeflüster. Eines Tages werdet ihr das herausfinden, hoffe ich, obwohl ihr, soweit ich sehen kann, noch nicht einmal damit begonnen habt, euch jemanden zum Schlafen zu suchen. Als eure Mutter ist es kaum meine Sache, zu sagen: Jetzt wird's aber Zeit, wir schreiben 1995, Zeit, mit wem auch immer ins Bett zu gehen, Zeit, dem wenig lobenswerten Beispiel eurer Mutter zu folgen. Ihr habt überhaupt nur miteinander geschlafen, vor langer Zeit, als ihr Babys wart, und dann noch einmal, recht ungezogen, als kleine Kinder, woran ihr wohl ohnehin nicht erinnert werden möchtet.

Aber jetzt führt eure Mutter schon mit sich selbst Bettgespräche!

Ich wusste, dass es zumindest mit Linda nicht dasselbe war: Da gab es kein Bettgeflüster. Ihr Zimmer lag neben dem meinen, die Wand war nicht diskret. Eine Menge Krach, eine Menge Bettgeräusche. Und ich hörte – dass ich mich in diesem Augenblick daran erinnere, ist schon sehr merkwürdig – Lindas ziemlich hohes, hektisches Stöhnen. Aber viele *Worte* hörte ich nicht, hörte nicht viel Unterhaltung. Und nach nicht allzu langer Zeit hörte ich gar nichts mehr, bloß das Geräusch zweier Menschen, die zusammen schliefen und genau das und nichts anderes taten.

Aber Linda, wenn sie denn wach gewesen war, als es andersherum geschah, wenn sie mit einer speziellen Vorrichtung, einem Glas an der Wand vielleicht, gelauscht hätte, hätte *uns* bis tief in die Nacht flüstern und murmeln hören können. Natürlich auch unser Stoßen und unser Hinundherwälzen und später dann etwas Sanfteres, Langsameres, bloß ein wunderbares, stetiges Auf und Ab, wie ich mich erinnere, nur ein leises Quietschen meines Bettes. Aber dazwischen und danach hätte sie, wenn sie angestrengt gelauscht hätte, hören können, wie wir unsere Lebensgeschichten austauschten. Obwohl ich, wenn ich ehrlich bin und so, wie ich Linda kenne, nicht so sicher bin, ob es sie allzu sehr interessiert hätte oder ob sie es sich herausgenommen hätte zu lauschen, nachdem sie euren Vater gegen jemand anders eingetauscht hatte, etwas, was ich nur schwer verstehen kann, obwohl ich ihr dafür zutiefst dankbar sein muss.

Bettgeflüster. Es lässt dich erfahren, es lässt dich sagen, dass etwas anderes, etwas Besonderes geschieht, dass dies sogar die wichtigste Nacht deines Lebens sein könnte. Eines Tages, eines Nachts, so hoffe ich, lernt ihr beide es vielleicht kennen, mit wem immer es sein mag: dass in euch der Wunsch erwacht, nicht nur eure Körper zu vereinen, sondern alles, was ihr habt, all eure Jahre, all eure Erinnerungen bis zu jenem Augenblick. Und warum solltet ihr das zu tun wünschen, wenn ihr nicht bereits erraten hättet, dass ihr auch eure Zukunft miteinander teilen werdet?

Ich war zwanzig, er war einundzwanzig. Irgendwann tief in der Nacht erzählte er mir, dass sein Vater mit einundzwanzig Kriegsgefangener irgendwo in Deutschland gewesen war. Warum sagte er das in diesem Augenblick? Eigentlich wollte ich von seinem Vater gar nichts wissen, nicht gerade jetzt jedenfalls. Er redete natürlich von eurem Großvater Pete. Aber ich nehme an, es weckte nur den Wunsch in mir, ihn noch ein bisschen fester zu umarmen … euren Vater, meine ich. Soll ich euch das wirklich erzählen? Ich nehme an, dass ich in jener allerersten Nacht den Vater eures Vaters in ihm umarmte. Ich stellte mir euren Vater als Kriegsgefangenen vor, der es gerade zurückgeschafft hatte. Gott sei Dank! Als hätte ich meine Beine um euren Großvater Pete geschlungen. Der jetzt tot ist. Was für ein Gedanke.

Wir sind beide 1945 geboren – Mike im Januar, ich im August –, und beide sind wir, wie wir feststellten, Einzelkinder. Im Januar 1945, als Mike zur Welt kam, befand sich sein Vater in irgendeinem eiskalten Gefangenenlager. Und jetzt waren wir hier, am Meer, hatten alle Freiheiten, die uns eine moderne Universität in den South Downs bot, und genossen unsere Tage … und Nächte.

Es hängt alles davon ab, wann man wo geboren ist.

Ich stelle mir ungern vor, wie weit weg und historisch euch das Jahr 1945 vorkommen muss. Langsam erscheint es auch mir ganz schön weit weg und historisch. Man kommt nie auf den Gedanken, dass auch im eigenen Leben einmal das Gefühl entstehen wird: »Das war eine andere Ära, eine andere Zeit, eine andere Welt.« Aber das kommt, ihr werdet es erleben. Vielleicht sogar schneller, als ihr denkt. Und es ist ein Gefühl, nehme ich an, das noch intensiver sein wird, wenn wir einmal anfangen, hundert Jahre alt zu werden.

Er sagte, dass seine Eltern in Orpington lebten. Sein Vater habe eine kleine Fabrik in Sidcup: Dean & Hook Laminates, wie ihr wisst. Aber das waren Dinge, die mich kaum interessierten, als wir in der Osborne Street beieinanderlagen. Na schön, er wohnte in Orpington, und ich wohnte in Kensington. Spielte das eine Rolle? Wir beide wohnten jetzt in Sussex … bald würden wir zusammen leben, nicht nur miteinander schlafen. Und Mike war, wie sich herausstellte, ohnehin so etwas wie ein »Einheimischer«.

»Und dein Vater?«, sagte euer Vater.

Ein fairer Austausch und eine berechtigte Frage, auch wenn ich sie nicht wirklich begrüßte und tief durchatmen musste. Eins unserer ersten Gespräche drehte sich um Väter. Mein Vater – euer Großvater Dougie, den ihr nicht gekannt habt – war damals schon sechsundsechzig. Meine Eltern hatten mich (und ich war das einzige Kind) sogar noch später bekommen, viel später als Mike und ich euch bekommen haben. Mein Vater war bei meiner Geburt fünfundvierzig … also beinahe, bis auf ein paar Monate, so alt wie das Jahrhundert. Und 1944 hatte er eine zwanzig Jahre jüngere Frau geheiratet, meine Mutter, Fiona, die jetzt erst fünfundsiebzig ist. Ich weiß nicht, warum ich »erst« sage. Natürlich ist sie auch eure Großmutter Fiona, die ihr ebenfalls – aus anderen Gründen – niemals kennengelernt habt. Ich glaube nicht, dass »Oma« genannt zu werden jemals zu den höchsten Zielen in ihrem Leben gehört hat. Mein Vater pflegte sie manchmal Fifi zu nennen.

Das Familienleben, ich meine das Leben *meiner* Familie, ist jetzt schlicht Geschichte, aber in der Zeit, zu der ich euren Vater kennenlernte, befand es sich noch im Prozess der Auflösung. Es war wie eins dieser Dinge, über die man in der Schule tratscht. Meine Eltern hatten sich getrennt, sie wollten sich scheiden lassen. Fiona hatte jemand anderen, meinen zukünftigen Stiefvater Alex. Und mein Vater hatte, um nicht zurückzustehen, auch jemanden. Das heißt, um genau zu sein, jemand lag auf der Lauer, bereit, sich auf ihn zu stürzen: meine zukünftige Stiefmutter Margaret, ganze sechsunddreißig Jahre alt.

Ich war jünger als ihr jetzt, als ich von all dem Wind bekam. Wenn es auch nicht dasselbe ist, so kann ich euch doch solidarisch meine frühen Erfahrungen anbieten. Im Jahr 1966 hatte ich schon seit mehreren Jahren mit dem vertrauten Schmerz über dies alles gelebt, aber ich war nicht scharf darauf, diese wenig ansprechenden Komplikationen bei eurem Vater und, wie es aussah, seinem einfachen kleinen Orpington-Dreier abzuladen.

Aber das war nicht das einzige Problem in jener ansonsten (das könnt ihr mir glauben) wirklich wundervollen Nacht.

Kehren wir zurück in mein Zimmer in der Osborne Street. Das Bett hatte ein Kopfteil aus Holzleisten von weit verbreitetem und nicht gerade betörendem Design, das aussah wie ein polierter Zaun. Es gab eine Nachttischlampe mit einem Schirm aus Pergamentpapier und auf der anderen Seite des Zimmers eine Stehlampe. Auf dem Fußboden lagen drei riesige rote Kissen, meine Sitzgarnitur. Ein Großteil dieses Zimmers befand sich auf dem Fußboden. Aber an einer der Wände wachten die Gesichter von Manfred Mann über mich und euren Vater, obwohl sie wahrscheinlich nicht sehr viel haben sehen können, da beide Lampen aus waren. *Five-four-three-two-one*.

Ich werde dieses Zimmer nie vergessen. Ich weiß nicht, ob man in jener Nacht das Geräusch des nicht allzu weit entfernten Meeres hören konnte … wir achteten nicht besonders darauf. Andererseits waren wir von einer wundervollen, langsamen, wogenden Bewegung in Anspruch genommen, mit der keiner von uns aufhören wollte. Wir liebten uns, aber gleichzeitig begannen wir, einander wirklich zu lieben. Es war wie ein Fallen. Ich versichere euch, es ist möglich, dass beides gleichzeitig geschieht. Ich bin der Beweis. Früher war es einmal so, oder war es angeblich so, dass man sich verliebte und dann, nachdem man eine unter Umständen lange und qualvolle Zeit geduldig und keusch gewartet hatte, endlich miteinander schlief. Jetzt ist es, denke ich manchmal, vielleicht genau umgekehrt. Man geht miteinander ins Bett, und dann vielleicht – und vielleicht nur selten – verliebt man sich. Aber in einer Märznacht vor dreißig Jahren geschah beides zur gleichen Zeit. Obwohl es vielleicht eine Spur ehrlicher wäre, euch jetzt zu sagen – es damals zu sagen wäre ein Fehler gewesen, den ich nie gemacht habe –, dass ich schon vorher ein bisschen in euren Vater verliebt war, der sich ja schließlich bereits im Haus umgetan hatte.

Jedenfalls waren wir in wogender Bewegung, und was wir redeten, war mehr als Bettgeflüster, und infolgedessen und der Erzählungen von unseren früheren Jahren habe ich vielleicht ein flüchtiges Bild der langen, rhythmisch wogenden Wellen vor mir gesehen, nicht der, die an den Strand von Brighton, sondern der, die auf den halbmondförmigen Sandstrand der Bucht von Craiginish in Schottland branden, wo ich als ahnungsloses Mädchen einige Sommer verbracht hatte und wo eines Tages, ja, Kate … das hätte ich in jener Nacht in der Osborne Street ganz gewiss nicht vermutet … euer Vater mir in den Dünen wenn auch nicht gerade förmlich, so doch tatsächlich einen Heiratsantrag machte.

Schottland hatte ich bereits erwähnt. Ja, ich war eine Campbell, Paula Campbell, obwohl ich aus Kensington stamme. Und sowieso war ich hier in Sussex, an der Südküste, ungefähr so weit weg von Schottland wie nur irgend möglich.

Aber die wogende Bewegung traf kurz auf ein Hindernis, auf eine bevorstehende, unvermeidliche Schwierigkeit. Es gab keine Möglichkeit, es eurem Vater schonend beizubringen. Er würde den falschen Eindruck bekommen, würde erschrecken, ja sogar das Gefühl haben (bitte nicht), man habe ihn bei irgendeiner strafbaren Handlung ertappt.

Ich wollte den gleichmäßigen, sich beschleunigenden Rhythmus eures Vaters nicht unterbrechen, deshalb sagte ich es so leise, wie ich konnte.

»Er ist Richter am Obersten Gerichtshof.«

# 5

Als euer Vater einundzwanzig war, trug er keine Kriegsgefangenenkleidung. Er trug – nur der peinlichen Ordnung halber – lilafarbene, weit ausgestellte Hosen und eine rissige Lederjacke über einem türkis-, schmutzig orange- und lachsrosagestreiften T-Shirt mit Knöpfen am Halsausschnitt, die Art, die man damals Opa-T-Shirt nannte, was ich niemals komisch fand. Seine schwarzen Haare reichten ihm bis fast auf die Schultern und waren am Ende ein wenig gelockt und zigeunermäßig. (Mit meiner Studentinnengarderobe wollen wir uns jetzt nicht näher befassen.) In meinen Augen sah er ziemlich gut aus, ganz unpeinlich.

Und davor in Lindas und Judys Augen, mit unterschiedlichen Konsequenzen. So oder so hatten sie ihre Ansprüche aufgegeben. Es gab keinen Konkurrenzkampf. Trotzdem, da sie beide im Haus und zweifellos interessiert waren, ergab sich die Frage, wie sich die Dinge am Morgen nach jener Nacht entwickeln würden.

Etwas Schlaf müssen wir gekriegt haben. Vielleicht nach Tagesanbruch, als das Tageslicht hereinsickerte und die Möwen von Brighton ihr morgendliches Miauen und Kreischen begannen. Es war eine Märznacht, eine

Nacht von Freitag zu Sonnabend, genau wie diese Nacht. Sie ist für immer in meinem geistigen Tagebuch verzeichnet, und in Gedanken habe ich eine unvergängliche Tafel an der Vorderseite der Osborne Street Nr. 33 angebracht: »Hier haben Paula Campbell und Michael Hook zum ersten Mal miteinander geschlafen.«

Ich nehme an, dass es, als wir schließlich irgendwann gegen Mittag auftauchten, theoretisch noch möglich war, dass sich diese Nacht bloß als ein weiterer Besuch herausstellen würde. Nein, euer Vater war nicht gekommen, um zu bleiben, um den Rest seines Lebens mit mir zu verbringen. Aber ich fand nicht, dass ich die Frage stellen sollte, und Linda und Judy dachten zumindest nicht daran zu leugnen, was sie mit eigenen Augen sehen konnten. Alle Studenten stehen spät auf, aber die beiden hatten schon eine ganze Zeit in der Küche herumgehangen, ganz offensichtlich nicht willens, irgendwohin zu gehen. Sie warteten, um zu überprüfen, wie es mit uns stand. Ich sehe noch immer ihre ein wenig glasigen Blicke. Als ob sie sagen wollten: So, so. So, so, was haben wir denn da? Aber ihr Schweigen und ihre nervöse Zurschaustellung von Sachlichkeit waren möglicherweise noch vielsagender.

Und hätte das alles geschehen können – natürlich eine vollkommen theoretische Frage –, wenn er nicht mit den beiden zuerst geschlafen (oder sonst was getrieben) hätte?

Es war ein milder, feuchter Morgen, und die Sonne versuchte gerade, durch die perlmuttfarbenen Wolken zu brechen. Das Küchenfenster stand offen, um Luft hereinzulassen oder den Geruch von verbranntem Toast hinaus. Wir saßen alle vier um den Tisch herum, noch keiner richtig angezogen – aber kannten wir uns schließlich nicht alle, mehr oder weniger? Ja, bestand jetzt nicht eine ziemlich weitgehende Vertrautheit?

Andererseits, war dies wirklich dieselbe Küche wie noch gestern Abend, ja sogar dasselbe Brighton, dessen entspannte Wochenendgeräusche durchs Fenster drangen?

Ich nehme an, es wäre genau genommen noch immer möglich gewesen, dass euer Vater lautstark seinen Toast gegessen, seinen Kaffee runtergekippt, sich die Lippen geleckt und gesagt hätte: »Tja, war nett, euch kennengelernt zu haben, Mädels. Muss jetzt los.« Drei Abschüsse mehr – wenn's denn wirklich so war –, ein Full House, sozusagen, für ihn. Für diesen Mistkerl in lila Hosen.

Aber genau das hat er nicht getan.

Machen wir zweieinhalb draus. In der Osborne Street, meine ich. Ich habe nie genau gewusst, wie sein Gesamtpunktestand war. So was fragt man nicht. Ich glaube, man kann davon ausgehen, dass, was diese Zahl angeht, kein Mann ehrlich ist. Aber ihr könnt mir glauben, dass euer Vater sich ausgetobt hat, bevor er bei mir haltmachte. Ich sage das nicht, um zu prahlen, um stellvertretend Punkte zu beanspruchen. Vielleicht doch. Bei mir waren es sechs. Ehrlich. Einigen mag das ganz schön viel vorkommen, in zwei Jahren, anderen nicht so viel. Für mich war es genug, um behaupten zu können, ich sei nicht prüde gewesen. Genug, um die Potenten von den Übrigen unterscheiden zu können. Worauf sind Frauen programmiert? Die Biologen werden es euch sagen, und Mike war einer: darauf, sich einen Partner zu wählen.

Aber auch das könnt ihr mir glauben: Das offizielle Biologiestudium im letzten Studienjahr eures Vaters an der Universität von Sussex war für ihn von zweitrangigem, zeitweilig nachlassendem Interesse. Er hatte seinen Erfahrungshorizont erweitert. Was immer sein Punktestand war, bevor er mich kennenlernte, er *punktete*. Frauen aufs Kreuz zu legen war nicht sein Problem – dieses heute fünfzigjährigen Mannes, der jetzt im Tiefschlaf neben mir liegt.

Aber bevor er heute Nacht einschlief, liebten wir uns auf eine spezielle, wehmütige, abschiednehmende Art. Ihr werdet das bald verstehen.

Es wäre möglich gewesen, dass sich euer Vater in jener unvergesslichen Küche in der Osborne Street aus meinem Leben wie auch aus Lindas und Judys verabschiedet hätte. Und aus eurem. Ich hätte einfach eine nichtssagende Erhöhung seines Punktestands sein können. Aber ich glaube nicht, dass er daran auch nur dachte, und was er dann tat, war absolut fantastisch. Ich verliebte mich, wenn das möglich war, noch mehr in ihn. Und eingedenk unserer nächtlichen Gespräche konnte ich in etwa nachempfinden, wie es für ihn gewesen sein musste. Manchmal kann eine Frau fühlen wie ein Mann. Ich hatte bereits angefangen, die Gefühle eures Vaters nachzuempfinden, versteht ihr? Einundzwanzig zu sein und kein Kriegsgefangener. Mitten auf der Bühne des Lebens zu stehen und keinen Fehler zu machen.

Er trank seinen Kaffee aus. Er sah uns alle ruhig an, aber ich weiß noch, dass seine Hand unter dem Tisch fest auf meinem Oberschenkel lag. Die Farbe seines

Opa-T-Shirts war an jenem Wochenende ein grausiges Tiefrot, seine Haare hätten vermutlich mal gewaschen werden müssen, aber er sprach wie ein Lord. Heutzutage ist es, wie ihr wisst, die Aufgabe eures Vaters, Anordnungen zu treffen. Er muss bei den Vorstandssitzungen das Wort ergreifen, auf Konferenzen kleine aufmunternde Reden halten, ganz allgemein die richtige Botschaft bereithaben – morgen wird er alle seine Fähigkeiten brauchen. Damals, vor all den Jahren, hätte ich das nie geahnt. Aber vielleicht war das kleine Quorum am Küchentisch in der Osborne Street eine erste Andeutung.

»Meine Damen«, sagte er. Damen! Die drei Maisonetten. »Meine Damen, ich danke Ihnen für das Frühstück. Das Mittagessen geht auf meine Rechnung. Am Strand, mit Champagner. Sie sind alle eingeladen.«

Zweifellos einer der großartigsten Momente eures Vaters ... die ganze vorherige Nacht nicht mitgezählt. Seine ritterliche Geistesgegenwart setzte mich in Erstaunen. Selbst ich konnte sehen, dass man von Linda und Judy nicht hätte erwarten können, dass sie einfach verschwinden. Sie waren ein Teil dieses einzigartigen Ereignisses, man musste sie ehren – und ihnen danken. Jedenfalls hatten sie nicht vor, ein solches Angebot auszuschlagen. Ich war verblüfft, wie euer Vater diesen Tag unter Kontrolle hatte. Noch während er sprach, lugte die Sonne durch die bleichen Wolken. Sie würde schon anfangen, die Kieselsteine zu trocknen und zu wärmen. Und was tun die Menschen an einem warmen, sonnigen Samstag in Brighton, dem ersten derartigen Sonnabend in diesem Frühjahr?

Aber Champagner! Das war in einer Studentenküche im Jahr 1966 wirklich beeindruckend. Champagner für vier. Selbst als ich herausfand, dass euer Vater den Champagner bereits besaß, dass er ihn nichts gekostet hatte, war ich immer noch beeindruckt von seinem Einfall, seiner Geistesgegenwart. Und in anderer Weise war ich von der Tatsache beeindruckt, dass er noch drei Flaschen übrig hatte.

Er fragte, ob wir ihm zwanzig Minuten geben würden, damit er gehen könne, um Champagner zu holen. Wir hatten keinen Grund anzunehmen, dass er damit nicht »kaufen« meinte. Mein erster Gedanke war ohnehin, dass ich von eurem Vater auch nicht zwanzig Minuten lang getrennt sein wollte. Zwanzig Minuten waren plötzlich wie ein Abgrund. Ich wollte ihm anbieten mitzukommen und hätte dann vielleicht töricht darauf bestanden, mich an der Rechnung zu beteiligen, aber etwas in seinem Blick sagte mir liebevoll, ich solle das lassen. Linda und Judy hatten derweil aus Gründen, die nur sie kannten, eindeutig beschlossen, dass ich bleiben sollte, wo ich war. Zwanzig Minuten! Sie konnten es kaum abwarten, über mich herzufallen, sobald euer Vater weg war, und zu fragen: »Und?«

Euer Vater hatte ein Fahrrad, das am Eisenzaun zwischen uns und dem Nachbarhaus angekettet war. Das Mike-Rad, das inzwischen ziemlich oft dort stand. Er fuhr damit auf eine verrückte Art, mit auswärts zeigenden Knien, damit sich seine ausgestellten Hosenbeine nicht in der Kette verfingen. Als echter Mann verachtete er Hosenklammern. An jenem Sonnabend fuhr er damit nicht zur nächsten Wein- und Spirituosenhandlung, sondern so schnell er konnte zu seinem Zimmer auf der anderen Seite der Stadt, wo bemerkenswerterweise immer noch drei Flaschen von der Kiste übrig waren, die ihm sein Vater zwei Monate zuvor zu seinem einundzwanzigsten Geburtstag geschickt hatte. Dean und Hook müssen gut verdient haben. Mit diesen drei Flaschen, die auf bedenkliche Weise in einem Matchbeutel an seiner Lenkstange baumelten, kam er zurückgesaust – ich stelle mir immer noch seine wie wild strampelnden lila Beine vor –, und zwar in der angegebenen Zeit.

An jenem Tag tranken wir am Strand von Brighton Champagner, für den euer Vater gesorgt hatte. Obwohl er in Wirklichkeit von seinem Vater, eurem Großvater Pete, gekommen war. Ich habe mich oft gefragt, ob er es jemals erfahren hat. Hat Mike es ihm gesagt? Aus einem gewissen Zartgefühl heraus habe ich nie nachgefragt. Es wäre für Mike vielleicht ein bisschen heikel gewesen, die genauen und vollständigen Einzelheiten wiederzugeben, aber falls er es erzählt hat, wird er vielleicht ein wenig beschönigt und nur das Wesentliche erzählt haben.

Ich habe sogar einmal daran gedacht, es eurem Großvater Pete selber zu erzählen oder nachzuprüfen, ob er es wusste. Das war bei unserer Hochzeit oder, genauer, bei dem anschließenden kleinen Empfang im Garten hinterm Haus in Kensington, ein weiterer Anlass, bei dem Champagner floss. Mein Vater hatte mir versichert, dass es »nichts allzu Großartiges« sein würde, »genauso, wie ich es haben wollte«. Aber der Champagner war edler Taittinger. Der Champagner von Mikes Vater war Mumm gewesen, Cordon Rouge. Obwohl es eine ganze Kiste gewesen war und bedeutet hatte, dass sein

Vater einen netten kleinen Scherz machen konnte. Mike hat die Karte aufgehoben: »Und herzliche Grüße von Mum(m).«

Ich war sicher, dass es nicht das war, was mich abgehalten hat: die Besorgnis, dass sich euer Großvater Pete in seiner Wahl des Champagners vielleicht in den Schatten gestellt fühlen könnte. Er machte einen durchaus heiteren und beschwipsten Eindruck, und ich war es auch, und das hätte der ideale Augenblick für eine ein wenig gewagte Schwiegertochter-Schwiegervater-Annäherung sein können. Ich war die schüchtern errötende Braut und hätte euren Großvater Pete zum Erröten bringen können. Aber aus irgendeinem Grund ging der Augenblick vorüber. Und ich glaube, euer Großvater hat es wirklich niemals erfahren. Ein kleines Geheimnis.

Großvater Pete dürfte damals noch keine fünfzig gewesen sein – bei unserer Hochzeit. Schon verrückt. Ihr erinnert euch bestimmt noch, wie uns allen euer Vater im vergangenen Januar an seinem fünfzigsten Geburtstag ein bisschen leidtat. Nur ein Jahr nach dem Tod seines Vaters, der so plötzlich zu so einem schlechten Zeitpunkt gekommen war – keine zwei Wochen, bevor Mike neunundvierzig wurde. In jenem Jahr gab es für ihn keinen Geburtstag, aber wenigstens war es keine wichtige Zahl. Doch von nun an würde er bei jedem Geburtstag zuerst diesen traurigen Graben überqueren müssen, den Todestag seines Vaters. Und in diesem Jahr war es sein Fünfzigster und sein Vater nicht dabei.

Großvater Pete: euer erster Todesfall. Ihr dachtet zu Recht, dass euer Vater an seinem fünfzigsten Geburtstag ein wenig bedrückt war, und das nicht so sehr wegen seines Älterwerdens (ist fünfzig alt?), sondern weil er an seinen Vater dachte. Das stimmte. Aber ich weiß, dass er auch noch an etwas anderes dachte, etwas, das noch in der Zukunft lag. Jedenfalls war es ein stiller fünfzigster Geburtstag. Und dabei feiert euer Vater so gerne, das muss ich sagen, und er kann feiern. Es gibt nichts Schöneres für ihn, als einen Champagnerkorken knallen zu lassen, und in den letzten Jahren konnte er das dank Living World ziemlich oft tun. Der Tag in Brighton war vielleicht ein Präzedenzfall.

Aber hier gibt es ein Problem. Sehr bald, in nur einer Woche, haben wir einen Grund zu feiern. Es ist unser Hochzeitstag. Und nicht nur das, es ist unser fünfundzwanzigster. Wir sind im Begriff, silbern zu werden. Vielleicht habt ihr uns schon ein spezielles silbernes Geschenk gekauft (daran zu denken bekümmert mich), und ihr habt euch möglicherweise auch schon gefragt, warum das Thema bis jetzt noch nicht zur Sprache gekommen ist, und gemutmaßt, dass euer Vater irgendeine Überraschung in petto hat.

Nun ja, das hat er, wenn auch nicht für mich. Es liegt einfach daran, wie alles zusammenkommt: Es ist ein Jahr großer Zahlen und schlechter zeitlicher Planung. Und ihr werdet bald verstehen, warum er eine schwierige Frage zwischen uns war – unser Hochzeitstag, meine ich. Was man machen soll.

Euer Vater ist dafür, ihn zu feiern, das ist seine natürliche Reaktion. Es ist unser Tag, sagt er, es geht dabei vor allem um uns. Er möchte, dass wir übers Wochenende wegfahren, wie es Paare aus diesem Anlass oft tun. Um uns zu feiern. Das würde jedoch bedeuten, dass wir euch hier allein lassen. Kein Problem, denkt ihr vielleicht, was wäre daran so schlimm? Allerdings könnte es sein, dass ihr dieses Jahr nicht einverstanden seid.

Euer Vater sagt, es wäre trotzdem gut. Es würde euch Zeit zum Nachdenken geben, ihr könntet alles in Ruhe durchsprechen, könntet für euch sein. Ich bin mir nicht so sicher. Mir kommt es so vor, als machten wir uns davon, als ließe ich meine Babys im Stich. Ja, ich weiß, ich weiß, ihr seid sechzehn.

Aber vor nicht allzu langer Zeit hat mir Mike erzählt, dass er für uns sowieso schon ein Zimmer in einem Hotel reserviert hat. Ja, er hat es schon vor Monaten getan … das muss man in so einem Fall, in einem Landhotel mit fünf Sternen. Es ist das »Gifford Park«. Wir hatten so etwas wie einen Krach. Es war gemein von mir, nehme ich an, richtig eklig, mich mit meinem Mann wegen seiner großzügigen Planung für unseren besonderen Hochzeitstag zu streiten. Aber ihr werdet noch begreifen, dass es euch gegenüber gemein sein könnte, wenn wir uns einfach davonmachten.

Er meinte, schön, wir können immer absagen, jederzeit. Eine kleine, milde Andeutung von Erpressung. Und ich verstand ja auch, was er wollte: einen Fluchtplan, ein Sicherheitsnetz … weil das Schlupfloch in Frankreich noch nicht so weit ist. Er sagte: »Schön, warten wir einfach ab. Lassen wir die Reservierung stehen und warten ab.«

Ich bin nicht sicher, ob er überhaupt hätte buchen sollen, ohne es mir vorher zu sagen. In diesem Jahr wäre dieser Hotelaufenthalt niemals eine einfache, freudige Überraschung gewesen. Aber so ist er nun mal. Er liebt die große und auch großzügige Geste. Ihr werdet das noch verstehen.

# 6

Selbst der heutige Tag – womit ich jetzt gestern meine, also Freitag – war ihm eine Geste wert. Er rief mich während der Arbeit an, um mir vorzuschlagen, dass wir uns zum Mittagessen in der Stadt treffen. Wir hatten vorher keine Pläne gemacht, aber er rief an, um zu sagen, dass wir ihn nicht einfach so verstreichen lassen konnten, unseren »letzten Tag«. Seinen letzten Tag, euren letzten Tag, ich weiß nicht so recht, wie ich ihn nennen soll. Und ich bin auch nicht so sicher, dass es ihm um das Herausheben ging, eher um Nerven und Solidarität, aber ich musste ihm sein Vorrecht zugestehen. Das Recht des Verurteilten, sich sein Henkersmahl auszusuchen. Ich glaube, meine Vorstellung von unserem »letzten Tag« hatte sich in absolut nichts von jedem anderen Tag unterschieden, ein Freitag, ein Arbeitstag, je alltäglicher und arbeitsreicher, umso besser vielleicht.

Aber, um ehrlich zu sein, ich war froh über diesen Anruf eures Vaters in letzter Minute. Ich kann nicht behaupten, dass es um meine eigenen Nerven besonders gut bestellt war. Und auch ich hatte inzwischen das Gefühl, es sollte so etwas wie eine Geste geben. Obwohl sie, wie ich fand, nicht von mir kommen sollte, so als wollte ich ihm mein Mitleid ausdrücken.

Aber ich war aus einem anderen Grund froh über den Anruf eures Vaters. Ihr findet das wahrscheinlich albern, schließlich bin ich nicht mehr in eurem Alter. Es war wie der Anruf, den man kriegt, wenn man denkt, man kriegt wahrscheinlich keinen, ja, wenn man sogar denkt, dass etwas möglicherweise zu Ende gehen könnte. Jenes einfache Wort in meinem Ohr: »Paulie?«

Das einzige kleine Problem war, dass ich von einem Augenblick auf den andern mein Mittagessen mit Simon absagen musste. Ich musste meinem Boss einen Korb geben. Und Simon, der sehr aufmerksam ist, hatte während der ganzen letzten Woche meine Nervosität gespürt, glaube ich, hatte gemerkt, dass ich nicht gerade in Bestform war. Alles in Ordnung, Paula?

Etwa jeden Monat einmal isst Simon gern mit einem seiner Direktoren zu Mittag, und diesmal war ich dran. Alles Teil seiner fürsorglichen und beratenden und keineswegs nur chefmäßigen Rolle, wie er meint. Fast immer beginnt er nach dem ersten Schluck Wein mit: »Also, erzählen Sie mal, wo drückt der Schuh?« Inzwischen ein alter Witz, da ich ihm eigentlich nie etwas dieser Art zu erzählen weiß. Obwohl ich das Gefühl habe, dass nichts Simons Selbstbewusstsein mehr heben würde, als wenn ich über den Tisch hinweg sein Handgelenk ergriffe und ein Klagelied sänge, ja sogar den Eindruck erweckte, ich wollte mich an seiner Brust ausweinen. Und vielleicht hatte er diesmal die Möglichkeit gewittert.

Ein kompliziertes Wesen, mein Chef. Die Freundlichkeit in Person, charmant und urban, aber unzufrieden, denn da er weder Neid noch Bosheit kennt und auch keinen offensichtlichen Grund dazu hat – »Unglücklich verheirateter Kunsthändler mit Haus in Holland Park« klingt nicht eben mitleiderregend –, poltert er nicht aus Ärger, sondern aus einer seltsamen, verhinderten Nächstenliebe.

Und ein international anerkannter Piazetta-Experte. Und während mehr als dreißig Jahren des Kaufens und Verkaufens hat seine Liebe nie aufgehört, diese Liebe, die auch meine ist. Das soll keine Unhöflichkeit gegenüber eurem Vater sein. Es geht hier nicht um das eine oder das andere, und ich gestehe auch keinen Verrat, wenn ich sage, dass es Simon war, der in meiner Anfangszeit bei Walker in den Jahren, nachdem ich euren Vater geheiratet hatte und bevor ihr zur Welt kamt, in mir die zweite Leidenschaft meines Lebens erweckte. Womit auch keine Unhöflichkeit euch gegenüber beabsichtigt ist.

Kunst ist nichts für die ganz Jungen? Für euch ist es einfach bloß »Kram«. Man muss erwachsen geworden sein und erfahren haben, was Verlust ist. Darauf werde ich später zurückkommen. Kunst ist bloß Kompensation? Auch das behaupte ich nicht. Und ganz bestimmt sage ich nicht, ich könnte mir für mich ein alternatives Leben mit – Gott behüte! – Simon Fitch vorstellen. Aber zwei Menschen, die in fast jeder Hinsicht überhaupt nicht zueinander passen mögen, können immer noch über etwas Drittes, über eine gemeinsame Leidenschaft in Begeisterung geraten. Das Licht, das bei einem Gemälde auf Menschen fällt, das genauso ist wie das Licht, das auch auf wirkliche Menschen fällt, nur dass es nicht ausgehen kann. Was interessiert euch so etwas schon? Das Licht heute, gestern, meine ich, einfach nur Junisonnenlicht, das in die engen Straßen zwischen Jermyn Street und Pall Mall fällt. Was war daran so Besonderes?

Aber ich denke, dass Simon von sich eingestehen würde, dass er »besser in der Kunst als im Leben« ist, wenn man es jemals wagte, seinen empfindlichsten Nerv zu treffen, ihm einen Stoß in seinen Kunsthändler-Solarplexus zu versetzen. Er hätte gern mal eine Entschädigung andersherum. Mit einundsechzig beginnt das Licht, was das angeht, ein bisschen schwach auszusehen.

Ich weiß, dass er mich mag. Möglicherweise mehr als das. Vielleicht sollte er bei einem unserer Mittagessen mein Handgelenk ergreifen und sich alles von der Seele reden, aber in über zwanzig Jahren ist das nie passiert, und ich glaube, mein Arbeitsplatz ist sicher.

Ich glaube, Simon findet – wenn man mal das »Walker & Fitch würde ohne Sie nicht Walker & Fitch sein« beiseitelässt und was er sonst so an Blödsinn redet –, dass das, was jetzt hier unter diesem Dach liegt, auf irgendeine Art vollkommen ist, soweit so etwas möglich ist. Kunst und Leben. Wenn er doch nur für sich dasselbe Rezept gefunden hätte. Und ich darf ihn nicht desillusionieren. Ich liebe meinen Mann. Ich liebe euch, meine Lieblinge. Ich liebe dieses Zuhause. Und Simon ist natürlich hier gewesen und hat es gesehen und hat euch gesehen, und ihr habt ihn gesehen. Ihr habt ihn behandelt, wenigstens das erste Mal, als ihr vor dem Schlafengehen mit eurem Lampenfieber vorgeführt wurdet, wie einen Kronprinzen auf Besuch. Beinahe wäre es zu einer Verbeugung und einem Knicks gekommen (aber daran will ich euch nicht erinnern). Simon Fitch und seine würdevolle Frau Veronica zum Abendessen.

Aber er war entzückt von euch, fragt immer nach euch. Und um dem Ganzen die Krone aufzusetzen, war er, glaube ich, immer entzückt von der »Living-World-Story«, wie wir es einmal nennen wollen, davon, wie seine unentbehrliche jüngere Kollegin mit der Zeit von ihrem einstmals auf unklare Weise beschäftigten und schlecht bezahlten Ehemann ziemlich in den Schatten gestellt wurde. Er verkündete einmal – wie ein Pfarrer, der unsere Verbindung persönlich gesegnet hatte –, dass euer Vater und ich »die Wissenschaft und die Kunst« seien. Jetzt schaut sie euch an, diese großartige Paarung!

Und wenn ich jetzt Simon die erbärmliche Wahrheit hinter dieser Herrlichkeit offenbarte – die Wahrheit, von der selbst ihr noch nichts wisst –, dann würde er sein Urteil nicht ändern, denke ich. Ich glaube nicht, dass er nachdenklich an seiner Halbbrille saugen, zurücktreten und erklären würde (was durchaus vorkommen kann), dass das Bild am Ende doch nicht echt sei. Ich glaube, er würde sich einfach über das Vertrauen freuen und über die Gelegenheit, jemanden zu beschützen.

Aber der Gedanke, ich hätte heute beim Mittagessen bei einem Teller Krabbenlinguini Simon gegenüber sämtliche Tatsachen im Zusammenhang mit diesem bevorstehenden Wochenende ausplaudern können, ist – undenkbar. Armer Simon. Aber undenkbar.

Und jetzt sowieso, wo ich so plötzlich absagen und unter

diesen geheimnisvollen Umständen offen meine Gründe darlegen musste. Obwohl ich ein bisschen gemein und durchtrieben war.

»Eine andere Verabredung zum Mittagessen, Paula? Wer ist denn dieser besondere Kunde?«

»Es ist Mike.«

»Oh. Also … ich will auf keinen Fall …«

Die Sonne schien in Simons Büro und fiel auf sein frisches, gestreiftes (aus der Jermyn Street stammendes) Hemd.

Natürlich entging Simon nicht, wie seltsam es war, dass Michael Hook, Chef von Living World und ein vielbeschäftigter Mann, den Wunsch verspürt oder es richtig gefunden hatte, seine Frau an einem Freitag um zehn Uhr dreißig in ihrem Büro, wo immer ziemlich viel los war, anzurufen, um sie zu drängen, mit ihm zu Mittag zu essen.

»Ja, natürlich. Natürlich, Paula.« Er sah plötzlich besorgt aus – und neugierig. »Dann müsst ihr … etwas Wichtiges zu besprechen haben, nehme ich an.«

»Ja«, sagte ich taktvoll.

Aber nichts war zu besprechen. Sondern nur hervorzuheben, nur festzustellen, was für ein Tag es war, was Simon unmöglich hätte erraten können. Und es war ein schöner Tag im Juni, und euer Vater hatte einen einfachen Plan. Noch nicht einmal ein Restaurant. Ein Restaurant kam ihm zu förmlich und allzu naheliegend vor. Hervorheben, nicht feiern. Und es handelte sich um das Mittagessen und noch nicht ganz um das eigentliche, das abschließende Abendessen, das, wie wir uns bereits geeinigt hatten, schlicht zu Hause stattfinden sollte und, frei von jedem Versuch, es feierlich zu gestalten, mit euch zusammen.

Jetzt kann ich sagen, dass es ein schwieriges Unterfangen gewesen wäre. Ich bin mir nicht sicher, ob wir das hingekriegt hätten, und ich sollte mich bei euch bedanken, dass ihr uns das erspart habt. Denn was haben wir schließlich festgestellt? Ihr wart beide nicht zu Hause, sondern ausgegangen, um nach den Prüfungen eure neugewonnene Freiheit zu feiern. Wir fanden von jedem von euch pflichtbewusste telefonische Nachrichten vor, in denen ihr uns mitteiltet, dass ihr eure jeweils eigenen Abendverabredungen hattet, offensichtlich so schnell getroffen wie unsere zum Mittagessen. Die Zeiten, in denen ihr um Erlaubnis gebeten habt, sind lange vorbei: »In Ordnung. Viel Spaß. Um Mitternacht seid ihr zu Hause.« Dies war ohnehin kaum ein Abend, um euch ins Gebetzu nehmen.

Und dann wart ihr beide vor elf auch wieder da. Die Feiern können nicht allzu wild gewesen sein. Ihr machtet beide keinen besonders mitgenommenen Eindruck und habt beide vor eurer Heimkehr nicht gewusst, dass ihr fast das Gleiche getan hattet. Natürlich wart ihr sofort und automatisch an dieser Tatsache nicht weiter interessiert. Zur Zeit mögt ihr nichts, was nach Übereinstimmung riecht. Euer Mangel an gegenseitigem Interesse bedeutete, dass euer Vater und ich auch nicht nachfragen konnten. Und so stellte sich dieser letzte Tag als ein weiterer jener nicht ungewöhnlichen Tage heraus, an denen wir kaum mehr als ein paar Worte mit euch wechseln. Wie anders da der morgige Tag sein wird!

Nachdem ihr den Kühlschrank geplündert hattet,

schient ihr beide bereit zu sein, ins Bett zu gehen oder zumindest in eure Zimmer. Sie sind müde, sagten wir nachsichtig, als wir hinter euch aufräumten, diese Prüfungen machen sich jetzt bemerkbar. Gewöhnliches elterliches Zugeständnis. Bald danach gingen wir auch nach oben.

Ich hoffe, ihr hattet Spaß. Wenn ihr findet, der Abend sei nicht besonders denkwürdig gewesen, stellt ihr vielleicht doch irgendwann fest, dass ihr euch immer an ihn erinnern werdet. Ihr konntet nicht wissen, dass es noch etwas anderes – herauszuheben – gab. Es ist durchaus denkbar, dass ich ausgerechnet heute Nacht immer noch auf euch wartend wach wäre und bei diesem Regen horchen würde, ob ihr kämt. Inzwischen wäre ich ernstlich besorgt. Aber ihr liegt wohlbehalten im Bett, und ich erzähle euch diese Geschichte.

Ich verließ mein Büro kurz nach halb eins und ging in Richtung Lower Regent Street. Euer Vater nahm sich vom Büro aus ein Taxi. Ich traf ihn oben auf den Stufen zur Duke of York's Column. Auf dem Weg hatte ich bei der Sandwich Bar in der Crown Passage vorbeigeschaut. Wir gingen die Stufen hinunter und über die Mall zum Park.

So etwas Einfaches: ein Picknick, Lunch im Park. Keine ausgelassene Feier, aber andererseits auch nicht so ernst. Früher einmal, bevor ihr da wart, trafen euer Vater und ich uns ziemlich oft »unter dem Duke of York« – es war einer unserer Orte –, und als ich heute zu unserem Treffpunkt ging, hatte ich das Gefühl, auch wenn ihr das nicht unbedingt hören wollt, zwanzig Jahre jünger zu sein.

Euer Vater war als Erster da. Mit an einem Finger baumelndem Jackett ging er auf jener seltsamen Bühne auf und ab wie ein Schauspieler, der in Gedanken seinen Text wiederholt. Ich sah ihn zuerst, dann sah er mich. Diese eigenartige kleine, zitternde Pause, wenn das geschieht. Auch daran erinnerte ich mich. Er lächelte und winkte. Ich lächelte und winkte und hob meine Sandwichtüte hoch wie eine Trophäe.

Ich stelle mir vor, unser Mittagessen heute war so ziemlich wie das eure, als ihr mit euren Freunden in einem Zustand der Nachexamensmattigkeit in einer Ecke eures jeweiligen Sportplatzes im Gras lagt. Vielleicht werdet ihr euch immer daran erinnern. An das warme Gras unter eurem Bauch. Ihr werdet euch in dem durchsonnten Bernstein eines Junis voller Prüfungen eingeschlossen sehen.

Aber euer Vater und ich gestatteten uns die Würde zweier Liegestühle. Unsere Prüfungen stehen uns noch bevor.

Ich sagte: »Dafür habe ich Simon versetzt«, und reichte eurem Vater ein Baguette. Er sagte: »Ich hoffe, du hättest jeden versetzt.« Durch die Platanen strömte Sonnenschein. Die Liegestühle und die mittägliche Menschenmenge um uns herum erinnerte mich trotz all des Grüns an den Strand von Brighton, und ich fragte mich, ob ihm derselbe Gedanke gekommen war. Ich bin sehr für Gleichzeitigkeit. Er sagte, und in seiner Stimme war so etwas wie ein kleines apologetisches Zögern: »Ich musste dich einfach sehen.« Als wären wir nicht seit fünfundzwanzig Jahren verheiratet und schliefen seit fast dreißig Jahren zusammen, so als hätten wir uns erst vergangene Woche kennengelernt und könnten es immer noch nicht ertragen, den anderen länger als zwei Stunden nicht zu sehen. Aber auch mir war das Gefühl nicht unbekannt.

# 7

Er gestand uns das mit dem Champagner. Er hatte keinen Pfennig dafür bezahlt. Ich hielt deshalb nicht weniger von ihm, und ich glaube, Linda und Judy auch nicht. Der Tag wurde sogar noch besser dadurch (hatte er noch besser werden können?), denn man kam schnell überein, dass es, wenn das sein Geburtstagschampagner war, sein Geburtstag sein müsse. Er hatte im Januar Geburtstag gehabt, aber es war trotzdem sein Geburtstag, oder es war noch einmal sein Geburtstag. Oder vielmehr war es *unser* Geburtstag, auch wenn es damals keiner sagte, es war der Geburtstag eures Vaters und mein Geburtstag, wenn so etwas möglich ist, was ich bestätigen kann. Ihr beide seid nicht die Einzigen, die einen gemeinsamen Beginn hatten. Jener Tag, der 19. März 1966, war unser Geburtstag, unser Stapellauf sozusagen, den wir passenderweise am Meer feierten. Das Schiff unserer Zukunft, die jetzt sechzehn Jahre eurer Vergangenheit einschließt, wurde selbstverständlich mit Champagner getauft.

Werdet ihr solche Tage in euerm Leben haben, wird jeder von euch solche Tage haben? Ich hoffe es. Nichts könnte mich glücklicher machen, als zu wissen, dass es so sein wird. Der Gedanke ist dumm und abergläubisch –

ein sehr dummer Gedanke für diese Nacht heute, aber für uns alle gibt es bestimmt nur eine gewisse Anzahl glücklicher Tage, und meine Befürchtung ist, dass euer Vater und ich mehr davon genommen haben als uns zusteht, und nicht genug übrig gelassen haben für euch.

»Eine Flasche für jede von euch«, sagte euer Vater, nachdem er mit seinem Fahrrad durch Brighton gejagt war. Inzwischen waren Linda, Judy und ich völlig angezogen, vielleicht sogar ein bisschen zu schick, könnte man sagen, für einen Sonnabendmittag. Aber was genau trägt man zu so einer unerwarteten Party? Wir standen in einer Reihe wie für eine Preisverleihung, während euer Vater seinen Matchbeutel auf den Küchentisch ausleerte.

»Lasst mir welchen übrig«, sagte er.

Er konnte einfach nichts falsch machen. Draußen hatten sich die Wolken aufgelöst, und es schien zustimmend die Sonne. Es kommt zweifellos vor, dass man zum zweitenmal geboren wird, das Leben noch einmal ganz neu beginnen kann. Ich war ein bisschen in Doktor Pope verliebt? Ich gebe es zu. Das soll euren Vater nicht herabsetzen. Und wie jede Englischstudentin war ich ein bisschen in John Donne verliebt. Die Worte hatten angefangen, in meinem Kopf widerzuhallen: »Und jetzt guten Morgen …« Und jetzt guten Morgen.

Aber euer Vater tat, was ehrenhaft war. Mit dem geleerten Beutel und den Flaschen auf dem Tisch sah er ein bisschen aus wie jemand, der vom Zoll angehalten worden ist.

»Eigentlich«, sagte er, »sind sie von meinem Vater.«

Von seinem Vater? Wie in aller Welt konnte sein Vater von den drei Schwestern in der Osborne Street gewusst oder sich ihnen gegenüber so großzügig gefühlt haben?

Und dann erzählte euer Vater, der mir bereits in den frühen Morgenstunden eine ganze Menge von seinem Vater erzählt hatte, uns dreien von seinem einundzwanzigsten Geburtstag im Januar.

Wir kamen uns wie Töchter ehrenhalber vor. Das geht nicht ganz, ich weiß ... das hätte eine äußerst bizarre Familienkonstruktion ergeben. Aber einen Augenblick lang war euer Großvater Pete das Gesprächsthema, so wie ihm bald darauf drei junge Frauen in Brighton zuprosteten. Hätte er das nur gewusst! Jede mit ihrer Flasche. Wir waren uns einig. Mikes Vater musste ein toller Vater sein, und wir würden ganz bestimmt auf ihn trinken.

Ein toller Vater, dachte ich bei mir, ganz abgesehen vom Champagner. Allein schon, weil er Mike gezeugt hat. Und es war schon etwas, dass er eine ganze Kiste geschickt hatte. Das waren ja die sechziger Jahre, nicht die achtziger, Champagner war schließlich kein Fruchtsaft. Die meisten Väter hätten sich damals damit zufriedengegeben, ihrem Sohn eine einzige Flasche zu schicken, auf Grund der Kosten und aus schierem Sinn für Proportionen. Werden wir mal nicht zu üppig. Was hätte wohl euer Großvater Pete zu seinem einundzwanzigsten Geburtstag bekommen? Ein Lebensmittelpaket?

Das alles muss euch unglaublich weit weg vorkommen. So als wäre jene »Maisonette« in Brighton – aber sie müsste noch existieren – auf ihre Weise so weit entfernt wie eines der furchtbaren Lager in Deutschland. Euer Vater hat mir später erzählt, dass er überwältigt war, als er die zwölf Flaschen erhielt. Es war wie eine

Erbschaft. Dabei hätte er nicht einmal sagen können, dass er seinem Vater besonders nahestand, und jetzt diese plötzliche Freigebigkeit. In dem beiliegenden Briefchen hatte, abgesehen von dem Scherz über »Mum(m)« und einem Glückwunsch zum Geburtstag, einfach nur gestanden: »Viel Spaß!« Euer Vater hat es mir gezeigt. Und er besitzt es immer noch. In dieser Beziehung sind wir sentimental, euer Vater und ich. Als Großvater Pete gestorben war, hat er es hervorgeholt und es sich erneut angesehen.

Aber er war so gerührt von jenen zwölf Flaschen, dass er sie nicht bloß als zu seinem Spaß gedacht ansehen konnte. Er konnte sie nicht einfach bei der erstbesten Gelegenheit runterkippen. Er kam sogar auf den Gedanken, dass er, da es zwölf Flaschen waren, jeden Monat eine in Angriff nehmen sollte, sein ganzes einundzwanzigstes Jahr hindurch – ein Vorsatz, der bald fallengelassen wurde. Aber es war trotzdem ein Wunder, dass diese drei Flaschen im März noch übrig waren.

Ich glaube, euer Vater erlebte im Januar 1966 einen Augenblick der Demut gegenüber der Geschichte und der Geschichte seines Vaters. Einundzwanzig – das Alter wirklicher Reife vielleicht, und ihr seid erst sechzehn. Ich denke, er hielt inne, um sich sein eigenes Glück vor Augen zu führen und es nicht als selbstverständlich hinzunehmen. Vergesst nicht, wir hatten einander noch nicht einmal kennengelernt. Und vielleicht war das der Grund, warum er in unserer ersten gemeinsamen Nacht seinen früher einmal gefangenen Vater heraufbeschwor. Wie spaßig war das Leben damals, zu seiner Zeit? Ich denke, dass sich euer Vater, Wissenschaftler aus Berufung und daher nicht zum Aberglauben neigend, gesagt hat: Leg die Flaschen beiseite, nur so für alle Fälle, zur Sicherheit. Heb die Flaschen auf für trübe Zeiten.

Es sieht so aus, als könnte der morgige Tag trübe werden, meine Lieblinge.

Aber jener Märztag vor Jahren war alles andere als trübe … ein Tag im März, der eher wie ein Tag im Mai war.

Und was ich ihm unter diesen Umständen noch nicht so recht erzählen konnte, war, dass mein Vater, dieser in einem sehr unpassenden Augenblick erwähnte und beinahe koitusunterbrechende Richter am Obersten Gerichtshof, in Kensington einen ganzen Keller voll hervorragender und teurer Weine hatte, eine gute Auswahl von Champagner natürlich inbegriffen. In den letzten Jahren war der Keller sein Lieblingsaufenthalt im Haus geworden. Es ist nämlich so, dass in den Tagen, bevor Fiona und dann Margaret ihren Anteil abzogen, eure Mutter (die auch jetzt wohl kaum knapp bei Kasse ist) so etwas wie ein kleines reiches Mädchen war. Aber ich wollte euren Vater nicht erschrecken oder gegen mich einnehmen und ihm ganz gewiss nicht die Schow stehlen.

Und auf alle Fälle war der Champagner, den wir am Strand von Brighton getrunken haben, der beste, den ich je gekostet habe. Ich sehe immer noch die kleine mattrosa Rosenkette um den Rand der eilig gekauften Wachspapierbecher. Sektgläser? Kein Gedanke. Das Mittagessen an jenem Tag – und hier kann ich berichten, dass euer Vater wirklich alles bezahlte – war der Fraß, den man üblicherweise in den billigen Lokalen am Strand bekommt, es dominierten die fettigen Fritten. Aber es wurde mit Schampus runtergespült. Wir hatten keinen Sektkühler, aber das war kein Problem: der Ärmelkanal im März, eine Höhlung in den Kieseln am Ufer und fast schon Flut. Es kam einfach alles zusammen. Wir einigten uns auf zehn Minuten Kühlzeit und gaben uns dann mit fünf zufrieden.

Und Champagner hat den großen Vorteil, dass man nicht an einen Korkenzieher denken muss. Aber ich habe nicht vergessen, einen der Korken aufzuheben. Die andern beiden waren Lindas und Judys Sache, fand ich. Vielleicht trieben sie einfach hinaus aufs Meer. Aber ich behielt meinen Korken. Er ist von unschätzbarem Wert. Habe ich schon gesagt, dass ich sentimental sein kann? Er befindet sich in einer speziellen Schachtel, in der ich alles Mögliche aufbewahre. Gepresste Blumen aus Craiginish. Eure künstlerischen Triumphe in der Grundschule, für mich so wertvoll – und eure Mutter kennt sich in Kunst aus – wie Tintorettos. Und dann ist da noch ein kleines Halsband, inzwischen auch das von mattem Rot, mit einem Glöckchen und einem Namensschildchen dran. Doch mehr davon später.

Der Strand von Brighton Mitte März – nicht immer einladend. Aber es wurde so warm wie im Sommer. Das Meer war ruhig und entgegenkommend und wurde von Minute zu Minute blauer, und die Wellen, die mit sanftem Plätschern hereinliefen, sich silbern blitzend brachen und sich dann zuerst um drei, dann zwei und dann eine einzige Flasche Champagner in cremefarbenen Schaum verwandelten, hätten ebenso gut selbst Champagner sein können. Wenn mir euer Vater bei der dritten Flasche erzählt hätte, dass er jenen Tag lange im Voraus bedacht, ihn vorhergesehen und in jeder Einzelheit geplant hatte – so wie auch die besonderen, kurzen Rollen für Linda und Judy –, dann hätte ich ihm das natürlich sofort geglaubt. Aber wie hätte er oder eine von uns wissen können, dass sich dieser Tag zu so etwas Vollkommenem entwickeln würde? Manche Tage sind einfach wie Geschenke, manche Dinge sind einfach ein Geschenk. Hatte er das Wetter geplant? Hatte er geplant, dass das Meer so kooperativ sein würde, aufzulaufen und sich dann – aber das ist nur normal für die Gezeiten – langsam und respektvoll zurückzuziehen? Dass der Nachmittag golden und verträumt werden würde und dass, als das Licht schwächer wurde und sich das Wasser immer weiter zurückzog, Linda und Judy aus eigenem Antrieb, aber mit tadellosem, wenn auch betrunkenem Timing aufstanden und sich ebenfalls fortstahlen – Gäste unsres Festes, die dennoch wussten, wann sie gehen sollten? So als ließen sie uns nicht dort, wo jeder uns sehen konnte, nämlich auf dem Kieselstrand von Brighton, zurück, sondern in unserem eigenen, abgeschirmten, mit Blumengirlanden geschmückten Bett.

Aber wir merkten kaum, dass sie gingen, hörten nicht ihre leise knirschenden, sich entfernenden Schritte, denn aneinandergekuschelt in einer Art durchsichtigen Decke aus Champagner und müde nach einer ziemlich schlaflosen Nacht waren wir selber eingeschlummert.

# 8

Wir waren beide Einzelkinder. Wirken Einzelkinder anziehend aufeinander? Und wir waren beide Kriegskinder … eure fürchterlichen Eltern … ich in dem Sinn, dass ich während des Krieges gezeugt worden war, Mike im wahren und klassischen Sinn des Wortes, dass er im Krieg geboren wurde, in aller Eile auf den Weg gebracht wie ganze Armeen anderer kleiner Kriegskinder, damit etwas von ihren Vätern übrig blieb, sollten diese bald nicht mehr da sein. Ein Weilchen musste es genauso ausgesehen haben. Euer Großvater Pete und eure Großmutter Helen handelten gerade noch rechtzeitig, denn kurz nachdem Großmutter Helen schwanger wurde, meldete man Großvater Pete als vermisst, und »vermisst« war ein Wort, das oft das Allerschlimmste bedeutete.

1945: Wie seltsam das jetzt als Geburtsdatum klingt, so als sagte man 1789 oder 1492.

Als euer Vater im Januar 1945 geboren wurde, war sein Vater nicht zu Hause und würde auch die nächsten fünf Monate nicht zu Hause sein. Theoretisch war es der Sohn, der auf die Heimkehr des Vaters wartete, nicht umgekehrt. Nicht, dass euer Vater gewusst hätte, was vor sich ging, oder eine Ahnung hatte, wie bedeutsam seine Ankunft war, sogar schon ehe sie richtig stattgefunden hatte. Vielleicht ist es nur gut, dass uns die Erinnerung erst etwas später auf unserem Lebensweg erwartet. Oder sickern diese Dinge sowieso irgendwie zu uns durch? Ich habe oft versucht, mich in Großmutter Helens Lage während der kurzen Zeit zu versetzen, als euer Vater der ungeborene Trost in ihrem Schoß war.

Ich wartete auf euren Vater etwas weiter die Straße runter. Ich weiß, es klingt albern. Auch ich wartete darauf, dass er zur Welt kam.

Herrschte schon immer ein kleiner Abstand, ein Mangel an Übereinstimmung zwischen eurem Vater und seinem Vater? Ihr habt es auch bemerkt? War es einfach der Abstand, die gereizte Reserviertheit, die immer zwischen Sohn und Vater besteht, oder war es jener quälende Abstand von etwa fünf Monaten? Vielleicht hatte sein Vater versucht, ihn mit den zwölf Flaschen Champagner zu schließen. Vielleicht war es ihm eine Zeitlang gelungen. Ich könnte mir denken, dass euer Vater ein bisschen geweint hat, als er die Botschaft las: »Viel Spaß!« Was für eine merkwürdige Reaktion auf eine solche Botschaft. Und ganz bestimmt hat er bei der Beerdigung seines Vaters vor achtzehn Monaten auf dem Friedhof von Birle geweint. Da habt ihr euren Vater zum erstenmal weinen sehen, wo es doch heißt, dass es nicht gut für Kinder sei, ihren Vater in Tränen zu sehen. Ich bin mir da nicht so sicher. Und ich bin nicht so sicher, ob euer Vater nicht wegen einer anderen Art von Abstand weinte.

Der Zufall wollte es, dass Großmutter Helen in dem Jahr, in dem ich euren Vater kennenlernte, zum erstenmal über die Zeit vor und direkt nach seiner Geburt sprach. Ob das etwas mit mir zu tun hatte? Euer Vater erzählte mir jedenfalls, dass sein Gespräch mit seiner Mutter Weihnachten stattgefunden habe. Er weihte mich in ein persönliches Gespräch mit seiner Mutter ein.

Und du, Kate, hast mir erzählt, dass er das alles vergangene Weihnachten dir gegenüber zur Sprache gebracht hat. Das erste Weihnachtsfest ohne Großvater Pete. Großmutter Helen hielt in unserem Wohnzimmer ein Schläfchen. Du und Mike, ihr hattet angeboten abzuwaschen. Nick und ich hatten beschlossen, einen Spaziergang um den Block zu machen. Ich kann verstehen, wie all diese Umstände deinen Vater in die entsprechende Stimmung versetzten. Du hast mir erzählt, dass er dir von einem Weihnachten vor vielen Jahren erzählt habe, in dessen Verlauf ihm Großmutter Helen von der Zeit erzählte, als Großvater Pete nicht da war.

Ich habe dich vielleicht etwas komisch angesehen – so wie damals in Carrack Cove –, und du hast dich vielleicht gefragt, warum. Aber du hast nur gesagt: »Vater vermisst Großvater Pete wirklich, nicht wahr?« Gute, liebe, töchterliche Worte. Und wahre.

»Ja«, sagte ich, »das erste Weihnachten ist hart.«

Ich sagte nicht, obwohl ich es leicht hätte sagen können, dass ich mich an das erste Weihnachten ohne *meinen* Vater erinnern konnte. Ich hatte einen großen Trost, einen doppelten Trost: Du und Nick wart in meinem Bauch.

Ich sagte bloß – als ob das nötig gewesen wäre –, dass Großmutter Helen ihn sicher auch vermisse. Euer Vater und Großvater Pete pflegten Weihnachten immer den Abwasch zu machen. Sie krempelten die Ärmel hoch und banden eine Schürze um, eine rituelle Zwei-Männer-

Aufgabe. Nun, in diesem Jahr hat dein Vater, aus welchem Grund auch immer, dich gewählt. Es war ein weiterer wackliger Augenblick.

Ihr habt wahrscheinlich beide bemerkt, dass zur Zeit auch ein gewisser Abstand zwischen eurer Großmutter Helen und mir besteht. Ich meine, da war immer ein gewisser Abstand. Sie ist meine Schwiegermutter, das hat auch etwas mit ihrer Rolle zu tun. Mit Großvater Pete bin ich immer besser ausgekommen, ich glaube, ich komme ganz allgemein besser mit Männern aus. Aber jetzt besteht eine zusätzliche Kluft zwischen Großmutter Helen und mir, gerade, wenn da keine sein sollte. Ich sollte ihr vielmehr Trost und Hilfe sein, und ich habe auch mein Bestes getan. Aber ich habe Angst vor ihr, wenn ich ehrlich bin, ich habe mit einem Mal ein bisschen Angst vor ihr.

Liegt sie in diesem Augenblick ebenfalls wach, so wie ich, aber allein, und hört dem Regen zu?

Es kam mir ein ganz kleines bisschen romantisch vor, das gebe ich zu, als ich es von eurem Vater hörte: dass sein Vater einmal »vermisst« gewesen und dann wie von den Toten zurückgekehrt war, um seinen Sohn auf den Arm zu nehmen. Auch wenn es nie so recht mit dem Mann übereinstimmte, den ich kennenlernen würde, mit dem Mann, der eine Fabrik in Sidcup leitete, oder mit dem Mann, der manchmal mit seinem alten Kumpel Charlie Dean – für euch »Onkel Charlie« – diese seltsamen kleinen komischen Nummern aufführte. Großmutter Helen sagte immer, sie hätten zum Theater gehen sollen. Charlie und Pete, Dean & Hook – es hätte funktionieren können. Charlie, der kleine, lebhafte Spaßvogel, und Pete, wie ein älterer Bruder, der hochgewachsene, ein wenig ernste Stichwortgeber. Viel Spaß! Viel Spaß!

Mein Vater hatte niemals losfliegen müssen in seinen äußerst wahrscheinlichen Tod, er hat den Krieg ganz anders erlebt. Er hatte ihn damit zugebracht, Codes zu knacken, und das sicher und behaglich weit weg auf dem Land, auf angenehme Weise umgeben von einer großen Anzahl junger weiblicher Büroangestellter, Schreibkräfte sowie Telefonistinnen, von denen einige aus durchaus nicht einfachen Verhältnissen stammten, jedoch ihren bescheidenen Beitrag leisteten.

Und unter denen war auch meine Mutter, Fiona McKay. Das mit der schottischen Herkunft mag ein absoluter Zufall gewesen sein oder aber auch der entscheidende Umstand. Wirken Schottinnen auf Schotten anziehend und umgekehrt?

Wie finden unsere Eltern zueinander? Müssen wir das wissen? Du, Kate, schienst einmal recht interessiert zu sein. Hier jedenfalls kommen *meine* Spekulationen. Ich glaube, der Krieg meines Vaters war genau genommen so etwas wie eine Erholung von seiner bis dahin ernsthaften und absoluten Hingabe an Recht und Gesetz. Ich glaube, es war seine Version von Sussex im Jahr 1966, wenn er auch ein gutes Stück älter als einundzwanzig war. Er muss über vierzig gewesen sein. Das Leben erwischt dich zu allen möglichen Zeiten.

Es war vielleicht eine ziemlich mönchische Hingabe gewesen. Niemals zuvor war er so strategisch günstig unter Frauen geraten. Nie zuvor hatte er sein Talent als Verführer entdeckt. Das heißt im Falle meines kleinen, nicht gut aussehenden, aber knuddeligen und dennoch energischen Vaters, sein Talent, sich unheimlich leicht verführen zu lassen. Das kommt möglicherweise auf dasselbe heraus, wenn man im Großen und Ganzen im Auge behalten kann, was vor sich geht. Und ein Mann, der es bis zum Richter am Obersten Gerichtshof gebracht hat, sollte dazu wohl imstande gewesen sein. Ein großes SOLLTE, wie sich herausstellte.

Es hört nie auf, mich mit Trauer zu erfüllen, und wird mir morgen einen zusätzlichen Stich versetzen, dass ihr euren Großvater Dougie nicht gekannt habt. Aber natürlich habe ich ihn damals auch nicht gekannt. In jenen Tagen, bevor wir zur Welt kamen.

Als von meinem Erscheinen überhaupt noch keine Rede war, hatte mein Vater, so glaube oder hoffe ich, eine tolle Zeit. Ich denke, er hat sich amüsiert. Alles wegen des Krieges. Ich würde nicht wagen, *seinen* Punktestand zu schätzen, und vielleicht war es ja auch gar nicht so. Aber ich weiß, dass Fiona McKay – zwanzig Jahre jünger als er – 1944 seine junge Kriegsbraut wurde. So an die fünfzehn Jahre später, als ich zur Schule ging und sie auf die vierzig zu, zeigte sie die ersten unverhüllten Anzeichen dafür, dass sie sich zu verändern wünschte (war das so unvorhersehbar?), dies jedoch nicht, ohne ein Gutteil von dem mitzunehmen, was in Wirklichkeit ihm gehörte. Kriegsbraut und in Zukunft käuflich. Und das, so begriff ich später, würde ihn verwundbar machen, ja sogar der Gefahr aussetzen, dass ihm dasselbe noch einmal passierte.

Euer Großvater Dougie starb 1978, mehr als ein Jahr vor eurer Geburt. Seiner Beerdigung wohnten im Gegensatz zu der eures Großvaters Pete gleich drei Exfrauen bei. Fiona war die Nummer eins. Ihr habt sie nie kennengelernt, und – nur der Ordnung halber – Mike hat sie auch nur einmal getroffen, nämlich bei jener Beerdigung. Ihr wisst, dass ich keinen Kontakt zu meiner Mutter habe, so etwas passiert. Als ihr sehr klein wart, pflegten wir sie zweckmäßigerweise eure Feengroßmutter zu nennen, als verleihe ihr dies einen ätherischen Status über ein bloß normales Großmuttersein hinaus. Sie ist eines der niemals völlig erklärten Geheimnisse eures Lebens, wenn auch, glaubt mir, nicht das einzige.

# 9

Euer Vater sieht immer noch gut aus. Ich glaube, sogar noch besser. Natürlich bin ich nicht unvoreingenommen. Zumindest im sommerlichen Licht unter dem Baum im St. James's Park strahlte er vor Stolz. Oder liegt es daran, dass sein Erfolg im mittleren Alter ihm neuen Auftrieb gegeben hat, neuen Schwung? Wo kann man bei Männern gutes Aussehen und Erfolg trennen, gutes Aussehen und Leistung? Hast du irgendeine Idee, Kate? Wie gut jedenfalls die Zeit zu ihnen sein kann. Aber vielleicht sollte ich das gerade jetzt nicht denken.

Es war nicht immer so. Ich will damit sagen, dass er früher einfach nur gut aussah, dass er einfach Mike war. Es fehlte der Erfolg. Und sollte man den fordern? Ist Liebe nicht mehr als genug? Professor Mike, ich meine ein wirklicher, echter, anerkannter Professor Mike, wartete noch in weiter Ferne (man muss dazu sagen, dass er weiterhin warten wird), während sich euer Vater ein drittes und ein viertes Jahr mit seiner Doktorarbeit abplagte. Diese Schnecken, mit denen er sich beschäftigte, sollten sein Sprungbrett – ein unglücklicher Ausdruck – in eine brillante naturwissenschaftliche Karriere sein.

Es mag für euch schwer vorstellbar sein, dass euer Vater und eure Mutter, die jetzt dieses Haus hier besitzen und all das tun, was sie tun, einmal in einer Kellerwohnung in Earl's Court gewohnt haben. Euer Vater »forschte« am Imperial College, ich war Praktikantin beim Auktionshaus Christie's in der Old Brompton Road. Unser Bett damals – vergleicht das mit dem Riesenbett, in dem wir jetzt schlafen – war eine Matratze auf dem Fußboden. Nicht so sehr aus Sparsamkeit, obwohl auch die nötig war, als vielmehr als Geste in Richtung ausufernder Dekadenz. Wir haben niemals Geld in ein richtiges Bett investiert, obwohl wir eines impulsiven und wollüstigen Tages in der Portobello Road eine riesige purpurrote, aufreizend dünne Tagesdecke erstanden, unter der wir oft, eingehüllt in ihre rubinrote Glut, um uns schlugen und uns balgten wie Leute bei einem gut ausgegangenen Ballonunfall.

In jenen Tagen – tut mir leid, es sagen zu müssen – lag uns der Gedanke an euch fern, wir hatten euch noch nicht einmal auf unserem Radar.

Mein Mittagessen mit eurem Vater heute im Park erinnerte mich nicht nur an Brighton, ich musste auch an meine Zeit als Praktikantin denken und an einen tollen Monat, den ich einmal als Aushilfe in der Dulwich Gallery verbracht hatte, die ich immer noch sehr mag. Ein paar wunderschöne Poussins, ein hinreißender Watteau. Während meiner Mittagspause strolchte ich im Park umher, der direkt gegenüber lag – es gab dort einen See mit Enten drauf – und dachte an Mike auf der anderen Seite der Stadt im Imperial College und wie schön und bewahrenswert selbst die ereignislosesten Augenblicke des Lebens sein können. Unsere jeweilige berufliche »Laufbahn« befand sich auf alle Fälle am Start, in einem beruhigenden Embryonalzustand, der von Mike vielleicht etwas verborgener als meiner. Aber es hatte keine Eile. Es gab sogar das Argument, dass das Ergebnis mit der Länge der Inkubationszeit immer prächtiger werden würde. Ich klinge selbst schon wie ein Biologe.

Aber damals war ich sogar von der Liebe eures Vaters zu Schnecken noch ein wenig verzaubert, ein wenig verführt. Mich begeisterte seine Begeisterung. Wer interessiert sich schon für Schnecken? Manche finden sie abstoßend. Aber wenn sich Mike für sie interessierte ... So funktionierte das. Unter unserer roten Tagesdecke lernte ich bereitwillig eine ganze Menge über Schnecken, über ihre Naturgeschichte, ihren Lebenszyklus und nicht zuletzt über ihr außergewöhnliches Reproduktionssytem und ihre Art, den Geschlechtsakt zu vollziehen (man sollte meinen, ihre Häuser stellten ein größeres Hindernis dar), obwohl das jetzt nicht der richtige Zeitpunkt ist, näher darauf einzugehen.

Euer Vater pflegte zu sagen, dass die schlichte Freude an der Biologie in der schieren Merkwürdigkeit der Dinge liege. Was macht etwas zu etwas Besonderem? Und ich dachte, dass die Frage »Was macht Mikey besonders?« eine Frage sei, die keiner Antwort bedürfe, schon gar keiner wissenschaftlichen. Und ich kam auch nicht auf den Gedanken, zu hinterfragen: Was veranlasst jemanden, der schließlich alles Mögliche tun könnte, Spezialist für Schnecken zu werden?

Heute im Park mit eurem Vater sah ich mich in jenem anderen Park in Dulwich. Es war Frühling. Der Rhododendron blühte, die Enten schnatterten leise. Kleine Reihen von Entenküken paddelten hinter ihnen her. Damals konnte ich mir nicht vorstellen, dass ich je zu diesem

Mann da, zu diesem speziellen Spezialisten würde sagen wollen: »Vielleicht reicht das jetzt mit den Schnecken, Mikey. Wohin führen uns ihre silbrigen Spuren?« Ich konnte mir nicht vorstellen, dass ich eines Tages diesen Mann, der inzwischen mein Mann geworden war, dazu würde bringen wollen, seine eigene klebrige Spur im Leben zu überdenken.

Zu seiner Arbeit gehörte, dass er diese Dinger züchtete, gehörten langfristige, geduldige Reihen von Experimenten. Plötzliche, das Leben verändernde Entdeckungen schienen nicht dabei herauszuspringen.

Ich bin nie eine Bewunderin Seurats gewesen, aber heute im Park musste ich an seine herumsitzenden, -liegenden oder -schlendernden Figuren denken, aus Punkten zusammengesetzt, so als seien Menschen wirklich nur Wolken aus Atomen, was euer Vater zweifellos bestätigen würde. Ich hatte das sonderbare Gefühl, ihn wieder ganz neu kennenzulernen. Als ob ich mir, wenn ich ihn nie gekannt hätte und in den St. James's Park gegangen wäre, um mir aus der Menge einen auszuwählen, wieder ihn ausgesucht hätte. Vielleicht hätte ich ihm das sagen sollen. Ich hätte sagen sollen: »Es wäre auch jetzt genau dasselbe gewesen, Mikey, gar keine Frage. Sogar mit fünfzig.«

Nur dass ich plötzlich, von Panik erfasst, genau das Gegenteil fühlte, nämlich dass ich ihn zum *letztenmal* sähe. Ich hatte ihn völlig falsch verstanden. »Ich musste dich einfach sehen«, hatte er gesagt. Es war kein Treffen, es war ein letzter Blick. Das tun Leute ja auch, sie treffen sich ein letztes, ehrenhaftes Mal, nur um sich zu trennen. Euer Vater inszenierte schon sein Verschwinden.

Wie dumm von mir. Als wir die Stufen zum Duke of York wieder hinaufstiegen, geriet ich völlig außer Atem. Er sagte, als er an jener alten Stelle stand: »Ich bin froh, dass wir das gemacht haben, ich werde das nicht vergessen.« Zwei Sandwiches im Park! Ich wagte nicht, irgendetwas Dummes zu sagen. An der Ecke von Pall Mall winkte er ein Taxi herbei und küsste mich, bevor er einstieg. Ich sah dem Wagen nach, wie er sich mit seinem glänzenden schwarzen Dach die Lower Regent Street hinaufschlängelte. Und fünfzehn Minuten später hätte mich Simon, der, wie ich glaube, unbestimmt Ausschau nach mir hielt, zurückkommen und meine Bürotür hinter mir zumachen sehen können, so wie Leute sogar Bürotüren schließen, wenn sie weinen wollen.

Aber wieso denn, er ist doch noch da, oder? Wie albern von mir. Euer Vater ist immer noch da.

Und wie ihr wisst, kann er immer noch auf ganz besondere Weise über Schnecken reden. So wie er über alle möglichen Arten von krabbelndem Getier und kaum zur Kenntnis genommene Lebensformen sprechen kann, so als verriete er ein wunderbares Geheimnis. Heutzutage muss er sich sozusagen um den ganzen Bereich der verfügbaren Produkte kümmern, aber er kann immer noch sehr gut auch das kleine Einzelteil an den Mann bringen.

Ihr wisst, dass ihr nicht gähnen dürft, wenn euer Vater über Schnecken redet. Dann kriegt er so einen bestimmten Blick. Ihr wisst auch, dass ihr die Molluskenwitze nicht überstrapazieren dürft. Was ihr nicht wisst, ist, dass, nachdem wir in die Davenport Road gezogen waren, der Augenblick kam, in dem euer Vater mir verkündete, dass er ein letztes Mal in die Laboratorien des Imperial College gehe. Er habe dort einen letzten Besuch zu machen. Er führte das nicht weiter aus, und vielleicht hätte ich es erraten sollen. Aber er hat es mir hinterher erzählt. Er sagte, er sei persönlich dorthin gegangen, um zu vernichten, was noch an Schnecken, an Versuchstieren übrig geblieben war. Er sagte, er habe es selbst tun wollen, effizient und »human« – ein seltsames Wort in Verbindung mit Schnecken. Er habe es nicht »irgendeinem Techniker« überlassen wollen.

# 10

Aber kehren wir zurück zu der Zeit, als er einundzwanzig war, und zu einem anderen Besuch. Zu einem Tag im Mai, als ich mit eurem Vater vor der Haustür der Nummer sieben in der Napier Street, Kensington, stand und darauf wartete, dass mein Vater aufmachte.

Ich hatte euren Vater noch nie so ängstlich gesehen. Er zitterte in seinen Chelsea-Stiefeln. Seit ich ihm in jenem unglücklich gewählten Augenblick erzählt hatte, dass mein Vater Richter am Obersten Gerichtshof sei, war euer Vater überzeugt davon, dass auch er sein Urteil empfangen würde. An diesem Mainachmittag würde er verurteilt werden.

Sosehr ich das Ganze auch herunterspielte, nichts konnte ihn beruhigen. Es war ein Wunder, dass ich ihn überhaupt bis vors Haus hatte schleppen können. In der Queen's Bench Division wurden keine Verbrecher abgeurteilt – nicht dass euer Vater einer gewesen wäre – und auch keine an den Galgen gebracht. Im Jahr 1966 wurde im Übrigen sowieso niemand mehr an den Galgen gebracht. Obwohl es eine ziemlich bedrückende historische Tatsache ist, dass es vor gar nicht so langer Zeit noch geschehen war. Und eine noch bedrückendere Tatsache, über die ich gar nicht nachdenken mag und schon damals nicht nachdenken mochte, ist, dass mein Vater, hätte er das Strafrecht gewählt, zumindest für eine kurze Zeitspanne in seiner Karriere als Richter zu denen gehört hätte, die ein solches Urteil noch gefällt haben. Wir sind doch weit gekommen seit der Zeit vor eurer Geburt.

Jedenfalls versuchte ich euren Vater davon zu überzeugen, dass mein Vater ein absoluter Schatz war, ein Lamm. Er trug Strickjacken aus Lammwolle von Harrods. Er war nicht Richter Jeffreys. Man wäre niemals darauf gekommen, dass er überhaupt Richter war. Aber nichts von alledem zog bei eurem Vater, es gab ihm sogar noch mehr Grund zum Zittern. Ein Schatz, ja natürlich, bei seiner eigenen Tochter. Euer Vater kannte inzwischen die Situation gut genug, wusste, dass mein Vater im Begriff war, sich von seiner eigenwilligen Frau scheiden zu lassen. Übrig blieb dieser Haushalt aus zwei einander ergebenen und sich aneinanderklammernden Menschen – Vater und Tochter. Je liebevoller ich von meinem Vater sprach, desto sicherer war sich Mike, dass er als Eindringling und Rivale betrachtet werden würde. Mein Vater würde ihn wie Luft behandeln.

Habt Mitleid mit eurem armen Vater – wenn es denn sinnvoll ist, jemanden in der Rückschau zu bedauern – dort vor der Haustür meines Vaters. Stellt ihn euch in dieser Situation vor, wenn ihr ihn morgen anschaut. Er hatte wirklich nichts zu befürchten. Wenn er doch nur gewusst hätte, dass der eigentliche Augenblick der Urteilsverkündung erst viel später kommen würde.

Es war zwecklos, ihm zu erklären, dass die Lage in Kensington nicht so einfach war, wie sie aussah. Mein

Vater war nicht völlig der vor unterdrücktem Groll kochende, weil ungerecht behandelte und verletzte Teil, dessen einziger Trost ich war. Er war großzügigerweise – oder törichterweise – darauf bedacht, dass die Schuldfrage bei der Scheidung keine Rolle spielen sollte. Fiona war immer noch die Mutter seines einzigen Kindes (und wusste, wie sie ihn, an seine bessere Natur appellierend, melken konnte). Es hatte immer noch die guten Jahre gegeben. Ich kann mich an sie erinnern. Wir drei vor »Craiginish Croft«, wie wir wie die Blöden auf den Selbstauslöser warteten – das Foto ist in der Schachtel da: Dougie, Fifi und Paulie, wie wir uns damals nannten, wie ein Wurf junger Hunde. Meine Mutter hatte die Aussicht, sehr viel mehr zu bekommen, als die meisten Anwälte – sofern sie keinen Richter vertraten – befürwortet hätten. Zunächst einmal würde sie Craiginish erhalten. Wäre ich in jenem Frühjahr nicht damit beschäftigt gewesen, mit eurem Vater ins Bett zu fallen und mich in ihn zu verlieben, dann hätte ich mich mit meinem armen Vater vielleicht heftiger darüber gestritten.

Außerdem war da der potentiell ruinöse Faktor Margaret Gould, meine zukünftige Stiefmutter, die bereits ihr Claim absteckte. Er musste sehr aufpassen, dass dies nicht Fiona Grund gab, sogar noch mehr aus ihm herauszuholen. Ich hatte bereits begonnen, Margaret zu hassen, diesen Eindringling. Konnte ich daher nicht die Bedenken eures Vaters verstehen? Ich war unschönerweise schon dabei, meine eigene Mutter zu ächten. Vielleicht bin eigentlich ich es, über die ihr morgen ein Urteil fällen solltet.

In mancher Hinsicht wäre es besser gewesen, wenn mein Vater losgezogen wäre und, erfüllt von offensichtlichen und unbekümmerten Rachegelüsten, Margaret aufgegabelt hätte. Aber er war sechsundsechzig, und es hätte ihn seine Karriere als Richter kosten können. Richter »ziehen nicht los«, sie »gabeln nicht auf«. Und Richter sollten, vielleicht per definitionem, allen Parteien gegenüber fair und frei von jeder Rachsucht sein. So oder so, es hätte ihm nicht ähnlich gesehen. Er *hatte* Margaret zwar aufgegabelt, aber auf seine normale, hilflose, passive-aber-effektive Art und Weise, wie eine Klette, die beharrlich an einer seiner Strickjacken haften geblieben war. Ein Schatz und ein Softie, obwohl ich euren Vater, der dort vor der Haustür Qualen litt, nicht davon überzeugen konnte.

Die Tür zeigte ein glänzendes, unversöhnliches, richterliches Schwarz, in Kensington das übliche Dekor, aber das half eurem Vater auch nicht. Unter einem Vorbau, der von zwei glänzenden weißen Säulen getragen wurde, führten einige Stufen zu ihr hinauf. An einer der Säulen dürfte sich eine große, mit feinen Serifen versehene schwarze 7 befunden haben.

Was zur Befangenheit eures Vaters beitrug, war – das kann ich nicht leugnen – der plötzliche, offenkundige Geruch von Reichtum. In Sussex, da waren alle unterschiedslos Studenten. Hier war er jetzt der Junge aus Orpington, der von einer Kensington-Euer-Lordschaft auf seinen Platz verwiesen wurde. Nicht, dass er etwas dagegen gehabt hatte, wie mir nicht entgangen war, eine »Biene« – lacht nicht, so hieß das damals – aus der Gegend direkt nördlich der King's Road zu haben. Diese

Chelsea-Stiefel, in denen er gerade zitterte, waren authentisch und echt in dem Sinne, dass wir sie vor gar nicht so langer Zeit in der King's Road gekauft hatten.

Vor der Scheidung war euer Großvater Dougie vermutlich am wohlhabensten. Von da an begannen die Plünderungen. Aber ich glaube, dass mein Vater sie sonderbarerweise irgendwie stillschweigend duldete: nicht so sehr die Plünderungen als vielmehr den allmählichen, ungleichmäßigen Prozess des Beraubtwerdens. Da war er immerhin schon sechsundsechzig. Er sollte noch zweimal heiraten, und beide Versuche sollten fehlschlagen. Es war, als arbeite er sich auf Umwegen, aber gerissen zurück zu dem Zustand eines unbelasteten Junggesellen, eines einfachen Juristen, obwohl jetzt natürlich Richter. Was immer man ihm sonst wegnehmen würde, die Roben und die Autorität des Amtes konnte ihm niemand nehmen.

Es sind nicht nur die Schnecken, die diese Schneckenhäuser brauchen, Mikey.

Und egal, ob diese Verwüstungen nun Teil eines verrückten Plans waren oder nicht, ich kann nicht bestreiten, dass euer Vater und ich wesentlich dazu beigetragen haben, den Bestand zu verringern. 1970, als Mike und ich heirateten, kaufte uns mein Vater ein Haus. Sein Argument, als ich ziemlich schwachen Protest einlegte, lautete, dass dann so viel weniger übrig bleibe, auf das Margaret »die Hand legen« könne (so weit war es bereits gekommen), ein Argument, dem schwer etwas entgegenzusetzen war, wenn man das grundsätzlichere, das mit dem geschenkten Gaul und dem Maul, einmal beiseitelässt. Aber wie die meisten der gutherzigen Impulse meines Vaters war dieses Haus als Hochzeitsgeschenk – oder genauer gesagt das Geld dafür – Anlass zu jeder Art von Krach und Spannungen.

Es brachte euren Vater in Verlegenheit und weckte bloß den Wunsch in ihm, seine Rolle als mittelloser Postgraduate und Diener der Wissenschaft nicht aufzugeben. Und es brachte auch seinen Vater in Verlegenheit, der, obwohl Dean & Hook inzwischen florierte und obwohl er eurem Vater den Champagner geschickt hatte, sicherlich nicht damit einverstanden war, Häuser zu verschenken. Wir sollten auf eigenen Füßen stehen. Die jungen Leute heutzutage, die haben ja keine Ahnung. Die üblichen Weisheiten. Aber wie man viel später von diesen Sätzen hereingelegt wird, wie sie mir, im Zusammenhang mit euch, meine Lieblinge, gerade heimlich durch den Kopf gehen!

Ich glaube, dass sich die Distanz zwischen eurem Vater und dem seinen um diese Zeit wieder vergrößerte. Ich glaube, dass euer Großvater Pete ziemlich verwirrt war, und das kann ich verstehen. Ein Sohn, der mit *Schnecken* arbeitete und das in einem Zustand, der fast schon an Verelendung grenzte, während er geradezu groteske Geldzuwendungen von einem hochgestellten Richter erhielt, der, obwohl man vor ihm buckelte und katzbuckelte, eindeutig ein Narr war: mehr Geld als Verstand. Von seiner flatterhaften Frau gar nicht zu reden.

Wie ihr wisst, war euer Großvater Pete im Krieg Navigationsoffizier gewesen.

Aber Gott sei Dank konnte er mich immer leiden, auch wenn ich es selbst bin, die das sagt – und ich habe damals in Orpington auch nicht schlecht gezittert. Gottlob hatte er an seinem Sohn in dieser Hinsicht nichts auszusetzen.

Bei unserer Hochzeit schüttelte er meinen Vater die Hand, und sie umarmten sich wie verloren geglaubte Freunde. Hochzeiten vermögen das. Mein Vater reichte eurem Großvater Pete nur bis zur Nase, obwohl er fast fünfundzwanzig Jahre älter war.

Und Gott sei Dank war es ein Haus im niemals modischen, ja sogar unbekannten Herne Hill und kein kleines Schmuckstück in einer der *mews* in Kensington. Aber auch keine Absteige in Earl's Court. Es stand am grünen, aber bezahlbaren, vernünftigen und kinderfreundlichen Stadtrand. Es war, wie es beim Immobilienmakler hieß, Dulwich zu zwei Dritteln des Preises, und die Gegend würde »bald sehr gefragt« sein, obwohl das nie wirklich der Fall war. Es war ein Haus, das euer Großvater Pete auf jeden Fall gutheißen konnte, auch wenn er eigentlich nichts zu sagen hatte. Und um ehrlich zu sein, ich war diejenige, die mit etwas Hilfe von meinem Vater euren Vater und mich selbst dorthin lotste.

Ich rede natürlich, obwohl ich von der Zeit vor fünfundzwanzig Jahren spreche, von eurem ersten Zuhause. Ihr habt dort drei Jahre eures Lebens verbracht. Ihr könnt euch dunkel daran erinnern: Davenport Road Nr. 27.

Aber *dieses* Haus, in dem wir jetzt alle wohnen, ist das Haus, in dem ihr wirklich aufgewachsen seid, in dem ihr euer Leben bis jetzt verbracht habt. Und man könnte sagen, dass auch das von eurem Großvater Dougie kommt. Oder genauer: von seinem Tod. Andernfalls hätten wir es nicht kaufen können, und obwohl wir etwas Größeres brauchten – ihr wurdet schnell größer –, wäre dieses Haus hier, wenn sich die Dinge für Mike nicht so gut entwickelt hätten, ein großer, riskanter Sprung gewesen, der unsere eigenen Mittel weit überstiegen hätte. Jetzt hat es seinen Zweck erfüllt, ja inzwischen sieht es sogar so aus, als wäre es eine Zwischenstation, von der aus wir vielleicht weiterziehen werden.

Aber das stand niemals zur Debatte, jedenfalls nicht vor dem morgigen Tag. Und es ging niemals, von Anfang an nicht, um uns. Es ging um *euch*. Ihr wart drei Jahre alt, als wir aus der Davenport Road fortzogen. Ihr fingt gerade an, euch zu erinnern. Und dreizehn Jahre lagen noch vor euch ... zumindest war das unsere Arbeitshypothese. Wir wollten euch das Beste geben, das wir bekommen konnten, das Beste, das wir euch bieten konnten. Wir wollten diese dreizehn Jahre kostbarer Erinnerung in die bestmögliche Schachtel packen. Obwohl ihr den größten Dank eurem Großvater Dougie schuldet, den ihr nie gesehen habt.

Rutherford Road, Putney, am Rand der Heide, jetzt eine der begehrtesten Straßen in der Gegend. Ich habe immer gefunden, sie sollte eigentlich »Rectory Row« heißen, weil jede ausladende Doppelhaushälfte so aussieht, als sehnte sie sich danach, auf ihrer eigenen, annähernd ländlichen Insel der Vornehmheit zu stehen. Euer Großvater Dougie, der mit siebenundsiebzig Jahren starb, war nur wenig älter als dieses Haus hier. Vor Jahren haben wir euch einmal gesagt, dass es aus der Zeit Edwards VII. stamme, und du, Nick, hast mir vor nicht allzu langer Zeit erzählt, dass deine Schwester es früher bei sich immer Edward genannt habe, so als sei es eine Person, ein geheimer Freund, ein Lebewesen. Obwohl ich mir vorstellen könnte, dass du bei dieser Edward-Geschichte auch mitgemacht hast.

»Kate kann ganz schön dämlich sein, findest du nicht auch, Mum?«

Also wenn Edward ein Mensch wäre, wenn er Augen und Ohren offen gehalten hätte, hätte er euch beiden das eine oder andere Geheimnis zuflüstern können.

Und was mir bei diesem kleinen Gedankenspiel einfiel, war, dass Edward der Name eures Großonkels war, Edward Hook, für gewöhnlich bekannt als Eddie, der ältere Bruder eures Großvaters Pete, der für euch nicht viel mehr gewesen sein kann als ein Grabstein auf dem Friedhof von Birle, den man euch einmal gezeigt hat, als ihr noch klein wart. Aber vielleicht hinterließ er einen Eindruck, stellte eine Verbindung her. Und Eddie hatte früher einmal Coombe Cottage außerhalb Birles gehört, das trotz seines Namens eher einem Pfarrhaus aus der viktorianischen Epoche glich.

Aber kehren wir zurück – alle diese Häuser! – in die Napier Street in Kensington. Zurück in die Zeit, als mein Vater lediglich sechsundsechzig war und euer Vater, der einundzwanzig war, unter dem Vorbau mit den weißen Säulen zitterte. Der arme Mann hat ganz schön lange dort gestanden.

Und jetzt öffnet mein Vater die schwarze Tür …

Sie verstanden sich blendend. Ich war mir sicher gewesen, ich hatte es eurem Vater versprochen, ich wäre darauf jede Wette mit ihm eingegangen. Mike mag gedacht haben, als er Richter Campbell von Angesicht zu Angesicht gegenüberstand, dass er gründlich taxiert werde. Und das wurde er auch. Aber ich wurde ebenfalls taxiert. Ich sah die kurzen Blicke, die von eurem Vater zu mir gingen. Mein Vater taxierte uns als Paar.

Zu der Zeit ging ich mit eurem Vater seit gerade mal zwei Monaten. Was für ein Ausdruck ... *ging mit*. Aber ich glaube, mein Vater wusste – in einigen Dingen kannte er sich wirklich aus –, noch bevor er uns ins Haus führte, dass euer Vater von nun an zum festen Inventar meines Lebens gehören würde. Da war sogar ein Blick, den er mir blitzschnell zuwarf und der mich zum erstenmal denken ließ: Vielleicht sollte ich versuchen, mich dazu zu bringen, diese Margaret zu mögen.

Euer Vater trug, abgesehen von den Chelsea-Stiefeln, seine beste schwarze Hose mit Schlag und sein bestes cremefarbenes Hemd mit rundem Kragen. Und mein Vater trug – was auch sonst? – eine Strickjacke. Eine ziemlich dicke Strickjacke, muss man sagen, für einen ziemlich warmen Tag im Mai, mit diesen Knöpfen wie kleine Fußbälle, marineblau über einem blassrosa Hemd. Blaue Cordsamthosen, Wildlederslipper. Mister Justice Campbell in Wochenendkleidung.

Obwohl ich felsenfest daran glaubte, dass euer Vater glänzend bestehen würde, wusste ich, dass es zwei entscheidende Tests geben würde. Der eine war der erste Eindruck an der Haustür – bereits mit Leichtigkeit bestanden. Der andere war der Weinkeller. Ich hatte eurem Vater bereits gesagt, dass dieser der Mittelpunkt, das Nervenzentrum war und dass er, wenn er dort hinuntergebeten wurde, was so gut wie sicher war, am besten keine Meinung äußern, sondern sich einfach führen lassen, staunen und zustimmen sollte. Was nicht schwierig war. Ich konnte nicht glauben, dass Mike *nicht* dazu eingeladen werden würde. Die einzige Frage war, wie lange es bis dahin dauerte.

Mir kam es so vor, als habe es keine Minute gedauert. Es machte mir nicht das Geringste aus, dass ich ohne viel Federlesens allein gelassen wurde, und es war mir völlig klar, dass ich nicht mitgehen durfte. Dies war ein wichtiger Augenblick. Eröffnungsgeplauder? Der Rest des Hauses? Zum Teufel damit! Euer Großvater Dougie fand, dass wir etwas Anständiges zu trinken brauchten.

»Äh, Michael … würden Sie mal bitte mitkommen?«

Ich wartete oben, während unterirdisch Bande geknüpft wurden. Ein Menschen- und Weinkenner. Es dauerte vielleicht fünf Minuten. Ich sah mich im Zimmer um: der gepolsterte lederne Ofenschirm vor dem Kamin, der hohe vergoldete Spiegel über dem Kamin, die Porzellanhunde aus Staffordshire auf dem Kaminsims, das Stillleben von De Brant in der Nische (das wir jetzt haben). Ich dachte: Dies war *früher* Zuhause.

Euer Vater hat mir später erzählt, dass mein Vater nach einer unvergesslichen Führung eine Flasche ausgewählt und gesagt habe – obwohl es drei Uhr nachmittags und eher Teezeit war –, dass wir sie jetzt trinken sollten, auf der Stelle, als Willkommenstrunk. Euer Vater hatte beigepflichtet. Mein Vater hatte die Flasche getätschelt. Mit der sauberen Hand hatte er dann Mike auf die Schulter geklopft und gesagt: »Nenn mich Dougie.«

Als sie wieder auftauchten, konnte ich sehen, dass euer Vater keine Spur von seiner vorherigen Beklommenheit mehr zeigte. Das Einzige, was ihn offensichtlich noch beschäftigte, war die Frage, wie dieser sechsundsechzigjährige Teddybär von einem Mann jemals hatte Richter werden können. Eine Frage, die auch mir früher Kopfzerbrechen bereitet hatte.

An jenem Abend, nachdem euer Vater meinen Vater kennengelernt und sich so offensichtlich gut mit ihm verstanden hatte, erzählte ich eurem Vater etwas, das ich in den ganzen zwei Monaten unseres Bettgeflüsters für mich behalten hatte. Etwas, das ich bis dahin noch mit niemandem geteilt hatte. Jetzt teile ich es mit euch.

Ich wartete, bis wir im Zug von Victoria Station zurück nach Brighton saßen. Dann erzählte ich ihm, dass ich mit dreizehn Jahren in den Schulferien ganz allein in den Gerichtssaal Nr. 6 im Royal Courts of Justice gegangen war, wo, wie ich wusste, mein Vater den Vorsitz führen würde, und zwar genau deshalb, weil ich diese verwirrende Frage beantwortet haben wollte. Noch heute kommt mir das für eine Dreizehnjährige sehr kühn vor.

Ich hatte auf der Zuschauergalerie gesessen, niemand hatte mich angehalten, und ich hatte einen kleinen, unvergesslichen Schock bekommen. Denn dort vor mir, unter mir, saß ein Mann in scharlachroter Robe und mit einer grauen Perücke, in dem ich, obwohl ich ihn fraglos kannte, meinen Vater nicht wiedererkannte. Ein Mann, der auf furchterregende, ehrfurchtgebietende Weise in seinem Element war, der rücksichtslos, das konnte ich sehen, auch wenn ich kaum ein Wort von dem verstand, was vor sich ging, die Spitzfindigkeiten und Winkelzüge unbedeutenderer, wenn auch immer noch wichtiger Perücke tragender Männer unterbrach und keinen im Zweifel darüber ließ, wer in jenem Gerichtssaal das Sagen hatte. Obwohl er vertrauterweise von rundlicher Statur war, dominierte er und überragte alle.

Ich erzählte eurem Vater, wie ich plötzlich schreckliche Angst bekommen hatte. Schlimmer noch, ich hatte auf einmal Schuldgefühle – und es schien dafür der richtige Ort zu sein –, weil ich überhaupt in dieser Weise zusah, heimlich. Angenommen, er sah herauf und erblickte mich, obwohl ich so klein war und jetzt verzweifelt versuchte, noch kleiner auszusehen und den Kopf zu senken, dort in der hintersten Reihe.

Möglich, dass er mich gesehen hatte. Ich glaubte es aber nicht. Andererseits, woher hätte ich das wissen können? Denn ich war plötzlich und entnervenderweise überzeugt, dass er, hätte er mich gesehen, nicht einen Augenblick lang seine unübertreffliche Schau dadurch hätte stören lassen. Es hätte keine plötzliche Verwirrung gegeben, kein plötzliches, unerklärliches und unrichterliches Lächeln. Er war Mister Justice Campbell. Ich war bloß ein Kind auf der Zuschauergalerie.

*Hatte* er mich gesehen? Ich frage mich das immer noch. Ich werde es nie wissen. Aber falls er mich gesehen hatte, hätte er es mir erzählt, zumindest irgendwann, als ich erwachsen war. Bevor er starb. Paulie, ich habe dich damals gesehen.

All das habe ich eurem Vater erzählt – diesen letzten Teil natürlich nicht –, als wir durch jenen Maiabend zurück nach Sussex ratterten, und ich sagte ihm, er solle es niemandem erzählen. Als ob er das getan hätte, als ob er es überall verbreiten würde. Aber es zeigte, wie groß die Angst der Dreizehnjährigen gewesen war, selbst dann noch. Und ich glaube, ich habe Mike ein kleines bisschen Angst gemacht – angeheitert und ein wenig schläfrig, wie er immer noch vom Wein meines Vaters war. Ja, es war derselbe Mann gewesen.

Seitdem haben wir nicht mehr darüber gesprochen, auch wenn ich natürlich immer wieder daran gedacht habe und Mike auch, glaube ich. Ja, wahrscheinlich hat er in letzter Zeit sogar ziemlich oft darüber nachgedacht. Hat vielleicht an jene kleinere Ausgabe von mir gedacht, die einen Mann gesehen hatte, den sie kannte und auch nicht kannte.

Die Flasche Wein, die mein Vater aus dem Keller mit heraufgebracht hatte, war ein Clos du Roi 1955. Einige Weine, einige Jahrgänge vergisst man nie. (Mumm ohne Jahrgang – aber für alle Zeiten.) Als wir hierher in die Rutherford Road zogen, zogen wir natürlich mit euch hier ein, aber gleichfalls mit acht oder neun Kisten hervorragenden Weins. Die waren alles, was inzwischen noch übrig war. Vielleicht hatte mein Vater einiges davon verkaufen müssen. Andererseits gibt es, wenn man sich seines flüssigen Eigentums entledigen will, auch einen ganz einfachen Weg.

Mit siebenundsiebzig Jahren starb mein Vater, ledig und mit sehr viel weniger, als er einmal gehabt hatte. Aber ich glaube, als er starb, hatte er alles, was er haben wollte. Er starb als Richter. Und er war ein Campbell – das war der bestürzende Teil. Außerdem hatte er mich, sein einziges Kind (aus drei Ehen), und er wusste, dass ich den Mann hatte, den ich liebte. Es gab nur eine Sache, die er nicht hatte und die er nie erwähnte.

Auf seine bekannt zwanglose Art machte er vor Mike und mir die Flasche auf und roch daran. »Genau richtig … muss nur noch ein bisschen atmen.« Dreißig Sekunden später, nachdem er drei Gläser geholt hatte, sagte er: »Er hat geatmet«, und schenkte ein. Dann sagte er zu Mike, aber so, als sei es vor allem für meine Ohren bestimmt: »Ich habe diesen Wein im August 1944 getrunken. Damals ging aller mögliche Wein nach England, per ›Sonderunternehmen‹. Es war der Abend, an dem ich Paulies Mutter einen Heiratsantrag machte. Tut man das heutzutage noch? Willkommen, Michael, in meinem ziemlich leer gewordenen Haus.«

Ich konnte erkennen, dass euer Vater etwas schluckte, was noch nie seine Kehle hinuntergelaufen war. Später sagte er, dass der Name des Weins gut gewählt sei, man fühle sich, wenn man ihn getrunken habe, wie ein König. Wir gingen mit unseren Gläsern hinaus in die Sonne, in den kleinen, von einer Mauer umgebenen Garten, wo wir vier Jahre später (Taittinger 1961) unsere Hochzeit feiern würden.

Ich wünschte, ihr hättet ihn sehen können. Nicht euren Vater mit einundzwanzig in seinem cremefarbenen Hemd – obwohl ich das auch wünschte –, nein, euern Großvater Dougie. Ich wünschte, ihr könntet ihn immer noch sehen. Ich wünschte, ich könnte das – von einer ganz bestimmten Galerie aus. Und ich meine nicht den Mann, den ich einmal mit Perücke und Robe gesehen habe und den ihr in gewissem Sinne schon gesehen habt, auf dem Foto im Silberrahmen in der Diele. Besucher, die das Haus zum ersten Mal betreten, bleiben manchmal stehen und sagen: »Mein Himmel – wer ist denn das?«, und ich sage ein wenig streng, passend zum Foto: »Das ist mein Vater, Mister Justice Campbell.«

Nein, ich wünschte, ihr hättet jenen anderen Mann sehen können, den Privatmann, meinen inzwischen verstorbenen Vater, wie er in seinem Haus in der Napier Street für Mikey und mich Wein eingießt. Er hätte euch liebend gern gesehen.

## 11

Ich weinte, als er starb. Ich war genau wie Mike, ich weinte beim Begräbnis meines Vaters in Invercullen, wo es wenigstens regnete, um es mir vorzumachen und um mich zu tarnen. Nicht wie dieses sanfte Hochsommerzeug, das jetzt fällt, sondern als eisige, kaledonische Attacke. Aber ich weinte trotzdem, hinterher. Wochenlang glich ich einem nassen Schwamm, eine Berührung, und es ging los, obwohl ich zu mir sagte: Also komm, du bist über dreißig, hör auf zu flennen wie ein kleines Kind. Aber ich glaube, genau das waren meine vielen Tränen: meine Kindheit, die endgültig aus mir heraussickerte.

Und ich hatte gedacht, ich hätte mich für immer und formell und sogar auf durchaus schöne Art und Weise in dem Jahr von meiner Kindheit getrennt, indem ich euren Vater kennenlernte und er den meinen. Ich hatte gedacht, ich hätte ihr mit Mikes Erscheinen Lebewohl gesagt. Aber so leicht streift man seine Kindheit offenbar nicht ab. Ob man dreißig plus oder vierzig plus ist, sie kann immer noch plötzlich auftauchen und uns in Beschlag nehmen. Und warum sollten wir uns auch von ihr trennen wollen, wie von einem Freund, der uns inzwischen peinlich ist? Vielleicht erzählt ihr es uns morgen. Sechzehn ist jetzt wirklich wie achtzehn? Die Kindheit ein immer kleinerer

Luxus? Und ich habe euch gesehen, meine Lieblinge, wie ihr schon vor Langem versucht habt, aus eurer Kindheit zu springen wie Fische aufs Land. Es hat mir große Angst gemacht.

Ich kann in Mike noch immer seine Kindheit sehen – Sommer bei seinem Onkel Eddie –, auch wenn ich nie dabei war. Es ist so etwas wie ein Privileg, das ich habe, eine weitere besondere Galerie. Und ich habe ihm auf jener Rückfahrt nach Brighton von der Zeit erzählt, als ich dreizehn war. War ich damals noch ein Kind? Dunkler werdende grüne Felder glitten am Fenster vorbei, Gruppen fahler Weißdornbüsche. Es muss eines dieser alten, inzwischen verschwundenen gepolsterten Abteile gewesen sein mit Gepäcknetzen und holzgerahmten Einladungen zu lockenden Ausflugszielen an der Südküste. Eine andere Welt. Und auch eine andere Kindheit, wie es heute scheint. Wir hatten sie für uns. Euer Vater hatte seine Chelsea-Stiefel ausgezogen, und seine bestrumpften Füße steckten zwischen meinen Schenkeln. Wir hatten den Clos du Roi immer noch in unseren Adern.

»Wir müssen nach Craiginish fahren«, sagte ich, »diesen Sommer. Es ist unsere letzte Chance.« Vielleicht meinte ich in Wirklichkeit »meine«. »Bevor meine Mutter es kriegt.«

Noch konnte ich »Mutter« sagen. Noch war sie nicht einfach nur »Fiona« … mit gelegentlichem Nachdruck auf jenem ersten, bereits zischenden »F«.

Was für eine Zeit, um über Schottland zu reden, während wir zurück an die Küste von Sussex fuhren. Wenn euer Vater nicht zum Glück durch erstklassigen Burgunder so mild gestimmt worden wäre, hätte er vielleicht gedacht, dass er ernstlich in die Mangel genommen würde. Zuerst mein Vater – so weit, so gut –, und jetzt eine Reise in die verdammten Highlands. Und was für eine Aussicht! Irgendein Strand im eiskalten Norden, über den der Wind fegt, so wie er es gesehen haben musste. Eine »Kate«. Eine *Kate*? Ich hatte viel zu tun, um ihn zu überzeugen.

Aber wir fuhren im Juli. Erst im Schlafwagen vom Bahnhof King's Cross, dann ab Fort William mit einem Mietwagen. Mein Vater segnete die Reise und unterstützte sie finanziell. Als er mir die Schlüssel übergab, die er bald für immer aus der Hand geben musste, sagte er mit einem gewissen Ernst: »Bitte sag dem Haus von mir auf Wiedersehen, ja?« Und während der ganzen Fahrt Richtung Norden hoffte ich, dass es nicht einer dieser typischen schottischen Sommer werden würde, grau, nass und böig, voller Wolken, die über die Inseln hereingestürmt kamen. Dass der Golfstrom rechtzeitig eines seiner Kunststücke vollführen und einen Hauch von Karibik ins nördliche Argyll bringen würde.

Und so geschah es. Es war sogar heiß. Und die »Kate«, das konnte euer Vater nun mit eigenen Augen sehen, war keine Kate, sondern ein solides, wenn auch exzentrisches und abgelegenes Gartenhaus, das sogar etwas von einer deplazierten Riviera-Villa an sich hatte. Mehr noch, als wir es aufschlossen, hatte die Luft, die uns entgegenkam – obwohl das Haus nur sparsam möbliert war –, noch den Duft von früherem Bewohntsein. Selbst euer Vater, der zum erstenmal dort war, konnte den korkigen, wie in einer Flasche gefangenen Geruch erkennen.

Ich wünschte, wir hätten mal mit euch zusammen

dorthin fahren können. Aber sicher erinnert ihr euch – werdet ihr das nicht immer? – an den Geruch der Gull Cottage in Cornwall?

Wir machten Fenster auf. Sie gähnten und seufzten. Wenn man der eingeschlossenen Luft frische hinzufügt, kommt es zu einem berauschenden chemischen Vorgang. Und man sah von ihnen hinunter auf einen weißen, halbmondförmigen Strand, der von Dünen eingefasst und von langen, langsamen, rollenden Brechern überspült wurde – und auf dem sich keine Menschenseele befand. Meine Rhapsodie im Zug nach Brighton, während der ich die Füße eures Vaters gestreichelt hatte, war nicht nur ein Verkaufsgespräch gewesen. Ein »Ich hab's dir ja gesagt« war überflüssig.

Und so war es denn dort in Craiginish – aber das hatte ich wirklich nicht geplant oder mir vorgestellt, das war niemals Teil meiner idyllischen Träume gewesen –, wo »der Antrag«, wie ich es später nannte, stattfand. »Antrag« ist eigentlich nicht das richtige Wort. Euer Vater witzelt sogar gern, dass es nur ein Versprecher gewesen sei. Aber wie soll ich es sonst nennen? Dort haben wir uns im Hochsommer 1966 »einander versprochen«, ein sogar noch antiquierterer Ausdruck. Obwohl wir, nachdem wir uns auf entschieden stürmische und atemlose Art und Weise einander versprochen hatten, erst vier Jahre später heirateten.

Ihr mögt jetzt fragen, was uns abgehalten hat. Aber ihr denkt bestimmt, geht es nicht in dieser Gutenachtgeschichte darum oder unter anderem darum, die Behauptung zu unterstreichen – von Heiratsanträgen reden wir jetzt gar nicht –, dass dieser Mann hier und ich immer füreinander bestimmt, ja gemacht waren? Es sollte so sein. Und würdet ihr selbst, die ihr ein so persönliches Interesse an der Sache habt, die Geschichte anders erzählt haben?

Entschuldigt die letzte Frage, sie ist unfair und töricht. Besonders in dieser Nacht. Ihr hattet ja kaum eine Wahl. Es ist so, als würde man sagen, dass ihr dazu bestimmt wart, im Zeichen der Zwillinge geboren zu werden. Verzeiht eurer törichten Mutter. Was wäre geschehen, wenn euer Vater und ich uns niemals »gefunden« hätten? Wären wir dann für den Rest unseres Lebens verlorene Seelen gewesen, für alle Zeiten auf der Suche nach ihrer fehlenden anderen Hälfte? Aufgrund eines unglaublichen kosmischen Glücksfalls kreuzten sich zufällig unsere Wege in Brighton?

Natürlich weiß ich, dass es so nicht gewesen wäre. Ich hätte jemand andern gefunden. Hätte einen andern Mikey gefunden. Er hätte eine andere Paulie gefunden. Und was hätte es euch gekümmert, wer es war, solange es jemanden gab, zwei Jemande, die euch in die Welt setzten. Zufällig heiratete ich einen Biologen, aber ich brauche keinen Biologen, um zu wissen, dass es rau zugeht bei diesem Paarungsspiel, einem Spiel aus Zufall und Kampf. Die Biologie kennt keine nette Gutenachtgeschichte.

Aber verzeiht, wenn ich das für undenkbar halte. Verzeiht, wenn ich glaube, dass ich genau etwas anderes bewiesen habe. Ein anderer Mikey und nicht dieser? Ein anderes Ich? Verzeiht mir, dass ich gedacht habe, selbst damals in Craiginish im reifen Alter von zwanzig Jahren: Warum hat es so lange gedauert? All die verlorenen Jahre!

Was hat dich zurückgehalten, Mikey, was hat uns zurückgehalten?

Uns hat nichts abgehalten bis auf die ärgerliche Tatsache, dass wir Kinder unserer Zeit waren, Kinder der sechziger Jahre, die verpflichtet waren, allein schon dem Gedanken ans Heiraten mit Verachtung zu begegnen. Wie peinlich! Als euer Vater mir »einen Heiratsantrag machte«, nahm ich natürlich die Pille. Er hätte das nicht tun können oder es nicht so leidenschaftlich getan, wenn es nicht so gewesen wäre. Es war hauptsächlich diese Zauberpille, die das Heiraten so wenig obligatorisch oder so wenig dringlich machte. Denn sonst, wenn man nur zu zweit war und erst zwanzig ...

Ihr seht, in welche Richtung, in welche für euch unglückselige Richtung, das läuft?

Als eure Großmutter Helen euren Großvater Pete während des Krieges kennenlernte, sah die Sache ganz anders aus. Sie heirateten schnell und gingen auf eine kurze und eilige Hochzeitsreise. Sie hatten ihre besonderen Gründe. Von denen natürlich keiner darin bestanden haben kann, speziell für mich meinen zukünftigen Mann zu zeugen. Verzeihung!

Ihr habt die Fotos – sie erinnern an Archivmaterial – von Petes und Helens Hochzeit gesehen. Trotz der Eile mit allem Drum und Dran. Kirchlich, natürlich. In Dartford. Großvater Pete in seiner Uniform, Großmutter Helen in angesichts der Kriegszeit erstaunlicher bräutlicher Aufmachung. Ist diese lange Schleppe wirklich ein Fallschirm? April 1944. Zwei Monate später befand sich Großvater Pete in einem Gefangenenlager.

Wie ihr wisst, heirateten wir schließlich auf dem Standesamt in Chelsea – wo sonst als in der King's Road? Das war am 24. Juni vor fünfundzwanzig Jahren. Aber jener vierjährige Zeitabstand, bis wir unsere Beziehung formell bestätigen ließen, ist nicht gänzlich der Frage des Kinderkriegens zuzuschreiben. Wenn das so gewesen wäre, warum haben wir dann noch weitere neun Jahre verstreichen lassen, bis wir euch bekamen? Manchmal habe ich mich gefragt, ob euch diese Wartezeit jemals auf unbestimmte Weise verletzt hat. Haben wir so lange – bis zu unseren kritischen Dreißigern – damit gewartet, weil wir auch ohne euch vollkommen glücklich gewesen wären? Aber schließlich ist es heute völlig üblich, fast die Norm, dass Frauen gerne warten, bis sie über dreißig sind. Wozu die Eile? Welch ein Unterschied zu Helen und Pete.

Aber kehren wir zurück zu jener Verlobung. Zurück zu dem weißen, bräutlichen Sand von Craiginish. Obwohl dies einer jener Augenblicke ist, in denen ihr vielleicht besser nicht zuhören solltet. Andererseits kann ich gar nicht glauben, dass ihr beide euch das nicht schon längst ausgerechnet habt. Was haben wir in jenen Dünen *gemacht*? Und was für einen züchtigen, altmodischen Ausdruck ich gewählt hatte: »Heiratsantrag«. Man sieht einen Mann vor sich, der mit einem Blumenstrauß in der Hand auf den Knien liegt. Man sieht einen Menschen wie Onkel Edward vor sich.

Aber ein ganz wichtiges Detail kennt ihr nicht. Euer Vater ist Biologe. Und, nun ja, wir benahmen uns biologisch. Aber er war schon vorher biologisch gewesen. Er hatte mir – mit einer gewissen Ausführlichkeit – etwas über den Strandhafer erzählt, jenes windzerzauste Zeug, das ausnahmslos auf den Abhängen von Dünen wächst und das gerade da sanft wogte und verschwörerisch, wie ich glauben muss, direkt über unseren Köpfen flüsterte. Wie es scheint, hat er unter den Gräsern einzigartige und außergewöhnliche Eigenschaften, unter denen sein hartnäckiger Wunsch, sich gerade dort festzusetzen und Wurzeln zu schlagen, wo dies keine andere Pflanze tun mag, nämlich auf nacktem, unfruchtbarem Sand, nicht die geringste ist. Er ist das grasige Gegenstück zur Nacktschnecke.

Eine frühe und unpassende Ausgabe von Professor Mikes Vorlesungen. Ich kann nicht sagen, dass ich sehr genau zugehört habe. Obwohl ich auch nicht behaupten kann, dass ich vor jenem Tag auch nur gewusst hatte, dass dieses Gras Strandhafer hieß. Man stelle sich vor, er wäre ein Grasexperte gewesen. Jedenfalls waren wir bald danach mit anderem beschäftigt, und bald darauf schrie dieser Mann, den ich da erst seit vier Monaten kannte, im Zustand großer, aber entschlossener Erregung: »Heirate mich! Heirate mich!«

Ein Versprecher? Wer's glaubt, wird selig.

Und was habe ich geantwortet? Nun, das ist offensichtlich. Hier bin ich, mit eurem Vater verheiratet. Inzwischen seit fast fünfundzwanzig Jahren. Und du denkst vielleicht, Kate – ich weiß nicht, ob du es schon ausprobiert hast, obwohl ich eher annehme, dass es nicht der Fall ist –, dass du die einzige Frau bist, die das Wort niemals hervorstoßen wird, aber ich wette, du bist es nicht oder wirst es nicht sein.

»Ja«, sagte ich. »O ja, ja, ja!«

# 12

Ich habe einen Hook geheiratet. Die Witzchen funktionieren in beiden Richtungen: Ich hing an der Angel, oder ich war die Glückliche, die sich einen Hook geangelt hat. Jedenfalls änderte ich meinen Namen und wurde von einer Campbell zu einer Hook, ein einfacher, damals üblicher Vorgang, der einem, wenn man darüber nachdenkt, nur ein kleines bisschen empörend vorkommen kann.

Aber was besagt schon ein Name? Sowieso habe ich immer seinen schlichten, sachlichen angelsächsischen Klang gemocht. Und es ist euer Name, meine beiden kleinen Hooks, der Name, mit dem ihr zur Welt gekommen und aufgewachsen seid und der euch, soweit ich weiß, niemals missfallen hat – der Name eures Vaters, da das ebenfalls Brauch ist.

Kate Hook, Nick Hook: Zwei flotte kurze Silben für jeden von euch. Auch wenn man euch nie kennengelernt hat, würde man denken: »Kate Hook«, »Nick Hook«, also das werden zwei intelligente, aufgeweckte Leute sein, mit denen man gerne bekannt ist. Das sind bestimmt keine Flaschen. Ich nehme an, man könnte auch denken: »Hook«? Jemandem mit so einem Namen ist nicht zu trauen. Aber ich mag diese leichte Andeutung von Unehrlichkeit sogar.

Als ich bei Walker & Fitch (auch gute Namen, jedenfalls in der Welt der Kunst) anfing, nicht lange, nachdem ich geheiratet hatte, traf ich eine Entscheidung. Wenn ich arbeitete, wollte ich Paula Hook sein, nicht Paula Campbell. Es war mein Entschluss, und wieder schwamm ich damit gegen den Strom der Siebziger. Aber in Wirklichkeit war es gar keine Entscheidung. Es machte mich glücklich, den Namen eures Vaters zu tragen, die Diskussion öffentlich und ein für allemal zu beenden: Okay, Mikey, *du* hast *mich* geangelt. Die Frage ist eine andere, wenn es darum geht, ob man ein Bild lieber von einer Paula Hook oder von einer Paula Campbell kauft. Ich weiß, da gab es immer den einen oder anderen Hook-Scherz. Aber schließlich gehöre ich inzwischen ohnehin zur Geschäftsleitung. Ich kann ein Mittagessen mit meinem Chef absagen.

Und all das hat mich zu der Betrügerin und Verräterin gemacht, nehme ich an, die ihren stolzen schottischen Namen gegen den dieser Familie aus dem tiefsten Süden eingetauscht hat. Hook ist nämlich ein Name, der zu Sussex gehört. Aber dort haben wir uns ja auch kennengelernt, in Sussex, an der Universität von Sussex. Wir haben euch sogar, als ihr noch klein wart, erzählt, dass wir uns am Strand von Brighton kennengelernt haben, ein Märchen oder die Halbwahrheit, die wir später richtigstellen mussten. Und damals waren wir einfach Paulie und Mikey gewesen. Was bedeutet schon ein Name? Was bedeutet selbst eine Familie?

Aber zwei Jahre, nachdem wir geheiratet hatten, fand ich heraus, was es wirklich bedeutete, dass ich meinen Namen geändert hatte. Und inzwischen – falls ihr euch das schon gefragt habt – dachten wir ernstlich daran, und beim Denken allein war es nicht geblieben, eine Familie zu gründen. Eines Abends kam euer Vater nach einem Telefongespräch zu mir und sagte: »Das war mein Vater. Onkel Eddie ist gestorben.« Dann war er eine Zeitlang ganz still, und ein Weilchen später vergoss er ein paar Tränen … etwas, was ich vorher noch nie bei ihm gesehen hatte und was ihr vor nicht allzu langer Zeit zum erstenmal gesehen habt, als wir alle zufällig nicht so sehr weit entfernt von Onkel Eddies verwittertem Grab standen.

Großvater Pete war euer erster Todesfall. Das war unser erster: Onkel Eddie, als wir ein Gutteil älter waren als ihr im letzten Jahr. Als ich euren Vater weinen sah, dachte ich: Es ist doch bloß ein Onkel und nicht seine Mutter oder sein Vater. Wieso also die Tränen? Obwohl ich mit Onkel Eddie zwei- oder dreimal zusammengekommen war und in etwa die Zusammenhänge kannte. Und war ich jetzt nicht eine Hook?

Ein paar Tage später stand ich an einem wunderschönen Frühlingsmorgen auf jenem Friedhof in Birle, zum ersten Mal anlässlich einer Beerdigung. Es ist, wie ihr wisst, so ein ländlicher Bilderbuchfriedhof, ganz wie in Grays Gedicht *Elegy Written in a Country Churchyard*. Obwohl ich nicht sicher bin, dass euch das im Jahr 1995 etwas sagt, eingestöpselt, wie ihr die meiste Zeit in das eine oder andere elektronische Lebenserhaltungssystem seid. Die jungen Leute heutzutage – so euer Vater im Scherz, als wir euch eure ersten Computer kauften – greifen nicht nach den Sternen, sie wollen sie noch nicht einmal. Für euch funktioniert vielleicht alles anders. Ich bin mir nicht sicher, ob ihr nicht denkt, dass Kirchhöfe und Dörfer wie Birle und Country-Cottages und das Land selbst in altmodische Bilderbücher gehören. Ich wage zu bezweifeln, dass ihr Grays *Elegy* gelesen habt.

Wie auch immer, einmal, als ihr noch klein wart, wurdet ihr wegen eures möglicherweise vorhandenen Interesses daran zu diesem Friedhof in Birle mitgenommen und bekamt die Grabsteine gezeigt, einige von ihnen ein oder zwei Jahrhunderte alt. Seht, da ist euer Name: Hook. Und als letzter dazugekommen war der von Onkel Eddie: Edward Hook. Schaut, er wurde 1915 geboren. Was euch ein wenig berührt, auf euch einen seltsamen, irgendwie anderen Eindruck gemacht zu haben scheint.

Und dann wart ihr wieder da, zu Anfang des vergangenen Jahres, wegen Großvater Pete. Eure erste Begegnung mit dem Tod. Nasskaltes Januarwetter als Dreingabe. Ich war im Stillen stolz auf die Würde von euch Vierzehnjährigen, und Großmutter Helen war es auch. Ihr schient beide so ruhig. Vielleicht wart ihr ja auch bloß benommen, vielleicht überstieg das alles einfach euer Fassungsvermögen. Und dann plötzlich überkam mich natürlich die Erinnerung, so dass mein Herz mitten in der Trauerfeier heftig zu schlagen begann: Dies war gar nicht das erste Mal, dass ihr mit dem Tod zu tun bekamt, nicht wahr?

Aber vielleicht branntet ihr ja auch nur darauf, zu euren CD-Playern zurückzukönnen, zur jeweiligen Tagesordnung der Teenager, wie immer die damals ausgesehen haben mochte. Manchmal ist es so, als wäre zwischen uns und euch eine Wand aus Glas. Wir haben sie nicht bemerkt, wir meinen, wir könnten einfach hindurchgehen. Kann ich mich wirklich noch daran erinnern, wie das tatsächlich ist – vierzehn zu sein, sechzehn?

Damals, 1972, auf jenem Friedhof, als ich sechsundzwanzig war, war die Skala meiner Gefühle noch eine andere. Ich dachte: Wer würde nicht gern an so einem Ort beerdigt werden, wenn er die Wahl hätte? Der Tod schmeckte an jenem Tag nach Aprilsonnenschein und frischem, saftigem Gras. Glückliche Hooks! Wer würde nicht gern ein Hook sein? Dann wurde mir natürlich schlagartig klar: Ich war ja eine! Und dann überfiel mich jener andere Gedanke, nämlich dass eines Tages einer dieser Steine ich sein könnte.

Es traf mich wie ein fast wirklicher Blitz aus diesem heiteren blauen und flockig-weißen Aprilhimmel. Es durchfuhr mich richtig. Es gibt da diesen Ausdruck, den ich an jenem Tag voll und ganz verstand: »wie angewurzelt stehen«. Und dann … ich kann es nicht erklären, aber vielleicht hatte es etwas mit dem »angewurzelt« zu tun … dann fühlte ich mich voller Saft und Kraft. Eine derartig wilde Knackigkeit hatte ich noch nie erlebt.

Ich spürte plötzlich, ich muss es gestehen, ein großes Verlangen nach eurem Vater, nach dem Körper eures Vaters – ganz gewiss nichts Neues, wie ich schon klar und deutlich gesagt haben muss, aber auf einem Friedhof war mir das noch nie widerfahren. Verlangen nach dem Körper dieses Mannes, den ich da seit sechs Jahren kannte. Nach dem Körper dieses Mannes, der schlafend hier neben mir liegt und mit dem ich mich, wie es sich trifft, erst vor zwei Stunden auf die allerzärtlichste Art geliebt habe.

Sexuelle Begierde auf dem Friedhof, bei einer Beerdigung, das ist schlimmer als bloße Geilheit in der Kirche. Sogar als euer Vater dort in seinem dunklen Anzug stand und um seinen Onkel Eddie trauerte. Rote-Tagesdecken-

Begierde. Aber Begierde mit einem solchen Willen, einer solchen Entschlossenheit, sie wollte sich nicht legen. Schämt euch nicht für eure Mutter. Während der ganzen anschließenden Zusammenkunft im Coombe Cottage, im Heim der Hooks, dachte ich, während von Miss Sinden, Onkel Eddies tapfer lächelnder alter Haushälterin, auf dem Rasen Sherry gereicht wurde, doch tatsächlich: Könnte es bei dieser ganzen Geschichte nicht eine magische Zeitverzerrung geben, die es mir ermöglichen würde, Mikey unbemerkt fortzuschaffen und meine Lust mit ihm zu befriedigen, um dann zusammen mit ihm in tadellosem Zustand zurückzukehren, so als wären wir nie weggewesen?

Es herrschte doch ohnehin überall grün lechzender April. Wenn es doch nur – vielleicht hätte ich das nicht denken dürfen – Januar gewesen wäre. Vom Ende jenes Gartens kann man, wie ihr wisst, jenseits von ein paar Feldern die South Downs sehen, die unvermittelt zu ihrer vollbusigen Silhouette anschwellen. Noch nie hatte ich empfunden, wie richtig es war, was euer Vater einmal über sie – die Universität von Sussex war schließlich mitten in sie reingeknallt worden – gesagt hatte, nämlich dass es die erotischste Landschaft sei, die er kenne. All diese Kurven und Vertiefungen, diese kleinen, wie Schamhaar aussehenden Baumgrüppchen. Wenn man sie sehe, sagte er, dann wolle man mit der Hand über sie hinstreichen, wie man mit seiner Hand über …

Ach, Mikey, dachte ich, lass mich deine South Downs sein!

Es sind, wie wir gern glauben, gewöhnlich die Männer, die diese Qualen einer verborgenen, einer unerträglich hingehaltenen Raubgier durchleben müssen. Wenn das passiert, versuchen sie offensichtlich, an mäßigende und kühle Dinge wie Bestattungen und Särge zu denken.

Wenigstens war, als wir an jenem Abend nach Herne Hill zurückkamen, die Begierde eindeutig gegenseitig geworden. Hatte ich euren Vater angesteckt, trotz seines Aprilkummers? Oder kann der Tod einfach so wirken, selbst auf Trauernde? Mischt sich da die Biologie ein? Begierde, aber mit einem Willen und einer Zielgerichtetheit versehen. Kein Herumraten, was es war. Ich glaubte wirklich – kommt euch das seltsam vor? Es kommt sogar mir jetzt ein bisschen seltsam vor –, dass wir euch in jener Aprilnacht zeugen würden.

Onkel Eddie starb mit nur siebenundfünfzig Jahren. Dieser Grabstein hätte es euch gesagt. Großvater Pete sandte eurem Vater zu dessen einundzwanzigstem Geburtstag die Kiste Champagner, während Onkel Eddie ihm ein hübsches ledergebundenes viktorianisches Buch mit vielen reizenden, handkolorierten Illustrationen schickte, ein Buch über Weichtiere. An diesem Punkt seines Lebens war, glaube ich, eurem Vater der Champagner lieber als das Buch und er interessierter an Mädchen als an Schnecken. Aber der Champagner wurde getrunken, das Buch aufgehoben. Es ist noch da, hier in diesem Haus, mit Onkel Eddies streng kalligraphischer Widmung darin: »M. H. von E. H. …«. Wilkinsons *British Terrestrial and Freshwater Molluscs,* was für ein Bandwurmtitel, was für ein Geschenk! Vier Jahre später heirateten wir, zwei Jahre danach starb Onkel Eddie.

Wie schnell dahinrasend erscheint einem manchmal das Leben, während es gleichzeitig so langsam, so schön und so unendlich ist. Wie bald schon fängt man an zu zählen. Ich war sechsundzwanzig – *schon?* –, näher an siebenundzwanzig. Eben noch ist es nur Leben, Leben, nichts als Leben, und obwohl man im Zustand höherer Bildung ist, weiß man eigentlich gar nichts, ist im Grunde genommen ein Kind, das immer noch spielt. Dann kommen die Anzeigen, Abrechnungen und Vereinbarungen. Man weiß ein bisschen über den Tod. Sogar über die Geburt.

Als mein Vater starb, nur ein paar Jahre später, stellte sich heraus, dass er, obwohl er den größten Teil seines Lebens in Kensington zugebracht hatte, gern in Invercullen in Argyllshire bei seinen Vorfahren begraben werden wollte – Grabsteine mit dem Namen Campbell darauf. Das bedeutete für euren Vater und mich eine lange und ziemlich fürchterliche Reise in den Norden, ganz und gar nicht vergleichbar mit unserer früheren Reise nach Craiginish. Es bedeutete eigentlich noch eine ganze Menge mehr. Ich sagte zu eurem Vater: »Ich glaube, du wirst die Bekanntschaft von Fiona machen müssen.«

Aber was es unter anderem für mich bedeutete, das war inmitten einer großen Flut des Schmerzes dieser kleine Stachel des Verrats, nämlich dass ich jetzt eine Hook und keine Campbell mehr war. Das hätte letztes Jahr sogar euch beiden auffallen können, dass Großvater Pete, obwohl er den größten Teil seines Lebens in Orpington verbracht hatte, nun dort auf dem Friedhof von Birle lag, nur wenige Meter von seinem Bruder Eddie entfernt. Allem Anschein nach hatte er die Grabstelle schon reserviert, bevor er und Großmutter Helen sich im Coombe Cottage zur Ruhe setzten. Noch bedeutsamer war, dass er ein Doppelgrab hatte vormerken lassen. Großmutter Helen muss dem also zugestimmt haben, obwohl ihr Mädchenname Kingsley war und die Kingsleys aus Dartford stammten.

Was für eine verrückte Sache Familien doch sind. Wie verrückt, dass wir alle irgendwo auf dem Ast eines Stammbaums hocken.

Als ich mit eurem Vater bei der Beerdigung eures Großonkels war, da hatte ich die Pille zwar schon eine ganze Weile abgesetzt, aber geschehen war noch nichts. Diese plötzliche, höchst unpassende Aufwallung der Lust jedoch war wie eine zusätzliche Bestätigung, eine Zustimmung. Ich »wollte seine Kinder« haben. Was für ein eigentümlicher Ausdruck das ist: »seine Kinder«. Noch so eine zweifelhafte Verbeugung vor den Gebräuchen. Ich wollte auch *meine* Kinder haben. (Ich wollte, dass er diesen dunklen Anzug auszog.)

Es war ganz eindeutig nicht jene Nacht, in der ihr gezeugt wurdet, obwohl alles dafür gesprochen hatte, selbst die Zeit des Monats. Gleichwohl könnte man vielleicht sagen, dass es dort war, wo ihr eigentlich »angefangen« habt, sieben Jahre vor eurer tatsächlichen Geburt, also bei der Beerdigung von Onkel Eddie. Wie schlau du warst, Kate, als du heimlich diesem Haus einen Namen gabst.

Ich war sechsundzwanzig, Mike siebenundzwanzig. Wir befanden uns in jener Sieben-Monats-Periode jedes Jahres – in der wir uns auch gerade wieder befinden –, in der euer Vater mir gegenüber einen Vorsprung hat. Ich bin mit diesem entscheidenden Jahr 1972 noch nicht fertig. In diesem Jahr hast du, Nick, deinen Vater an seinem fünfzigsten Geburtstag mit der Frage aufgezogen – ich glaube, jeder Sohn muss das tun –, wie man sich denn so fühle als alter Mann mit einem halben Jahrhundert auf dem Buckel. Als ob ein Alter von vierzig oder gar schon dreißig Jahren nicht bereits steinalt für dich wäre.

Du hast es scherzhaft gemacht und einigermaßen sanft, und dein Vater hat es auch so aufgenommen. Es schien ihn nicht aus der Fassung zu bringen, ich glaube, er war auf etwas Derartiges gefasst. Und ihr werdet euch beide noch daran erinnern, was er gesagt hat. Er sagte, fünfzig sei heutzutage gar nichts, er sei in der Blüte seiner Jahre. Ich war erfreut, das zu hören. Aber wie auch immer, er mache sich darüber keine Gedanken, meinte er, denn ab einem bestimmten Punkt in seinem Leben habe er das Gefühl gehabt, nicht mehr älter zu werden, hinsichtlich des Alters irgendwie zum Stillstand gekommen zu sein. Du erinnerst dich, Nick? Und du, selbst noch ein zarter Fünfzehnjähriger, hast gesagt: »Ach ja, und welches Alter war das?« Und er darauf:

»Siebenundzwanzig.«

# 13

Ihr habt euren Großvater Dougie nie erlebt. Ihr habt noch nicht einmal sein Grab an einem Hang in Argyllshire gesehen. Und ihr habt auch nicht eure Großmutter Fiona kennengelernt, deren letzte Spur sich noch weiter nördlich verliert, inmitten des Öls und des glitzernden Granits von Aberdeen.

Die Campbell-Seite der Familie, die im schottischen Nebel verschwand, war immer der ferne, märchenhafte Teil, abgesehen von meinen Stiefeltern, welche irgendwo dazwischen lagen, alles verkomplizierten und die man nie zu Gesicht bekam. Aber in Wahrheit war es die Hook-Seite, mit der ihr engen und vertrauten Umgang hattet, die wirklich die märchenhafte Seite war. Und es ist an der Zeit – schließlich seid ihr jetzt sechzehn –, dass man euch das vollständige, unzensierte Märchen erzählt.

In welchem das Märchen enthalten ist, wie die berühmten Schnecken eures Vaters, die ihr ebenfalls nie gesehen habt, mit denen er jedoch einmal sehr eng zusammengearbeitet hat, schließlich zu dem wurden, was uns, zusammen mit einem lukrativen Kunsthandel, seit Jahren ein relativ komfortables Leben erlaubt hat. Ich meine natürlich den Verlag Living World. Ihr könnt euch nicht darüber beklagen, dass ihr jemals etwas entbehren musstet. Ja, ihr seid sogar ein wenig verzogen worden. Aber ich hoffe, ihr stimmt mir zu, dass dies – im Gegensatz zu den moralisierenden Märchen – nicht auf Kosten eures Glücks geschah. Dies ist ein glückliches Haus gewesen. Und nichts hat es – für uns – glücklicher gemacht, als dass ihr in ihm seid.

Früher einmal, als wir alle noch in Herne Hill wohnten, da lebten euer Großvater Pete und eure Großmutter Helen, die Großeltern Hook, in Orpington. Vielleicht erinnert ihr euch gerade noch an den Hathaway Drive 19 – auch bekannt als »Die Tannen« –, als euer Großvater Pete noch mit Charlie Dean zusammen seinen Betrieb hatte. Ihr wurdet einmal dorthin mitgenommen, in die Fabrik, und ihr mochtet den Geruch des künstlichen Harzes nicht. Ich auch nicht, auch wenn ich beruflich ein wenig von Harzen verstehe. Aber ihr kanntet eure Großeltern besser vom Coombe Cottage her, am Ortsrand von Birle gelegen, wo sie sich an den Wochenenden aufhielten und wo wir oft hinfuhren und über Nacht blieben. Dann, als Großvater sechzig war, zogen sie auf Dauer dorthin. Ihr wart da noch nicht ganz fünf. Aber bevor Großvater Pete Coombe Cottage besaß, hatte es seinem älteren Bruder Eddie gehört, dessen Grab ihr zumindest gesehen habt. Zwischen Pete und Eddie bestand ein Altersunterschied von neun Jahren, und sie mochten sich nicht besonders, soweit ich das beurteilen konnte. Großvater Pete muss eines jener Kinder gewesen sein, die manchmal »Unfall« genannt werden oder doch zumindest späte Nachkömmlinge waren. Für das Verhältnis unter Geschwistern kann das kaum gut sein. Euch beiden muss ein Abstand von neun Jahren verrückt und unvorstellbar erscheinen.

Onkel Eddie war Lehrer in einer jener ländlichen Schulen, die versteckt zwischen Bäumen am Ende langer Auffahrten liegen. »Birle School«. Er war dünn und sprach mit leiser, sanfter Stimme und hatte einen herabhängenden Schnurrbart. Er rauchte Pfeife und fuhr Fahrrad, und da er auf dem Land wohnte, hatte er eine Bibliothek mit Büchern zur Naturkunde, in der er ohnehin sehr beschlagen war. Er gehörte zu den Männern, die Schmetterlinge sammeln und Käfer und Vogeleier – was alles heutzutage natürlich missbilligt werden würde –, und er gab etwas von seinem Enthusiasmus an euren Vater weiter. Er war Junggeselle und lebte allein, abgesehen von Miss Sinden, die täglich aus dem Dorf kam, um zu kochen und sauber zu machen. Selbst die paar Male, die ich mit ihm zusammentraf, wirkte er wie jemand aus einem anderen Jahrhundert. Ja, wie jemand aus der Zeit König Edwards VII., seines Namensvetters. Das war in den späten Sechzigern und, ja, die sind ewig lange her.

Aber in den sogar noch länger zurückliegenden Fünfzigern pflegte euer Vater ganze Sommer bei seinem Onkel Eddie zu verbringen. Er war da noch ein Junge, und Großvater Pete arbeitete schwer, um sein Geschäft in Schwung zu bringen. Im Juli wurde er dort abgesetzt und Ende August wieder eingesammelt. Das ist der Grund, warum sich euer Vater einen »Sussex-Jungen« nennen konnte, obwohl er in Kent, im städtischen Einzugsbereich Londons, aufgewachsen war.

Jene Sommer in Sussex stellten sich für euren Vater als Segen heraus, aber dem Verhältnis zu *seinem* Vater oder dem zwischen seinem Vater und Onkel Eddie taten sie nicht gut. Großvater Pete irrte sich sehr, wenn er dachte, dass er das Problem der Sommerferien auf elegante Weise lösen und dabei gleichzeitig seinen älteren Bruder ausnützen könne. Für mich war es immer ziemlich offensichtlich, dass euer Vater als Junge und sein Onkel Eddie große Sympathie füreinander empfanden. Dass Onkel Eddie für ihn wie ein zweiter Vater, eine Art Sommervater war.

Ebenfalls offensichtlich war, um noch weiter zurückzugehen, dass es in der Zeit, als Großvater Pete in Kriegsgefangenschaft war und euer Vater zur Welt kam – also während der Zeit, von der er dir, Kate, letztes Weihnachten erzählt hat –, Onkel Eddie gewesen sein muss, der euren Vater als Erster gesehen, ihn als Erster aufgenommen und gehalten hat. Ich sehe ihn vor mir, wie er zunächst seine Pfeife vorsichtig beiseitelegt. Sich euren Vater als Baby vorzustellen, wie er in den Armen seines Onkels gewiegt wird, ist ein bisschen schwieriger, aber nett.

Onkel Eddie hatte ein schlechtes Herz, was ihn offensichtlich nicht davon abhielt, seine Pfeife zu paffen. Er war niemals eingezogen worden, und das war für seinen jüngeren Bruder ein weiterer Grund, ihm zu grollen. Eddie hatte den Krieg in seinem durchaus nicht so bescheidenen Häuschen ausgesessen, während Großvater Pete ausgezogen war, um zu kämpfen. Seltsamerweise war das, laut eurem Vater, genau der Ausdruck, den Großvater Pete hinsichtlich des Krieges gern benutzte: dass er ihn »ausgesessen« habe. Euer Vater ist niemals wirklich dahintergekommen, ob er sich auf seine Kriegsgefangenschaft bezog oder bloß darauf, dass er in der Air Force gewesen war. Schließlich ziehen Flieger sitzend in den

Krieg. Und Großvater Pete hatte als Navigator oben am Himmel sein eigenes kleines Tischchen mit einer Lampe, obwohl ich nicht glaube, dass es dadurch sicherer für ihn wurde.

Aber vielleicht war es auch nur seine Formel dafür, dass er Kriegsgefangener gewesen war, oder um seinen Sohn daran zu hindern, noch mehr Fragen zu stellen. Ich weiß noch, wie du, Nick, einmal mit Großvater Pete über den Krieg geredet und ihn gefragt hast: »Aber hast du nicht versucht zu fliehen?« Da hat er dich bloß voller Bedauern angesehen, so als täte es ihm leid, dass er nicht Steve McQueen sei.

Onkel Eddie starb auf Grund seines Herzleidens Jahre, bevor ihr zur Welt kamt, und ich begleitete euren Vater, dem sein Tod sehr naheging, zur Beerdigung. Großvater Pete erbte dann das Haus und zog schließlich mit Großmutter Helen dort ein. Jetzt liegt er natürlich ebenfalls auf dem Friedhof von Birle, nur ein paar Schritte von Eddie entfernt.

Mike und ich haben niemals darüber gesprochen – vielleicht bin ich so eine Hook nun auch wieder nicht –, aber ich hatte immer den Eindruck, dass Großvater Pete in seinen letzten Jahren im Coombe Cottage seinem Bruder immer ähnlicher wurde, oder seinem Bruder, wie ich ihn in Erinnerung hatte, oder seinem Bruder, wie er vielleicht gewesen wäre, wenn er älter als sechzig geworden wäre. Großvater Pete muss immer gedacht haben, dass Eddie die Hauptsache war, dazu bestimmt – wenn es bei der Familienplanung nicht zu einer kleinen Panne gekommen wäre –, ein Einzelkind zu sein wie ich und euer Vater. Könnte das vielleicht sogar der Grund sein, warum euer Vater ihn so gern mochte? Eddie war neun, als Großvater Pete erst ein Baby war, genauso alt wie euer Vater, als er seinen ersten Sommer in Birle verbrachte. Diese Dinge zählen möglicherweise.

Wie auch immer, mir kam es so vor, als würde euer Großvater Pete in seinen späteren Jahren Onkel Eddie immer ähnlicher. Großvater Pete rauchte niemals Pfeife und fuhr auch nicht Fahrrad, und Onkel Eddie hatte nie einen Hund, aber die Unterschiede wurden immer weniger, und die Ähnlichkeiten nahmen zu. Großvater Pete starb sogar ebenfalls an einem Herzinfarkt, wenn auch nicht mit siebenundfünfzig. Das konnte einfach Zufall sein oder aber eine dieser Sachen, die in der Familie liegen. Seit dem Tod eures Großvaters Pete will ich, dass euer Vater mal sein Herz überprüfen lässt.

Ich glaube, dass es morgen einer gewissen Belastung ausgesetzt sein wird.

Aber bei Onkel Eddies Beerdigung – lange bevor ihr zur Welt kamt – war noch ein weiterer »Onkel« anwesend, nämlich Tim. Tim Harvey. Auch er war ganz schön mitgenommen. Er war kein richtiger Onkel eures Vaters, sondern einer von den Nennonkeln, wie euer »Onkel« Charlie. »Onkel Tim« war Onkel Eddies ältester Freund. Sie waren zusammen auf dem College gewesen, und vorher, als sie noch Jungen waren, hatte er euren Vater manchmal im Coombe Cottage besucht und war eine Zeitlang dort geblieben. Ihr habt ihn wohl nie kennengelernt, obwohl er noch lebte, als ihr klein wart. Wenn wir Fiona eure »Feengroßmutter« nennen konnten, dann hätten wir Tim Harvey gut euren »Zauberpaten« oder euren »Zaubergroßonkel« nennen können, obwohl es vielleicht einen falschen Eindruck erweckt hätte.

Als euer Vater zum ersten Mal »Onkel Tim« mir gegenüber erwähnte, fragte ich ihn, ob da irgendetwas – na, er wisse schon – zwischen ihm und Onkel Eddie gewesen sei. Zwei Junggesellen in einem Cottage auf dem Land … Aber euer Vater sagte, in Onkel Tims Fall kein Junggeselle, sondern ein Witwer, ein erklärter Witwer. Seine Frau war während eines Luftangriffs gegen Ende des Krieges im Bombenhagel getötet worden. Was dafür sorgte, dass mir jede weitere Alberei im Halse stecken blieb.

Seine Frau hatte er vor langer Zeit verloren, aber dann war er hingebungsvoll verheiratet, könnte man sagen, mit einer naturwissenschaftlichen Zeitschrift namens *The Living World*, die er den ganzen Krieg hindurch am Leben erhalten hatte und die sein Lebensinhalt geworden war. Euer Vater hat erzählt, dass seine Frau Eleanor geheißen habe. Sie sei wohlhabend gewesen, eine Art Mäzenin, und als sie gestorben sei, habe sie Onkel Tim eine Menge Geld hinterlassen. Obwohl es vielleicht wichtiger ist, zu sagen, dass sie, als sie starb, schwanger war.

Eine ums Überleben kämpfende naturwissenschaftliche Zeitschrift – ich hatte ganz bestimmt noch nie von ihr gehört –, und als ich Onkel Tim kennenlernte, war es ganz offensichtlich sein üblicher, bei einer Beerdigung etwas unpassender Scherz, dass er die lebende Welt am Leben erhalten habe.

Er machte mir ein ganz kleines bisschen Angst. So wie Großmutter Helen mir jetzt Angst macht. Er sah aus, als sei er völlig vertraut damit, einer Beerdigung beizuwohnen. Aber ich mochte ihn auch, er tat mir leid, weil er sich jetzt von seinem ältesten Freund verabschieden musste. Er war selbst ein bisschen wie eine beharrlich ums Überleben kämpfende Zeitschrift, hochgewachsen mit silberweißem Haar, geistesabwesend, professoral. Ich war nett zu ihm. Ja, ich denke, dass ich sogar ein kleines bisschen mit ihm geflirtet habe, falls das bei einer Beerdigung überhaupt möglich ist, und wenn, dann nur so, wie man mit einem weißhaarigen Mann, vor dem man einerseits Angst hat und den man andererseits bemitleidet, flirten kann. Obwohl ich bei Walker mit einer ganzen Menge weißhaariger Männer aller Art geflirtet habe. Es hilft einem manchmal beim Verkauf.

Vielleicht meine ich nur, dass ich, während ich nett zu Onkel Tim war, für euren Vater glühte. Es war vielleicht eine Art Überfließen. Ich war besonders aufmerksam gegenüber Onkel Tim, um meine Begierde nach eurem Vater zu zügeln. Ich weiß nicht so recht, wie er es aufnahm oder ob es bei seiner Trauer um seinen Freund überhaupt bei ihm ankam, aber er entmutigte mich nicht. »So, du bist also Mikes reizende junge Frau. Ich sehe ihn noch in kurzen Hosen vor mir.« Vielleicht flirtete er mit mir, oder vielleicht drückte er auch nur zufällig auf Knöpfe.

Jedenfalls verstanden wir uns, wurden in jener Aprilsonne miteinander warm. So dass ich, als er einige Monate später eurem Vater eine Stelle anbot, kaum Einwände erheben konnte. Das heißt, nicht gegen Onkel Tim selbst, wenn ich auch so ziemlich in jeder anderen Hinsicht hätte dagegen sein können. Ich hätte mir sogar selber Vorwürfe machen können, weil ich – vielleicht – ein wenig dazu beigetragen hatte.

Andererseits jedoch hatte Tim Harvey kaum wissen

können, wie unheimlich perfekt sein Timing war – in was für einem verwundbaren Zustand euer Vater sein würde, wenn man vom Tod seines Onkels Eddie einmal absieht –, als er ihm das Angebot machte. Und auch absieht von der Frage, die ich inzwischen angefangen hatte zu stellen: Wie lange noch, mit diesen Schnecken?

Andererseits war diese Geschichte zweifellos verrückt. Eine um ihr Überleben kämpfende wissenschaftliche Zeitschrift, die offensichtlich kaum jemand las, geleitet von einer Mansarde in Bloomsbury aus? Und dann nur ihr *stellvertretender* Herausgeber? Es sei bloß gut, sagte ich zu Mike, dass sie mich bei Walker zu mögen schienen. Es sei bloß gut, dass wir nur uns beide zu ernähren hätten. Ich wäre vielleicht ein bisschen grausamer gewesen, wenn ich nicht die »Verfassung« eures Vaters ebenfalls hätte in Betracht ziehen müssen und wenn es nicht wegen meiner Mittäterschaft, soweit man davon reden konnte, auf dem Rasen hinter dem Coombe Cottage gewesen wäre.

Kurz gesagt, Tim wollte euren Vater nicht nur zu seinem Stellvertreter machen, sondern auch zu seinem Erben, selbst wenn er, meine ich, das Wort nie direkt benutzt hat. Es war, als wäre euer Vater dafür vorgesehen gewesen, vielleicht sogar schon seit jenen frühen Tagen in kurzen Hosen, und jetzt dachte Tim an die Zukunft. Er wollte, dass euer Vater zu gegebener Zeit sein Lebenswerk übernahm. Obwohl das wieder meine Worte sind, nicht die seinen. Um es kurz zu machen, ich gab nach. Zum Teil aus Gründen, die sich aus der ersten Begegnung auf dem Rasen ergaben, und zum Teil aus sehr persönlichen und heiklen Gründen, auf die ich noch zu sprechen kommen muss. Eine vorübergehende Phase, dachte ich. Jetzt sei mal flexibel. Eine zeitweilige Verirrung. Ein oder zwei Jahre …

Sie dauert jetzt schon über zwanzig.

Heute tut es mir natürlich nicht leid. Heute stelle ich es sogar schamlos so hin, als hätte ich es die ganze Zeit gewusst, als hätte ich immer daran geglaubt. Unser Schiff – damals nicht mehr als ein ziemlich leckes Boot – würde eines Tages einlaufen. Euer Vater sagt gerne, dass es in Wirklichkeit alles Onkel Tims Werk gewesen sei. Diese Theorie von der richtigen Zeit und dem richtigen Ort. Und Tim habe ihm immer gesagt, sagt er jetzt, dass sich die Zeitschrift eines Tages als eine Goldgrube erweisen würde. Eine *wissenschaftliche*? Ich glaube, das ist bloß euer bescheidener Vater. Das klingt so gar nicht nach Tim Harvey. Der »Zauberpaten«-Faktor wirkt nicht unbegrenzt. Tim mag das Geld gehabt haben und sogar sein Wunschdenken, aber er hatte auch seine Grenzen. Und euer Vater hatte seine verborgenen Talente. Ich glaube, dass sie selbst eurem Vater ziemlich verborgen waren.

Aber von hier an seid ihr mit der Geschichte vertraut, seid ihr ein Teil von ihr, ihre eigentlichen Erben. Am Ende, ziemlich bald nach eurer Ankunft, entwickelten sich die Dinge für uns zum Guten. Tim machte Platz, als ich im Mutterschaftsurlaub war und mich mit dem schlaflosen Chaos auseinandersetzte, das ihr in der Davenport Road anrichtetet – verzeiht mir –, und mich fragte, ob ich tatsächlich jemals im Kunsthandel tätig gewesen war. Inzwischen hatten die Talente eures Vaters begonnen, Blüten zu treiben. Fragt mich nicht, woher er die Energie nahm. Dann, im Jahr 1981, starb Tim und hinterließ den größten Teil dessen, was von seinem Privatvermögen übrig geblieben war, der, wie er es gerne nannte, *LW*. Dann kamen die Achtziger und mit ihnen ein Boom im Verlagswesen.

Was dann kam, wisst ihr: Living World Magazine, Living World Publishing, Living World Books. Ein völlig neues Image. Das inzwischen bekannte Logo, die kleine, knopfgroße, blaue und grüne Yin-und-Yang-Biosphäre. Es wurde – mal mehr, mal weniger – einfach immer besser. Aber was am wichtigsten war – und wer kann sagen, ob nicht ihr es wart, die diese andere, unternehmerische Seite an eurem Vater zum Vorschein gebracht und ihm diesen Elan gegeben habt –, das wart ihr.

Ich weiß noch, wie ich in den Jahren »dazwischen« – ich meine, bevor es euch gab, Mitte der Siebziger –, als ich (zum Glück) anfing, bei Walker Erfolg zu haben, auf Kunsttreffen, zu denen ich gehen musste, mich sagen hörte: »Mein Mann? Der ist stellvertretender Herausgeber von *The Living World*.« Und später: »Mein Mann? Der ist der Herausgeber von *The Living World*.« Das klang natürlich gut, klang wichtig. Was konnte größer sein als die lebende Welt? Leute aus der Welt der Kunst kennen sich nicht notwendigerweise in den Naturwissenschaften aus. Und es war ganz bestimmt besser, als wenn ich hätte sagen müssen, egal wie selbstsicher und forschfröhlich: »Mein Mann arbeitet über Schnecken.«

Trotzdem wartete ich jedesmal auf den verständnislosen Blick oder das bluffende wissende Nicken, während ich doch selbst eine Art Bluff aufrechterhielt. Oder ich bereitete mich auf das verlegene und peinliche »Ich bin mir nicht sicher, ob ich davon schon mal gehört habe …« vor.

Aber wenigstens einmal machte es einen großen, ja sogar einen überraschend starken Eindruck. Das war bei unserem Tierarzt, der natürlich ein mit den Naturwissenschaften vertrauter Mann war. Er sagte doch tatsächlich: »Ich bin beeindruckt.« Es stellte sich heraus, dass er Abonnent war, einer der ganz wenigen, denen ich jemals bewusst begegnet bin.

»Ihr Mann ist der Herausgeber von *The Living World*? Also ich bin beeindruckt.«

Und natürlich erzählte ich das eurem Vater. Ich sagte: »Ich hatte da ein interessantes Gespräch mit unserm neuen Tierarzt.«

Aber ihr werdet denken: Tierarzt? Was für ein Tierarzt? Was hat denn jetzt ein Tierarzt in der Geschichte zu suchen?

# 14

Ich greife vor. Also zurück in die Davenport Road in dem Jahr, in dem Onkel Eddie starb. Ich muss euch jetzt ein paar schwierige und delikate Dinge erklären. Ich muss euch mit meinen eigenen Worten erklären, was euch euer Vater morgen mit den seinen erklären wird. Es ist etwas, worauf wir uns geeinigt haben: Das Reden übernimmt euer Vater. Wer auch sonst unter diesen Umständen? Aber jetzt schläft er, erstaunlicherweise. Vor der größten Rede seines Lebens. Und ich will, dass er schläft. Schlaf weiter, Mikey, schlaf, solange du kannst. Und was soll eure Mutter tun, während diese letzten schlaflosen Stunden verstreichen? Einfach still sein?

Dieses Schlafzimmer im Dunkeln mit dem Regen draußen kommt mir vor wie eine vorübergehende Zuflucht.

Ich muss euch erklären, dass es euch vielleicht nie gegeben hätte. Da waren Mike und ich, wir beide, aber es hätte sein können, dass es euch nie gegeben hätte. Die Welt, unser Leben, dieses Haus hätten euch vielleicht nie enthalten. Das ist ungeheuerlich! Aber dann auch wieder nicht so bemerkenswert, denkt ihr gleich darauf. Uns allen kommt mal kurz dieser Gedanke, doch gleich darauf schieben wir ihn als überflüssig wieder beiseite:

Es hätte sein können, dass ich nie zur Welt gekommen wäre. Wahnsinn! Aber hier bin ich.

Manche Menschen mögen wünschen – ich hoffe, ihr werdet das nie, ich hoffe es aufrichtig –, dass sie nie geboren wären. Als ob irgendeiner von uns jemals darum hätte bitten, es sich hätte aussuchen können. Diesen kleinen Vorwurf können wir unseren Eltern immer machen. Obwohl, was mich anbelangt – aber ich glaube, es geht Mike ebenso –, so kann ich den völlig unlogischen, aber schmerzlichen Gedanken nicht loswerden, dass wir, wenn ihr nicht da wärt, wenn wir euch nicht auf die Welt gelassen hätten, ein Verbrechen begangen, *euch* etwas Schreckliches angetan hätten.

Habe ich euch jemals gesagt, haben wir euch jemals gesagt, wie schön ihr seid?

Professor Mike hier wird darauf hinweisen, dass die Natur ungeheuer verschwenderisch ist. Für jedes Leben, das es schafft, geht eine unglaubliche Zahl potenzieller Lebewesen verloren. Es könnten Millionen von uns herumlaufen, aber wir sind alle außerordentlich kleine Ausnahmen. Dasselbe gilt für Ameisen und Tausendfüßler – stellt euch alle diese Beinchen vor, die nicht dazu ausersehen sind, zu krabbeln – oder bestimmt auch Schnecken.

Aber wenn wir nicht darum gebeten oder es nicht gewollt haben, sondern einfach entgegen allen Erwartungen auf die Welt gekommen sind, wie viele von uns können dann sagen, dass wir wirklich *beabsichtigt* waren? Noch etwas, was wir unseren schwer geprüften Eltern, die so viel getan haben, um uns ein Zuhause zu schaffen, an den Kopf werfen können. Obwohl sogar das mit dem

Zuhause nicht immer stimmt. Manchmal kann von einem Zuhause kaum die Rede sein. Manchmal sind unsere Eltern nicht da, oder sie haben sich getrennt. Manchmal wissen wir nicht einmal, wo unsere Eltern sind.

Dabei haben wir vielleicht alle noch einen anderen Gedanken, den wir dann abtun, statt ihm weiter nachzugehen, was angesichts seiner gewaltigen Bedeutung überraschend ist. Es ist die Idee, unsere Existenz zurückzuverfolgen bis zu dem eigentlichen Augenblick unserer Empfängnis. Das bedeutet die Verletzung eines Tabus, das Eindringen in eine Privatsphäre, so als beträte man unaufgefordert das elterliche Schlafzimmer. Oder es bedeutet einfach ein Risiko. Wer weiß, unter was für riskanten und erbärmlichen Umständen wir vielleicht entstanden sind? Vielleicht findet man es besser nicht heraus. Und überhaupt, haben unsere Eltern zu dem Zeitpunkt tatsächlich an *uns* gedacht?

Wie wunderbar wäre es jedoch, wenn wir, den Weg zurückverfolgend, zu einem fantastischen Schlafgemach kämen, in das uns sogar unsere lächelnden Eltern selbst geleiteten, zu einem herrlichen Bett, sagen wir einem gobelingeschmückten Himmelbett. Hier, siehst du? Für dich war uns nur das Allerbeste gut genug. Doch wie viele von uns landen wohl auf dem Rücksitz eines Ford?

Ich weiß ehrlich nicht, wo mein Vater und Fiona ... Und ob sie es bewusst vorhatten. Ich denke nur, ich hoffe, dass sie zu dieser Zeit glücklich waren. Das müsste im Herbst 1944 gewesen sein. Und wie schrecklich weit weg das klingt. Euer Vater scheint mir außergewöhnlich zu sein, nicht nur, weil er imstande ist, die Umstände genau zu beschreiben, sondern weil er auch ziemlich überzeugt von der hundertprozentigen Absicht ist. Hochzeit Helen und Pete, dann Flitterwochen – in den Cotswolds – in der begrenzten Zeit, die ihm zugestanden worden war, auf Sonderurlaub. Vielleicht wurde euer Vater sogar genau in der Hochzeitsnacht seiner Eltern gezeugt, ein perfektes, altmodisches Vorgehen, wie nach dem Kochbuch. Die Absicht und der Akt waren auf vollkommene Weise eins.

Aber ich kann ehrlich sagen, dass ihr wahrhaftig und vollkommen beabsichtigt wart. Ihr hättet nicht mehr und vorsätzlicher gewollt sein können, weder in dem Augenblick noch vorher. In der Hinsicht seid ihr doppelt außergewöhnlich. Ihr seid sowieso doppelt. Zufällig kamt ihr im Sternbild der Zwillinge zur Welt, aber eure Geburt an sich hatte nichts mit Zufall zu tun. Und was das mit dem Sternbild angeht – eine Tatsache, die euch ziemlich nervt –, könnt ihr uns keinen Vorwurf machen, dafür wenigstens nicht. Als ihr kleiner wart, haben wir oft zu euch gesagt, dass ihr auch so zwei Sternchen gewesen wärt.

Ich kann auch ehrlich sagen, dass ich euch nie so sehr beabsichtigt habe, euch nie so sehr habe empfangen wollen – wenn ich es auch, heiß vor Begierde nach eurem Vater, niemals in so kühlen Worten mir selbst gegenüber ausgedrückt hätte – wie an dem Abend nach Onkel Eddies Beerdigung. Ich habe wirklich gedacht, jetzt würde es passieren. In dem Falle wäre es unser Schlafzimmer in Herne Hill gewesen. Oder – beinahe – der obere Flur. Ob euer Vater auch Sinn für die Gunst der Stunde hatte? Er trauerte um seinen Onkel Eddie. Andererseits war er zweifellos bereit.

Aber offensichtlich hat es nicht geklappt. Stellt euch

nur mal vor, es hätte, dann wärt ihr 1973 zur Welt gekommen. Ihr wärt Januar-Kinder gewesen, genau wie euer Vater. Ein harter Monat, finanziell gesehen, für mich. Inzwischen – stellt euch das vor – wärt ihr zweiundzwanzig. Doch wieso nehme ich an – einfach eine Angewohnheit, die ich niemals werde ablegen können –, dass ihr in jedem Fall *zwei* gewesen wärt?

Es hat eindeutig nicht funktioniert, damals nicht und auch die nächsten sechs Jahre nicht – etwas, über das ihr bestimmt nachgedacht habt. Vier Jahre, bis wir geheiratet haben, angefangen von jenem berühmten Zusammensein am Strand von Brighton, dann ein weiterer, zweimal so langer Zeitabschnitt, bevor wir euch schließlich bekamen. Aber wir haben offensichtlich nicht *zu* lange gewartet, und Eltern lassen sich gern ein bisschen Zeit, bevor sie sich zu Sklaven der nächsten Generation machen. Trotzdem sollt ihr wissen – damit ihr das Ganze in einem anderen Licht seht –, dass wir es ganz fest vorhatten und wollten und sehr versucht haben, zumindest bis zu jenem Frühjahr der Jahres 1972.

Wir haben es ganz bestimmt versucht. Ich möchte mich nicht festlegen, wie lange genau. Ich habe mir sicher notiert, wann wir aufgehört haben zu verhüten, oder es mir merken wollen, aber es ist weg. Auf alle Fälle haben wir es lange versucht. Man erwartet ja nicht, dass es gleich beim ersten Mal klappt, sondern man versucht es wieder, aber wie lang ist eine Versuchsperiode? Und wie viele Perioden versucht man es?

Was an dem Jahr von Onkel Eddies Tod bedeutsam war, sogar für euer Leben, sogar damals schon, war die Tatsache, dass wir in jenem Jahr im Sommer die feierliche, ein wenig kleinlaute, aber anscheinend notwendige Abmachung trafen, dass wir uns beide in die entsprechende klinische Einrichtung begeben würden, um uns untersuchen zu lassen. Wir sahen einander traurig und teilnahmsvoll an, so als müsse einer von uns beiden wählen, Kopf oder Zahl, und einer müsse verlieren. Zu diesem Zeitpunkt hofften wir noch.

Aber ich muss sagen – und jetzt müsst ihr beide das allergrößte Interesse an den Tag legen –, dass dies von allem, was wir bis dahin im Leben kennengelernt hatten, der schlimmste Augenblick war. Kriegskinder, denen nichts besonders Schreckliches, geschweige denn Kriegsmäßiges zugestoßen war. Die Scheidung der Eltern, der Tod eines Onkels … du lieber Himmel! Solche Dinge sind doch nicht das Ende der Welt. Aber diese kleine Krise glich, noch bevor wir wussten, dass sie unüberwindlich war, einem mittleren Weltuntergang. In gewissem, streng generativem Sinn könnte sie genau das sein.

Ihr denkt jetzt vielleicht, bevor ihr weiterdenkt: He, nun mal langsam! Was war denn so furchtbar tragisch? Hat es einen schrecklichen Unfall gegeben? Ihr denkt vielleicht, indem ihr euch in unsere Situation versetzt (aber wie macht man das eigentlich?): Was hat sich denn so drastisch verändert? War nicht das Leben dasselbe wie immer? Waren *wir* nicht dieselben? Aber hieße das nicht – vergebt mir, wenn ich den nächsten Gedanken für euch denke –, euch rückgängig zu machen?

Dies sind die Neunziger, ich weiß, nicht die primitiven Siebziger. Manchmal denke ich, ihr lebt in einer kühlen, geordneten Welt, in der jede Panne zu beheben ist und jeder Schock mit einem Schulterzucken abgetan wird. Aber wir werden sehen, was morgen ist.

Es war ein Schlag, meine Schätze, ein wirklicher Schlag. Und dorthin, wo es richtig weh tut. Wie sich herausstellte, *gab* es ein Problem, und das Problem war das eures Vaters und nicht das meine. Um die Sache noch schlimmer zu machen, bekam ich meine Entwarnung zuerst. Ich war fortpflanzungsmäßig eins a. Bei eurem Vater hatte die Sache länger gedauert, oder er hatte einfach einen späteren Termin bekommen. Ich glaube, er hatte angenommen, dass angesichts all der gynäkologischen Kompliziertheit … Warten wir erst mal ab, was sie über Paulie sagen. Ich denke, er verhielt sich wie ein typisches Mannsbild. Bestimmt konnte es nicht etwas so Einfaches sein, etwas so Einfaches und Ernüchterndes wie, na, ihr wisst schon. Aber schließlich musste er in die Klinik zu weiteren Tests und Kontrollen, um dann sein endgültiges Urteil zu empfangen.

Wenn er das doch bloß gewusst hätte als er, bevor er mich kennenlernte, an der Uni rumvögelte und vorsichtig war und scheinbar Glück hatte. Wenn *ich* es doch bloß gewusst hätte! All die Jahre die Pille! Aber darum ging es natürlich nicht. Über dieses Thema konnte man wirklich keine Witze machen, wirklich gar keine. Wenn ich es gewusst hätte – gut, dann hätte ich es gewusst. Und wenn er es gewusst hätte, bevor er mich kennenlernte, dann hätte er es mir, geleitet von einem bizarren, aber ehrenhaften Willen zur Selbstaufopferung, was schwer vorstellbar ist, sagen müssen, oder etwa nicht? Oder etwa nicht? Bei allem, was recht und billig ist, er hätte es mir sagen müssen – und zwar recht bald. Und ich hätte darauf reagieren müssen, nicht wahr? Bedauert eure arme Mutter. Und jener Augenblick in den Dünen von Craiginish wäre vielleicht nie gekommen. Mikey und ich wären niemals Mikey und ich gewesen.

Wir benutzten es nicht, wir vermieden es sorgfältig, das Wort »Schuld«. Und auch wenn euer Vater dieses Problem hatte, so war, wenigstens für eine kurze Zeit, eine Begnadigung nicht völlig unmöglich. Es konnte immer noch – je nachdem, was die Nachprüfung ergab – darauf ankommen. Vielleicht ein unglücklicher Ausdruck. Meine Tests waren wenigstens nur Tests, passive Tests. Der arme Mike musste das Gefühl gehabt haben – auch wenn er wusste, dass es, wissenschaftlich gesehen, nicht stimmte –, dass seine Tests welche waren, bei denen er sich anstrengen, sich bis zum Äußersten anstrengen und sein Allerbestes geben musste.

Im Leben muss man so vieles zählen, Tage, Stunden, Minuten, Jahre, Geburtstage. Geld. Die Meilen zwischen Orten. Wie viele Meter Stoff man für die neuen Vorhänge braucht. Kalorien, Pfunde, den Blutdruck, den Pulsschlag. Die Tage seit der letzten Periode. Euer Vater verbringt im Augenblick viel Zeit damit, Verkaufszahlen zu ermitteln. Früher hat er einmal junge Schnecken gezählt. Gibt es für die ein Wort? Schnecklein?

Aber es gibt etwas in meinem Leben, von dem ich nie angenommen habe, dass ich je mit seiner Anzahl befasst sein würde. Schließlich kann man sie nicht sehen, obwohl offensichtlich Millionen und Abermillionen von ihnen in jedem – ich kenne auch nicht das richtige Wort dafür – in jeder Probe vorhanden sind. Es muss sein wie das Zählen von Heringsschwärmen oder von Horden rasender Lemminge, bloß schlimmer. Wie soll man die zählen? Ich weiß es immer noch nicht. Fragt euren Vater. Und man sollte denken, dass man sie, wenn sie millionenfach da sind, eigentlich überhaupt nicht zu zählen brauchte. Man sollte meinen, dass eine Million oder ein Gutteil weniger als eine Million ausreichen müsste. Sagen wir fünf.

Aber wie es aussieht, beruht das Leben auf diesem außergewöhnlichen Prozentsatz von Verschwendung. Es wäre, als wollte man versuchen, all die einzelnen Regentropfen zu zählen, die draußen herunterplatschen, aber dann zu einem einzigen sanften, anhaltenden, murmelnden Strom verschmelzen. Wie viele Tropfen wohl in, sagen wir, nur einer Minute allein auf dieses Haus, auf sein schlüpfriges Dach und in seine gurgelnden Rinnen fallen? Oder allein auf den Rasen unten und die triefenden Blätter im Garten? Und jeder Tropfen bedeutet potenziell Leben oder Tod für irgendeine Blume.

Nein, ich habe schon vieles gezählt, aber nie gedacht, dass ich einmal so sehr in das Zählen von Spermien einbezogen sein würde.

# 15

Er suchte einen Mann namens Chivers auf. Ich nehme nicht an, dass er morgen auf diese intimen Details eingehen wird. Ich habe Doktor Chivers nie kennengelernt. Ich musste bei seinem Namen unweigerlich an Marmeladengläser denken. Und ich musste an Doktor Pope denken – all die Besuche aus dem gegenteiligen Grund. Doktor Chivers sagte, euer Vater habe »weniger als zwei Millionen pro Milliliter«, was mir immer noch schrecklich viel vorkam. Aber euer Vater, der Biologe war und auch ohne Arzt Bescheid wusste, sagte: »Oder ungefähr eine Chance in hundert Jahren.«

Da hört ihr es. Ihr wart eine Chance – zwei Chancen – in hundert Jahren.

Natürlich bleibt alles so, wie es ist, äußerlich verändert sich nichts. Wenn ein Mann diese Nachricht erhält, dann hängt ihm niemand ein Schild um den Hals, auf dem »Außer Funktion« steht. Vielleicht trifft das auf so viele Dinge im Leben zu. Es war so, wie wenn eine Frau zum ersten Mal schwanger wird, musste ich damals denken. Niemand würde es wissen, vielleicht sogar sie selbst nicht, aber für die anderen leuchtet kein Schild auf, selbst wenn es das für sie täte. Niemand weiß, ob der junge Mensch, der gestern noch jungfräulich war, es heute nicht mehr ist. Das ist vielleicht ein unfaires Beispiel. Das Leben kann auf alle mögliche Art und Weise einfach weitergehen, ohne dass jemand Genaueres weiß.

Aber ihr wisst es jetzt. Ihr wisst jetzt, wie vor über zwanzig Jahren die Chancen für uns standen. Unter zwei Millionen, aber sagen wir doch einfach null. Was eine ganz offensichtliche Tatsache außer Acht lässt. Euer Vater wird es euch morgen erklären, er wird euch darüber hinweghelfen. Es ist jedoch noch viel mehr von der Geschichte übrig, worauf er nicht eingehen will oder kann. Und er kann gar nichts erklären, wenn er nicht vorher erklärt, warum wir uns sechs Jahre lang – vielleicht ist es eine seltsame Art, es auszudrücken, aber ihr selbst werdet es vielleicht auch so sehen, und es ist nur fair, dass ihr es wisst – warum wir uns sechs Jahre lang gegen euch entschlossen haben.

Es war die Möglichkeit, die unter den begrenzten Möglichkeiten, die es gab, letztlich den Sieg davontrug. Versucht, uns keinen Vorwurf daraus zu machen. Wir haben andere Möglichkeiten erörtert, und es gab eine, für die wir uns fast entschieden hätten, die wir dann aber doch nicht gewählt haben. Die Möglichkeit, die übrig blieb, war die, nichts zu tun. Weitere Maßnahmen waren nicht erforderlich. Wir konnten einfach sein und bleiben, was wir waren, ein Ehepaar, ein kinderloses Ehepaar. Ein trauriger Ausdruck, aber nur, wenn man es so sehen will. Und alle anderen, so zum Beispiel eure darauf lauernden Großeltern in spe, mögen, ungeduldig, wie sie vielleicht waren, gedacht haben: Schön, sie warten nur den richtigen Zeitpunkt ab, sie sind noch nicht »bereit« dafür. Und hatten dann den zweiten, von der Absicht, sich nicht einzumischen, geleiteten Gedanken: Oder vielleicht … sind sie einfach glücklich ohne.

Glücklich ohne. Ist das nicht möglich? Waren wir nicht glücklich miteinander? Das war sicherlich bei uns eine gegebene Tatsache. Und ist es nicht einer der traurigen Gründe, Kinder zu haben, dass man einen Mangel an Glück, etwas, das verloren gegangen zu sein scheint, ausgleichen möchte? Wenn Glück eine Vollständigkeit ist, was spielt es dann für eine Rolle, aus wie vielen Teilen das Ganze besteht? Wenn zwei Menschen einen kompletten Kreis bilden können. Dann gibt es eben nur uns beide.

Es wird euch freuen, zu hören, dass ihr für uns niemals kleine Heilmittel wart.

Aber zunächst müsst ihr wissen, dass wir es nach Doktor Chivers' Auskunft einfach nicht konnten. Mike wird euch das nicht erzählen, und eure Mutter sollte es vielleicht nicht. Ich meine, wir konnten nicht miteinander schlafen. Den kompletten Kreis bilden. Uns lieben, meine ich. Gerade das, was unser Trost und unsere Stütze hätte sein sollen, gerade das, was wir immer viel und in jüngster Zeit mit nicht wenig Eifer getan hatten. *Das* war niemals unser Problem gewesen.

Man sagt, dies sei eine häufige Reaktion, und vielleicht hat Doktor Chivers das Thema möglicher Auswirkungen dieser Art sogar angetippt. Aber ich meine nicht nur euren Vater, für den es eine Frage der »Männlichkeit« war, das sah ich ein. Auch ich empfand eine Abneigung dagegen. Es war auch eine Frage der »Weiblichkeit«. Manchmal sind große Worte angebracht. Eine ganze Reihe von Nächten schliefen wir zusammen, um diesen immer doppeldeutigen Ausdruck zu gebrauchen, als hätte uns plötzlich die Keuschheit gepackt. Zwischen uns im Bett war ein Abstand, nur ein kleiner Abstand von einigen Zentimetern, aber er hätte sich verbreitern können wie eine Gletscherspalte –und was hättet ihr dann je gewusst? Ich glaube, Mike hatte Angst davor. Ich glaube, er hatte Angst vor *mir*. Der Tag des Gerichts. Danke, das war's. Die gefühllose Biologie hat das Wort.

Aber schaut, er ist immer noch da. Und schläft fest.

Nur wir beide? Aber genug von diesem »nur«. Wir ließen diese Zeit der Quarantäne hinter uns. Wir wollten uns nicht unterkriegen lassen – und nicht so undankbar sein. Es ist nicht das Ende der Welt, dieser Welt, die so gut zu uns gewesen war und die sehr viel schrecklicher sein kann. Wir fingen wieder an, miteinander zu schlafen – mit, ich glaube, das ist die richtige Formulierung, mit neuer Kraft. Und genau das war es von nun an. Wir liebten uns einfach, da alles andere nicht möglich war. Wir liebten uns, ohne der Fortpflanzung einen Tribut zu entrichten. Und ich denke, wir wurden immer besser und immer leidenschaftlicher. Einfach bloß Liebe. Aber genug von *diesem* »bloß«.

Das war die Zeit, in der wir, da wir nun einmal nur zu zweit sein sollten, Wochenendtouren zu schätzen begannen. Die Ära der Hotelzimmer. Eine Zeit, in der wir nicht gerade im Geld schwammen, uns aber, da wir keine anderen Verpflichtungen hatten, dieses gelegentliche Geschenk für uns selbst leisten konnten, das ohnehin manchmal dank Walker & Fitch zustande kam: Kunsthandelsreisen, an die wir dann unsere privaten Vergnügungsreisen anschlossen. Venedig, Rom, Paris … Wir suchten uns einfach nur ein paar wunderschöne Orte aus, um uns dort zu lieben.

Kunst und Sex, für mich sind die beiden niemals kollidiert – obwohl ich nie endgültig wissen werde, wie das bei Simon Fitch ist –, und es war auch nie eine Frage von Entweder-oder. Farbe ist einfach sexy, und hat nicht so viel in der Malerei mit der Wiedergabe von Fleisch zu tun? Sehnt sich Farbe nicht manchmal danach, Fleisch zu sein? Kunst ist gar nicht so künstlich.

Und es waren Wochenenden, falls ihr euch jetzt ein wenig ausgeschlossen fühlt, die mit oder ohne Hilfe der Kunst nicht nur von verzehrender Sexualität waren. Ich glaube, wir fühlten es beide: als ob wir bei unserem tapferen Vorhaben, einfach nur wir selbst zu sein, ein kleines Eckchen für Zauberei gelassen hätten. Dies war unsere letzte schwache, unwissenschaftliche, aber inbrünstige Hoffnung. Wie töricht, aber auch wie kraftspendend. Wenn wir uns nur leidenschaftlich und einfallsreich genug liebten. Wenn wir uns nur *genügend* liebten. So als hätte es uns Doktor Chivers, an seine Nase tippend, als seinen letzten, inoffiziellen Rat mit auf den Weg gegeben. Versuchen Sie, übers Wochenende wegzufahren – wenn Sie verstehen, was ich meine. Ein Tapetenwechsel, ein besonderer Raum, ein besonderes Zimmer, ein besonderes Bett …

Als ob es genügt hätte, seinem Rat zu folgen. Lass uns mal sehen, ob dieses Zimmer in Florenz mit den gegen die heiße Mittagssonne geschlossenen Fensterläden und den leuchtenden Schlitzen darin die Sache nicht deichseln wird. Oder vielleicht wird dieses Hotel da in der frischen, herbstlichen englischen Landschaft mit seinen

Eichenpaneelen und den Holzfeuern – indes der Oktober die Hagebutten draußen anschwellen lässt – das Wunder vollbringen helfen.

Ihr seht, im Geheimen dachten wir immer wieder mal an euch.

Reaktionen und Nachwirkungen. Doktor Chivers hätte uns darauf vorbereiten können – aber dafür war er kaum zuständig –, dass diese Kleinigkeit, diese Lappalie von einer Million hier oder da, hinsichtlich des Verhaltens außergewöhnliche Folgen haben kann, verspätete und langfristige Nebenwirkungen – auch wenn von *Neben*-wirkungen im eigentlichen Sinn keine Rede sein kann.

Tim Harvey sollte nie erfahren, wie absolut perfekt sein Timing war. Wenn euer Vater nicht so – indisponiert gewesen wäre. Oder meine ich in Wirklichkeit disponiert? Wenn Tim, in Anbetracht des gerade erst beerdigten Onkel Eddie, ihm seinen Vorschlag nicht wie ein seines Kindes beraubter Vater gemacht hätte. Euer Vater nahm den Job bei Living World jedenfalls an. Und ich ließ ihn, Gott steh mir bei! Ein Job ohne alle Aufstiegschancen, wie es damals aussah, und mit mehr als nur einem Stich ins Selbstmörderische. Vom Mord an seinen Schnecken gar nicht zu reden. Er hat »siebenundzwanzig« gesagt, oder? Er hat mit der Antwort nicht gezögert. Er ist einfach innerlich bei siebenundzwanzig stehengeblieben. Es gibt einen Teil von mir, der auch noch siebenundzwanzig ist.

Ein Job ohne Entwicklungsmöglichkeiten, der schließlich gerade mal zu einem peinlichen Trost hätte werden können. Gerade mal! Schön, wir haben keine Kinder, aber wir haben die Living World. Und doch haben wir –

ist die Geschichte nicht fast zu gut? – den Schatz mit euch geteilt. Das Geschenk, und den Trost ebenfalls. Es gab eine Zeit, als ihr klein wart – ihr erinnert euch vielleicht –, da haben wir euch erzählt, dass wir »jetzt zwei Häuser haben«. Womit wir dieses hier meinten und »das andere« eures Vaters in der Stadt. Da hatte sich jene Mansarde in Bloomsbury nach unten hin ausgedehnt, und Living World Publishing war auf dem aufsteigenden Ast. Das Architekturbüro, das sich in den unteren Stockwerken befand, zog aus, da es selber expandierte, und euer Vater zog im richtigen Augenblick dort ein. Ormond Square Nr. 12. Ein sehr vornehmes Haus mit einem wunderschönen Oberlicht über der Eingangstür. Wir haben jedoch nie so getan, hoffe ich, als gehörte es eurem Vater, und wir wollten ganz gewiss nicht den Eindruck erwecken, als ob er dort unter Umständen *hinziehen* würde.

Aber ich greife schon wieder vor und rede von den Jahren, in denen wir bereits jene Ferien in Cornwall machten. Gull Cottage, ein drittes temporäres kleines Haus. Kehrt zurück, wenn ihr könnt, zu dem Leben ohne euch.

Es war möglich. Es dauerte mehrere Jahre. Seid nicht gekränkt. Im Rückblick kommt es sogar mir vielleicht vor wie eine angenehme und nicht unglückliche, vollkommen legitime Phase der Stabilität. Nur euer Vater und ich. Nehmt sie uns nicht übel. Mike in seiner Mansarde in Bloomsbury – wenigstens war es eine georgianische Mansarde an einem wunderschönen georgianischen Platz und nicht allzu weit von mir in der St. James's Street entfernt. Lunch in Soho. Ich bezahlte ausnahmslos. Aber dank Walker & Fitch ging es uns nicht so schlecht, selbst wenn es die geizigen Siebziger waren. Euer Vater wiederholte gelegentlich, wie zur Selbstverteidigung, dass zur Zeit einfach nicht das Geld für die reine Forschung da sei, sogar am Imperial College nicht. Ich widersprach ihm nicht.

Onkel Tim ließ manchmal seinen gewohnten Geiz (für einen angeblich wohlhabenden Mann) beiseite und lud uns wie ein vergesslicher Vormund zu einem reichlichen Mittagessen ein. Ich hatte dann, wenn er den Sancerre einschenkte, das ungute Gefühl, irgendeine Erbschaft werde überprüft, und beim Kaffee werde dann vielleicht etwas bekannt gegeben. Oder euer Großvater Dougie (ohne Margaret) verwöhnte uns im Connaught und erwartete keine Gegenleistung, wobei ich allerdings manchmal das Gefühl hatte, dass *ich* die Einladung zum Anlass einer kleinen Bekanntmachung nehmen sollte, was ich aber dann immer unterließ.

Er würde bald fünfundsiebzig sein. Vielleicht könnte ich ja diese kleine Ankündigung an seinem Geburtstag machen und wie er sich darüber bei seiner Geburtstagsparty freuen würde. Bald würde er sich von Margaret scheiden lassen. Und Georgina heiraten. O Daddy!

Unser Brighton, unser Sussex, unser London – und dort verlagerte sich der Schwerpunkt von Earl's Court und der King's Road zum West End. Und zum unglamourösen, bescheidenen, nichts erwartenden Herne Hill. Zähl die Segnungen in deinem Leben! Ein guter, althergebrachter Rat. Zähl deine reichlichen Segnungen. Hör auf, Spermien zu zählen, das ist erledigt. Keiner kannte unser kleines Geheimnis. Wir konnten es sogar schaffen, es selber nicht weiter zu beachten, es zu vergessen – wobei wir, ohne es je zu erwähnen, gerade genug Raum für ein Wunder ließen. Was man nie gehabt hat, kann man nicht vermissen, und man kann auch nicht fürchten, es zu verlieren. Noch ein vernünftiger, hausbackener, beruhigender Rat.

Wie dem auch sei, eines Tages und aus keinem besonderen Grund kriegten wir eine Katze.

# 16

Es war Miss Lambert von Nr. 23, die uns dazu anstiftete oder die sich vielmehr an euren Vater ranmachte. In jenen Tagen hatte jede ruhige, spießige Straße in den Vororten ihre Anzahl von netten, mutigen alten Damen, die allein in ihren mit drei Schlafzimmern ausgestatteten Häusern lebten, als ob es immer so gewesen wäre, jedoch mit scharfäugigem Interesse das Leben von jungen Ehepaaren wie Mike und mir verfolgten. Ich möchte wissen, wo sie geblieben sind.

Miss Lambert lebte nicht ganz allein. Sie hatte zwei Katzen, Toby und Nancy, und eines Tages fing sie euren Vater an ihrer Gartenpforte ab und sagte, Mister Nokes, der Tierarzt in der Wells Road, habe gerade eine hübsche schwarze Katze wegzugeben, ein gerettetes herrenloses Tier, einfach eine hübsche schwarze Mieze. Wer lasse denn so ein Tier einfach zurück? Sie gebe das nur weiter, aber es würde doch nichts schaden, wenn wir mal hingingen und sie uns ansähen, oder?

Ich denke nicht, dass Miss Lamberts Überredungskunst bei mir so gut funktioniert hätte. Aber seht ihr, als euer Vater in den Zwanzigern war, hatten kleine alte Damen leichtes Spiel mit ihm. Und euer Vater hätte es auch ignorieren können, aber er erwähnte es mir gegenüber, als sei es seine Pflicht, Miss Lambert zufriedenzustellen. Er sagte, Miss Lambert habe gesagt, wenn die Katze nicht bald einen neuen Besitzer finde, dann, nun ja … Und so gesehen standen wir wie herzlose Mörder da, wenn wir nicht hingingen, um sie uns wenigstens anzusehen.

Ich sagte: »Um Himmels willen, Mikey … eine Katze?« Aber wir gingen und sahen sie uns an. Und wir waren hingerissen.

Dies ist die schlichte Wahrheit, auf die, so glaube ich, euer Vater morgen nicht zu sprechen kommen wird, obwohl er möglicherweise sogar noch mehr in sie investiert hat als ich. Bevor ihr da wart, war ein Kater da. Aber es geht noch ein bisschen darüber hinaus, denn man könnte fast sagen, dass ihr eure Existenz, ja überhaupt eure Entstehung einem Kater verdankt. Ihr kommt von einem schwarzen Kater namens Otis. Eine bemerkenswerte Kette von Ereignissen, da Otis, wie so viele Katzen, wirklich und wahrhaftig kastriert worden war. Aber ohne Otis hättet ihr vielleicht nie den Weg hierher auf die Welt gefunden.

Da, jetzt ist die Katze, beziehungsweise der Kater, aus dem Sack. Ein Geheimnis, das niemals wirklich ein Geheimnis hätte zu sein brauchen – ich meine das Vorhandensein von Otis –, aber wir haben es trotzdem als ein solches bewahrt. Ihr habt uns nie oder höchstens erst in allerjüngster Zeit auch nur seinen Namen erwähnen hören. Er starb vor eurer Ankunft. Er war noch bei uns in der Davenport Road bis kurz vor eurer Geburt, und wir zogen dort weg, als ihr noch nicht älter als drei wart. Es überrascht mich immer wieder, dass ihr euch überhaupt an das Haus erinnert. Vielleicht werdet ihr morgen versuchen, noch ein paar Erinnerungen auszugraben.

Otis. Natürlich nach Otis Redding – dem verstorbenen großen Otis Redding, dessen glücklicher kleiner Lobgesang *My Girl* im Frühjahr 1966 über den Strand von Brighton wehte. Und dessen bittersüße, aber seltsam heitere Ballade *Dock of the Bay* später, eines Sommers, über London hinweggeschwebt war, über Earl's Court, über unsere Kellerwohnung mit ihrer roten Tagesdecke, über Mikes Schnecken im Laboratorium des Imperial, in das er ein Transistorradio geschmuggelt hatte. Diese Ballade, die aus irgendeinem Grund *unser* Song geworden war, Mikeys und Paulies Song, der Song unserer Zusammengehörigkeit, unserer Koexistenz, unserer Zukunft.

Da bitte, noch ein kleines Geheimnis. Warum ist ein Lied über Kummer und Herzleid und Trennung das Lied unseres Glücks und unserer Zusammengehörigkeit geworden? Ich weiß es nicht, es ist einfach so. Vielleicht, weil es am Meer spielt und wir uns in Brighton kennengelernt haben, oder vielleicht wegen seiner unbeabsichtigten, aber auf sanfte Weise bedeutungsvollen Resonanz selbst für uns damals in unseren frühen Zwanzigern. Schließlich war es ein Schwanengesang, ein postumer Hit. Otis Redding war mit sechsundzwanzig Jahren tot, und die sehnsuchtsvolle Stimme flehte aus dem Grab: *»Try a little tenderness …«*

Das Leben ist kurz, meine Lieblinge, oder kann es sein. Ergreift es, haltet es wert, hegt und pflegt es. Aber vielleicht ist euch das mit sechzehn noch nie in den Sinn gekommen.

Es bestand sowieso nie ein Zweifel daran, dass Otis,

wenn er erst unser Haus betreten hatte und wir uns für einen Namen entscheiden mussten, Otis genannt werden würde.

Eine Katze. Ich weiß, es liegt auf der Hand – es liegt sogar klar und vielleicht sogar auf amüsante Weise auf der Hand –, aber wir betrachteten sie nie als das, was ihr jetzt denkt. Otis war, wie sich noch herausstellen würde, vor euch da, aber nicht an eurer Stelle. Wir äußerten diesen Gedanken nie, ja wir dachten ihn noch nicht einmal. Wie hätten wir das auch tun können, wo wir euch noch nicht einmal kannten? Wir gingen einfach ziemlich verlegen hin, um uns Otis anzusehen. Und segneten den Tag. Wir segneten sogar Miss Lambert.

Und wir wurden, so stellten wir fest, Katzenleute. Es heißt, die Welt zerfalle in zwei Lager: in Katzenmenschen und Hundemenschen. Und dann sind da natürlich noch einige Leute, die es nie herausfinden. Das ist, was unser Tierarzt sagte, nicht Nokes, sondern der neue. »Manche Leute«, sagte er, »finden es – traurigerweise – nie heraus« … wobei er das »traurigerweise« recht gefühlvoll einfügte. Aber ich nehme an, er sagte es zu jedem.

Ich kam nicht aus einer Familie, die Haustiere hielt, einem Zuhause mit einem Tier, und euer Vater auch nicht – merkwürdig vielleicht für einen zukünftigen Biologen. Aber ich würde sagen, dass mein Vater durch und durch Katzenmensch war. Vielleicht meine ich damit einfach, dass er selbst eine Mietzekatze war. Und Fiona ist ein Hundemensch. Und in ihrem Fall meine ich vielleicht nur, dass es da noch ein anderes, weitaus zutreffenderes Wort gibt, das ich jedoch immer noch nicht in Bezug auf meine Mutter über die Lippen bringe. Ich urteile hart über sie, ich weiß. Vielleicht stammt das noch aus der Zeit, als ich dachte, ich würde selbst nie Mutter sein. Ich fühlte mich als Frau doppelt betrogen.

Aber wir können alle mit Bestimmtheit sagen, dass euer Großvater Pete ein Hundemensch war, das ist eine Art Familienlegende geworden. Als er letztes Jahr starb, war ein Hund bei ihm, sein schwarzer Labrador Nelson. Nach Aussage eures Vaters hatte es davon in all den Jahren, die er in Orpington gelebt hatte, nie ein Zeichen gegeben, aber als er mit Großmutter Helen Coombe Cottage bezog, kam es zum Vorschein wie ein vorher festgelegtes Muster. Was würde er tun, wenn er aufhörte zu arbeiten? Er würde sich ein Häuschen auf dem Land kaufen, würde sich einen Hund anschaffen und mit ihm lange, belebende Spaziergänge über die South Downs unternehmen.

Und genau das tat er dann auch. Mike pflegte zu sagen, es sei ein so rigoros durchgeführtes Unternehmen gewesen, dass er sich gefragt habe, ob hier nicht ein unheimlicher Austausch vor sich gehe. Zuerst waren da sein Vater, seine Mutter und er gewesen. Dann gab es die beiden und einen Hund. Onkel Eddie hatte, als er dort wohnte, nie einen Hund gehabt und war lieber mit dem Fahrrad gefahren als zu Fuß gegangen, aber Großvater Pete stellte sich als ein Hundemensch heraus. Und euer Vater stellte sich als ein Katzenmensch heraus (und als ein Radfahrer). Wie es halt so geht.

Warum Nelson Nelson hieß, wo doch Großvater Pete bei der Luftwaffe gewesen war, ist einfach eine weitere dieser Merkwürdigkeiten, aber es ist zweifellos wahr, dass Nelson bis ganz zum Schluss – und zwar in jeder Hinsicht – bei Großvater Pete blieb. Sogar darüber hinaus. Denn Nelson, als der arme Pete Hook, wie ihr wisst, eines knackig kalten Januarmorgens während seines üblichen Spaziergangs plötzlich tot umfiel, war nicht nur bei ihm, sondern blieb auch geduldig und pflichtbewusst eine ganze Weile bei ihm, bis man seine Leiche fand, weil er vielleicht meinte, euer Großvater werde bald wieder aufstehen und seinen Weg fortsetzen.

Es ist vielleicht eine Ironie des Schicksals, dass Großvater Pete unter solch gesunden Umständen und an einem solch funkelnden Morgen von einem Herzinfarkt niedergestreckt wurde. Andererseits gibt es schlimmere Arten zu sterben als plötzlich tot umzufallen. Und ein treuer Hund, der, stetig in die eisige Luft hechelnd, an deiner Seite bleibt, vervollständigt das Bild. Es ist genauso wie mit dem Grab inmitten der anderen Hooks auf jenem archetypischen Kirchhof, man hätte es sich kaum besser wünschen können.

Und vielleicht ist es ja überhaupt keine Ironie des Schicksals. Einmal, er war erst zwanzig und erst seit Kurzem verheiratet, musste Großvater Pete aus einem brennenden Flugzeug in den Nachthimmel springen und muss dabei gedacht haben, dass er mit größter Wahrscheinlichkeit sterben werde. Es gab keinen, der ihm hätte sagen können, dass er Unrecht hatte. Dass er eines Tages als pensionierter Geschäftsmann auf einem Spaziergang mit seinem Hund in den South Downs sterben würde. Selbst Großmutter Helen hätte das nicht erraten können.

Ihr habt beide Nelson immer gemocht. Du, Kate, pflegtest ihn »Nellie« zu nennen, aber das war sehr liebevoll gemeint. Trotzdem glaube ich, dass ihr »Katzenkinder« wart und jetzt Katzenmenschen seid.

Ein Hund hat all dieses Erziehbare, Loyale, Besterfreundhafte, das manchmal sogar eine Träne hervorrufen kann. Man hat aber noch nie von einer Katze gehört, die treu bei ihrem toten Herrn sitzen blieb, oder? Trotzdem glaube ich, dass etwas Unterwürfiges, sogar Dummes an all dieser Hundehartnäckigkeit ist. (Entschuldige, Nelson, das ist nicht persönlich gemeint.) Sitz! Bei Fuß! Warten! Eine Katze denkt nicht daran, eine Katze bewahrt ihre animalische Integrität und kommt und geht, wie es ihr gefällt. Eine Katze macht es sich auf deinem Schoß gemütlich, ganz weich wie ein kleines Kätzchen, um gleich darauf etwas Unvorhergesehenes zu tun. Eine Katze hat ein zweites Leben, das du nie siehst. Aber Otis teilte unser Leben – und eigentlich noch mehr.

Der – geheime – springende Punkt ist (ich habe versprochen, aufrichtig zu sein): Otis war nicht einfach nur Zeuge unserer erneut bestätigten Zusammengehörigkeit als Paar, sondern unserer Paarungen selbst. Wir haben dazu nie viel Ansporn gebraucht. Und seit dem Tag, an dem Doktor Chivers seine Erklärung abgegeben hatte, konnten wir alle Vorsichtsmaßnahmen beiseitelassen. Es stand uns jetzt jederzeit frei. Hier, bitte, kein Sperma. Traurigkeit kommt in traurigerer Form. Schluss mit dieser Selbstbestrafung und dem Rückenzudrehen.

Und Otis war unser Zeuge, wenn auch nicht mehr.

Und das ging so. Hört nicht zu, wenn euch das lieber ist. Otis hatte sein Körbchen mit einem alten Kissen, sein vorgesehener Schlafplatz, unten in einer Ecke der Küche, aber häufig – für gewöhnlich – ignorierte er es. In der

Hintertür hatten wir eine Katzenklappe angebracht. Nachts schlüpfte er hinaus, in sein Katzenleben, und dann, kurz bevor es hell wurde, schlüpfte er wieder herein. Nur gelegentlich suchte er dann seinen Korb auf. Meistens begab er sich geradewegs die Treppe hinauf in unser Schlafzimmer – dessen Tür wir rücksichtsvoll immer einen Spalt offen ließen –, wo er sich mit einem kleinen, leichten Sprung, einem plötzlichen, köstlichen Strafferwerden der Betttücher und einem Aufdrehen seines Schnurrens zu höchster Lautstärke für anwesend erklärte.

Traditionsgemäß ächzten und stöhnten wir halbwach und ärgerlich. Muss das sein? So früh? Nicht schon wieder …

Natürlich war das alles Theater. Wir mochten es. Die schlichte und nicht zu verhehlende Tatsache ist, dass er uns in Fahrt brachte. Es war eine unleugbare erotische Zugabe, wenn er uns manchmal pelzig in die Quere kam oder manchmal wie eine Sphinx dasaß und uns einfach nur wie ein Voyeur beobachtete, obwohl er kastriert war. Auch kastrierte Kater haben noch eine dunkle Ahnung, oder? Sein kleines, raues Schnurren, das lostuckerte wie ein Miniaturzementmischer, schien sagen zu wollen: Los, ihr zwei, jetzt macht mal!

Ein Katalysator. Vielleicht die nicht erzählte Geschichte des Katzenbesitzens. Hunde, die haben etwas mit Pflicht und Dienst und den edleren Tugenden zu tun, aber Katzen … Vielleicht ist es unnötig, im Einzelnen auf die Nuancen von Fell – in Otis' Fall schwarz und glänzend – gegen nackte Haut einzugehen. Und seht euch Tizians *Venus* in den Uffizien an, jene so herrlich unverhohlene Nackte. Auf dem Bett mit den zerknitterten Laken liegt zusammengerollt ein kleiner Schoßhund, doch er hätte eine Katze sein sollen, er sieht sogar mehr wie eine Katze aus, und Tizian muss einen Grund gehabt haben, warum er ihn dort platziert hat.

Ich glaube, euer Vater war ein Katzenmensch, auch wenn er in erster Linie ein Schneckenmensch war. Haltet euch die Ohren zu, wenn ihr wollt, aber früher einmal, als ich noch bei Christie's arbeitete, pflegte mich euer Vater gelegentlich vom College aus anzurufen, nur um mir zu sagen, dass er intensiv an mich denke. Er könne sich nicht auf seine Schnecken konzentrieren. Ja, er denke so sehr an mich, dass er fragen wolle, ob es in Ordnung sei, wenn er auf der Stelle zu mir käme, mit dem Mike-Rad. Und ob Christie's nicht inzwischen schnell irgendeine kleine Nische, einen Schrank irgendwo oder eine Lücke zwischen den Kunstgegenständen im Lager für uns finden könnte, wo wir sofortigen und dringenden Geschlechtsverkehr haben könnten?

Ich erzähle euch nicht, wie diese Gespräche weitergingen, ich habe sowieso schon zu viel gesagt. Aber wenn ich schon mal bei diesem generellen Thema bin, will ich noch erwähnen, dass dafür der frühe Morgen immer unsere bevorzugte Zeit gewesen ist. Ich meine zu Hause, im Bett, und nicht in Lagerräumen. In dem eigentlich dafür vorgesehenen elterlichen oder, wie es früher einmal war, nichtelterlichen Schlafzimmer. Jeder Zeitpunkt kann gut sein, und früher war es auch so gut wie jeder Ort, Sanddünen eingeschlossen, wie ihr jetzt wisst. Aber zweifellos haben wir seit jener Zeit mit Otis – so als würde sein Geist um diese Stunde aktiv – immer die erste bleiche Stunde der Morgendämmerung bevorzugt, wenn das Licht hereinsickert und die Vögel anfangen zu singen, sogar wenn eine Katze in der Nähe ist.

Genau die Stunde, die jetzt näherrückt. Aber dieser Regen wird sie vielleicht (als wüsste er Bescheid) noch ein wenig aufhalten und all die kleinen Lieder hinauszögern und dämpfen. Er wird diese zarte Sommerdunkelheit verlängern. Und ich nehme nicht an, dass wir uns heute Morgen lieben werden.

Das Leben in der Davenport Road. Wir beide und eine Katze. War es genau das, was Miss Lambert beabsichtigt hatte? »Sie beide sehen heute Morgen gut aus.« Hatten wir vorher schlecht ausgesehen? »Sie sehen aus, als ob Sie die Freuden des Lebens genießen.« Früher, in jenen aufregenden und freudigen sechziger Jahren, waren wir mal Studenten an der Sussex University gewesen. Und seht uns jetzt an, dieses solide, etablierte Ehepaar in den Dreißigern in seinem Reihenhaus in Herne Hill. Sie haben sogar eine Katze …

Aber alle Häuser, alle Ehepaare und alle Familien haben vielleicht ein Leben, das man niemals sieht.

Manchmal, wenn wir uns im grauen Licht liebten oder auch danach, hörten wir draußen – es klang ein bisschen wie das Schnurren von Otis – das Surren eines Milchwagens und jenes merkwürdig befriedigende und beruhigende Geräusch, das Klirren von Milchflaschen, die vor die Tür gestellt werden. Wie seltsam – und für euch unerklärlich –, zu denken, dass der Frieden jener frühen Morgen eines Tages durch euer Schreien und eure lautstarken Forderungen gestört werden würde. Ich beklage mich nicht im Geringsten, ich mache euch absolut keinen Vorwurf! Ich habe mich durch euch, auch wenn ihr mehrere Dezibel lauter wart, an die Möwen in Brighton erinnert gefühlt. Das heißt, wenn ihr mir einen Augenblick Ruhe zum Nachdenken ließt.

Oder wir hörten etwa um dieselbe Zeit das energischere, rauere, aber auch beruhigendere Geräusch der Morgenzeitung, die durch den Briefschlitz gesteckt wurde. Mit der Welt ist eigentlich alles in Ordnung, scheinen diese beiden Geräusche zu sagen, egal was diese Zeitung da dir zu berichten hat. Schau, wie gut es dir geht, und sei einfach dankbar.

Und das alles ging mehrere Jahre so weiter, bis Otis eines schwarzen Tages verschwand.

# 17

Ein Unglück kommt selten allein, sagt das Sprichwort. Im Februar 1978 starb mein Vater. Ich nenne ihn immer euren Großvater Dougie, aber als er starb, war er nicht euer Großvater, und ich frage mich manchmal, ob er, wenn er es gewesen wäre, jemals diesen zeremoniösen und masochistischen Gedanken gefasst hätte, in Invercullen beerdigt zu werden. Ich nehme an, Tote können keine Masochisten sein. Aber sie können es den Lebenden schwer machen.

Ich habe meinen Vater nie in einem Kilt gesehen, allein bei dem Gedanken hätte ich angefangen zu kichern. Aber dann habe ich ihn damals in seiner roten Robe und mit Perücke gesehen, was überhaupt nicht komisch war, und es scheint so, dass das, was schließlich für ihn zählte, das grün-schwarz-blaue Schottenmuster der Campbells war. Natürlich, Schwarz und Blau. Ihr habt euren Großvater Dougie nie kennengelernt, aber wenigstens ist euch so seine Beerdigung erspart geblieben. Das letzte Lebensjahr von Großvater Pete war im Vergleich dazu in mancherlei Hinsicht eine Spazierfahrt.

»Es wird ein Dudelsackspieler da sein«, sagte ich zu Mike, »bereite dich seelisch darauf vor. Jemand sorgt bestimmt dafür, das müssen sie.« Und so war es auch.

Und wenn man schon diesen klagenden Ton hören muss, dann könnte man auch sagen: Also gut, bei einer Beerdigung darf sein Klagen und Schrillen einen mitnehmen (was es auch tat). Und wenn dazu das Wetter passenderweise noch stürmisch und nass ist, umso besser. Obwohl es einen Grad von nassem, stürmischem Wetter gibt, dem sogar die Anstrengungen eines Dudelsacks nicht gewachsen sind, könnte man meinen. Ganz zu schweigen von den armen kleinen Vögeln, die im Regen zu singen versuchen.

Mein eigener, mich überflutender Kummer konnte nicht völlig den Verdacht ersticken, dass dies ein letzter, versteckter Scherz meines Vaters war. Irgendwo schmunzelte er angesichts der ganzen Szene, ja er hatte sogar das Wetter angerührt. Und vielleicht war es alles meine Schuld. Wenn ich, da ich ihn schon nicht zum Großvater machen konnte, wenigstens offen mit ihm geredet und ihm gesagt hätte, wie es stand – Vater, du wirst niemals Großvater werden –, dann hätte ich ihm gegenüber ein ruhiges Gewissen gehabt. Aber was für eine Aufmunterung wäre das für seine letzten ihm noch verbleibenden Jahre gewesen? Stattdessen heiterte er sich selbst auf, und zwar mit einer dritten jungen Ehefrau namens Georgina York, die, wie ihr Name nahelegt, nicht im geringsten schottisch war.

Ich sagte zu eurem Vater: »Du wirst ein paar Campbells kennenlernen müssen. Und ich fürchte, du wirst auch Fiona kennenlernen müssen.«

Aber vielleicht hatte das alles schlicht und einfach nur mit Abstammung zu tun. War das alles nur ein Drängen des Blutes – existiert dafür in der Biologie eine echte

Grundlage? – in den Adern. Mein Vater, der Lord der Lammwolle. Bitte, bringt mich zurück, bringt mich nach Hause. Ich spürte jedenfalls diesen kleinen Stachel des Verrats und gleichzeitig eine seltsame Anwandlung von Stolz: Ich, die Tochter und einziges leibliches Kind, gewissermaßen der Star der Show, neben jenen drei Miststücken.

Wie auch immer, ich fühlte mich beraubt.

Mein Vater fuhr im Wagen eines Bestattungsunternehmers Richtung Norden, wir folgten später. Wir widerstanden dem Gedanken, die fünfhundert Meilen mit ihm zusammen in groteskem Konvoi zu fahren, und das hätte er auch bestimmt nicht erwartet. Wir fuhren also getrennt und hatten beschlossen, unter diesen schmerzlichen Umständen nicht zu versuchen, die ganze Reise an einem Tag zu machen, sondern unterwegs zu übernachten – in einem Hotel mit Blick auf den Lake Windermere. Nicht eine unserer erfreulichsten Hotelerfahrungen. In der Nacht begannen die Fenster zu klappern. Das Bett fühlte sich wie ein Floß an. Es war Februar, aber bis dahin auf graue Weise mild. Am nächsten Tag zeigte das unruhige Wasser des Sees an, dass weiter nördlich Schlimmeres bevorstand.

Aber bevor es zu all dem kam, hatten wir noch für eine andere, zeitweilige, außerhäusliche Unterkunft zu sorgen. Es ist einer der schuldbeladenen Nachteile des Katzenhabens und sein schlimmster. Die Gewissensbisse sind am heftigsten, wenn man selbst zufällig einzig und allein zum Vergnügen reist. Wenn hingegen die Beerdigung des eigenen Vaters der Grund ist …

Wir brachten Otis immer in eine Pension, die wir in

Carshalton gefunden hatten, mit dem albernen Namen Felix Lodge, die Kapital aus der Vorstellung schlug, dass auch die Katze gern einen wirklich erstklassigen Kurzurlaub, weg von allem und in gepflegter Umgebung, verbringen würde. In Wirklichkeit bestand das Ganze nur aus ein paar zwischen Bäumen stehenden Reihen von Drahtkäfigen, mit ein paar Topfpflanzen als Zugabe. Euer Vater hat mir – nachdem Otis gestorben war – erzählt, dass er dabei immer an die Kriegsgefangenschaft seines Vaters hatte denken müssen.

Und dieser Anlass, Otis dorthin zu bringen, war so schmerzlich, wie er nur sein konnte. Ich nehme an, Otis hatte nicht die geringste Ahnung, was überhaupt los war. Aber dann bin ich mir, angesichts seines späteren Verhaltens, auch wieder nicht so sicher. Wer weiß schon, was Tiere wissen? Vermisst Nelson Großvater Pete? Ich weiß nur, dass ich, als wir Otis dieses Mal verließen und seine grünen Augen uns durch das Drahtgitter hindurch anstarrten, die Tränenflut, die in mir wartete, nicht mehr länger zurückhalten konnte. Bis dahin hatte ich noch nicht wirklich geweint. Der richtige Augenblick für Tränen war vorher noch nicht gekommen. Felix Lodge war ein unglücklich gewählter Name.

Wie doch unsere großen Gefühle durch Kleinigkeiten freigesetzt werden können! Ich will Otis nicht im Geringsten herabsetzen. Ich habe mich oft gefragt, wie viel wohl in dem durchdringenden Blick seiner kleinen grünen Augen lag. Die Augen eures Großvaters Dougie waren – nur der Ordnung halber – tiefbraun mit einer Spur, einer Andeutung von Grün. Wie eure Augen und die meinen. Euer Vater hat mir einmal in die Augen gesehen und sie

»seegrasige Augen« genannt. Mir lief dabei ein Schauer über den Rücken. Solche Sachen sagte er gelegentlich. Er ist nicht nur Naturwissenschaftler. Oder Verleger.

Jedenfalls waren meine Augen an jenem Tag ganz schön seegrasig. Auf dem ganzen Nachhauseweg weinte ich salzige Tränen. Einmal musste Mike links ranfahren, um mich zu trösten. Der arme Mikey, auf was für Zeiten er sich da eingelassen hat, als er die Nacht über in der Osborne Street blieb! Er saß auf dem Fahrersitz und hielt eine Schachtel Kleenex in der Hand, während auf dem Rücksitz Otis' leerer Reisekäfig aus weißem Draht auf stille Weise eloquent war. Ich habe bei der Beerdigung meines Vaters damals in Wind und Regen genügend geweint, aber ich glaube nicht, dass ich mir jemals so die Augen ausgeweint habe wie am Rand der Straße irgendwo zwischen Beddington und Mitcham.

Eure Großmutter Fiona weinte in Invercullen nicht. Wenigstens war sie anwesend, und alles andere war Schnee von gestern. Auch mein Stiefvater Alex weinte nicht, und er hatte auch keinen besonderen Grund dazu, denn schließlich triefte er vor irgendwie auf Öl basierendem texanisch-aberdeenischem Reichtum. Zwanzig Jahre jünger als mein Vater.

Wenn meine Mutter geweint hätte, dann hätte ich wahrscheinlich nur ihre Heuchelei gehasst. Obwohl ich annehme, dass ein anderes Szenario denkbar war: Wir beide in Tränen aufgelöst. Uns umarmend und heulend in einem grässlichen, herzerweichenden Augenblick der Versöhnung. Bei der Eiseskälte? In dem Fall hättet ihr sie kennenlernen können. Und Mike, der Arme, hätte vielleicht auf Dauer mit ihr zu tun gehabt. Er verhielt sich ihr gegenüber in dieser so schon schwierigen Situation tapfer genug.

»The Living World? Ein Wissenschaftsjournal? Nein, wie interessant, Michael …«

Und wenn ihr da gewesen wärt – ich meine, schon da, oder nicht einmal buchstäblich da, sondern irgendwo zurückgelassen wie Otis, aus Rücksicht auf euer zartes Alter –, hätte das dann so einen Unterschied gemacht? Ihr Theater ein bisschen gemildert und dafür gesorgt, dass Alex verlegen von einem Fuß auf den anderen trat? Wir werden es nie wissen. Es war nicht so. Eure Feengroßmutter. Gott sei Dank habe ich nie zu ihr gesagt: »Und wir haben eine Katze.«

Zweifellos war das Beste an diesem unglücklichen Jahresanfang der Augenblick unserer Rückkehr nach Carshalton – einem sonnigen, ja sogar frühlingshaften Carshalton voller Krokusse, darf ich zu meiner Freude sagen –, um Otis abzuholen. Aber das war nur das Vorspiel zum Allerschlimmsten. Etwa sechs Wochen später, als ich gerade zu lernen begann, mit der Abwesenheit meines Vaters zu leben, verschwand auch Otis. Auf seine übliche Katzenart ging er eines Abends aus, kam jedoch nicht zurück, um am nächsten Morgen auf unser Bett zu springen, oder am Morgen darauf. Oder an dem darauf folgenden.

Ich sage »zum Allerschlimmsten«. Schlimmer als der Tod meines Vaters? Ich meine das natürlich nicht wortwörtlich. War die zweite Abwesenheit vielleicht wie ein kleines Echo der ersten zur falschen Zeit? Ja, schon, aber ganz genau trifft das die Sache auch nicht. Ich meine, dass das Verschwinden von Otis, sein Verschwinden an sich, einer Katastrophe glich. Das hätte nicht so sein dürfen, aber es war so. Und vielleicht wäre es das auch gewesen, wenn mein Vater noch am Leben gewesen wäre. Es war ein Schmerz für sich, und, ja – vielleicht fangt ihr jetzt sogar an, es zu verstehen –, er ging möglicherweise noch ein bisschen tiefer. Letzten Endes war mein geliebter Vater siebenundsiebzig, und Väter sterben nun einmal in solchem Alter.

Ihr müsst euch ein Urteil über uns bilden, meine Engel. Ihr habt ihn nie gesehen, aber morgen werdet ihr vielleicht etwas von dem Geist eures schon lang verstorbenen Großvaters brauchen. In ein paar Stunden werdet ihr viel zu beurteilen haben.

Als Otis verschwand, waren Walker & Fitch gerade mit einigen erst kürzlich entdeckten Studien ländlicher Motive befasst, unter denen auch mehrere Tiere waren, die keinem Geringeren als Jacopo Bassano zugeschrieben wurden. Die Kunstwelt gibt zum Teil ihr Leben für solche unerwarteten Funde, nur um sich dann natürlich in Fragen der Echtheit verstrickt zu sehen. Und selbst wenn die Entdeckungen als echt eingeschätzt werden, kann man sich des nebensächlichen, aber seltsam beunruhigenden Gedankens nicht erwehren, dass sie für immer hätten verloren sein können, ja dass die Kunstwelt, die jetzt diese kostbaren Stücke mit Glacéhandschuhen anfasst, vor noch gar nicht langer Zeit auch ohne sie vollkommen glücklich war.

Es ist vielleicht eine ganz andere Art zu denken, aber mir kam der Gedanke: Was spielen diese kleinen Zeichnungen schon für eine Rolle, verglichen mit dem Verlust des Vaters? Eine solche Frage sollte ein Profi gar nicht stellen, aber ich habe sie gestellt – und ich liebe Bassano! Ich bin sogar noch einen Schritt weitergegangen. Was bedeuten bloße Zeichnungen eines Lamms, eines Kaninchens oder eines jungen Hahns verglichen mit einer lebenden Katze? Hätte ich protestiert oder gejammert, wenn man sie – hätte dies Otis' Rückkehr garantiert – zerrissen und dem Vergessen überantwortet hätte, dem sie erst kürzlich entronnen waren? Oder angenommen, Simon hätte zu mir gesagt – wenn ich ihm so eine unwahrscheinliche Rolle zuteilen darf: »Paula, ich fürchte, dass Walkers vorübergehender und der Welt immerwährender Besitz dieser Zeichnungen von einer kleinen Bedingung abhängt, nämlich dass du deinen Kater opferst.« Hätte ich dann wohl gesagt: »Kein Problem, Simon, überlass die Sache mir. Keine Diskussion, kein Kampf.«?

Natürlich hätte Simon niemals eine so befremdliche Forderung stellen können. (Oder doch?) Ich hatte ihm das mit Otis ohnehin nicht erzählt. Aber er wusste natürlich, dass mein Vater gestorben war, und er sah mich in dieser Zeit mit echter (und leicht väterlicher) Besorgnis an – einer sehr viel ernsteren Spielart seines Blicks von gestern Morgen –, als könne er ausnahmsweise einmal seinen scherzhaften, kurzen Eröffnungszug sein lassen: Also erzähl mir, was los ist.

Es ist eine Frage, die manchmal heimtückisch bei einer Arbeit auftauchen kann, die darin besteht, einen Preis für leblose Objekte festzusetzen: Was kostet ein menschliches Wesen? Einen Tizian? Zehn? Und was kostet eine Katze? Eine kleine, exquisite Studie von einem weniger berühmten alten Meister? Aber kommen Katzen überhaupt ins Spiel?

Das ist eine Frage, die schwerer zu beantworten ist, wenn der Beruf auch Passion ist. Und es ist eine Frage, die mich, nachdem Otis verschwunden war, irgendwie quälte, auch wenn ich mir – ziemlich erfolglos – befahl: »Um Himmels willen, reiß dich zusammen!«

Ihr selbst denkt jetzt, wo ihr die Zusammenhänge ein bisschen genauer kennt, vielleicht schon, dass ich in den Jahren nach unserer Entscheidung »gegen euch« schließlich meine zweite Liebe hatte, auf die ich zurückgreifen konnte. Jene zweite Liebe, die damals unter Simons Anleitung erblühte – oder vielmehr, da ihr nicht da wart, bedürftig Wurzeln schlug. Eure Mutter hatte ihre Bilder, die sie trösteten. Oder, grob ausgedrückt, sie musste an ihre Karriere denken, und das umso mehr, als euer Vater keine zu haben schien. Ja, sie war genauso wie eine Menge Frauen, die dies freimütig als Grund dafür angeben, dass sie auf Nachkommen verzichten. Und in der Tat, wie hätte ich, wärt ihr da gewesen, jene Auslandsreisen in Sachen Kunst machen können? Oder die Zeit – und Ruhe – gehabt, Italienisch zu lernen?

Nun komm schon, mögt ihr sogar denken, Mutter, verbirg es nicht hinter all diesen Geschichten. Du denkst doch auch, dass du ohne ein bisschen zähe Zielstrebigkeit im Kunsthandel nicht da wärst, wo du heute bist. Aber keine Rede von »kompensieren«. Oder gar »trösten«. Eine Liebe ist eine Liebe. Macht aus mir nicht eine halbe Frau. Und würde ich euch gegen zwanzig Tizians eintauschen? Nein. Und kaum zähe Zielstrebigkeit. Stellt euch eure Mutter doch bloß mal einen Augenblick lang vor, wie sie tagtäglich Walker betritt, während sie eigentlich wegen einer verschwundenen Katze Trübsal bläst.

Doch wohl kaum ein lebenssprühendes oder erbauliches Bild.

Aber es ist jetzt an euch, dieses Doppelbild zu beurteilen, einzuschätzen und für echt zu erklären: eure Eltern, bestürzt über die Abwesenheit einer Katze. Der Anblick wird euch zweifellos äußerst kindisch vorkommen und die latenten kopfschüttelnden Erwachsenen in euch zum Vorschein bringen. Aber geht nicht zu hart mit eurem eigenen Anfang um.

»Er kommt bestimmt zurück«, sagte Mike. »Katzen sind so. Leben ihr eigenes Leben. Er wird schon kommen.« Euer Vater, der Biologe, der kluge Experte für tierisches Verhalten. Aber die Tage vergingen, und ich weiß, euer Vater dachte, *betete* genauso wie ich: Bitte, lass ihn nicht tot sein, bitte lass Otis nicht irgendwo plattgefahren worden sein, ein splitterbedecktes, blutiges Etwas am Straßenrand.

Reaktionen und Auswirkungen. Fast sechs Jahre waren vergangen seit den Tagen unserer Besuche bei Doktor Chivers, die schlimm genug gewesen waren, aber wie wir feststellten, spielten wir die frühere Zeit jetzt noch einmal nach. Wieder lagen wir mit einer noch weniger offensichtlichen psychosomatischen Begründung da und wandten uns kalt den Rücken zu, und sogar unser Bett sehnte sich nach jener leisen, frühmorgendlichen Landung. Nicht nur Verzweiflung, sondern Abstinenz, und nicht nur Abstinenz, sondern Vorwurf. Jemand musste einfach schuld sein. Wenn wir uns Otis von vornherein niemals zugelegt hätten … Und war *das* nicht Mikes Schuld? (Mike, der beim Tod meines Vaters eine solche Stütze gewesen war.) Mike und diese Katzenfrau Miss Lambert.

Fällt ein Urteil über uns, wenn ihr müsst. Was für ein Paar Babys wir gewesen sein müssen. Aber durchdenkt es gründlich. Es gibt da noch eine Menge zu erklären. Vielleicht könnt ihr es als ernüchternde Lektion nehmen. Ihr seid sechzehn, und hin und wieder fühlt ihr bestimmt noch, wie die Kindheit nach euch greift und euch zurückzieht, so dass ihr euch gerade dann, wenn ihr es nicht wollt, wieder wie kraftlose kleine Kinder fühlt. Aber eure Eltern waren zweimal sechzehn Jahre alt und älter, als es eine Katze schaffte, ihr Leben auf den Kopf zu stellen.

Es sei denn, ich irre mich in euch. Es sei denn, ihr lebt wirklich in jener kühlen und achselzuckenden, durch nichts zu erschütternden Welt, in der für euch der nächste Tag nur ein flüchtiger, auffangbarer Ruck ist. Und warum sollte mir das genauso viel Angst machen? Eine härtere Welt, auf eine Art, die ich nicht verstehe. Eigentlich müsste man doch sagen, dass zumindest in Gegenden wie Putney – ausgerechnet Putney – das Leben eigentlich immer bequemer werden müsste. Zweifellos ist dem auch so. Aber vielleicht gehört ihr zu einer neuen, stählernen Generation, deren Zukunft Härteres von euch fordert, und das auf eine Weise, die selbst ihr noch nicht kennt. Obwohl diese euch erwartende Tatsache, das fühle ich manchmal, bereits euren kleinen Gestalten – ich denke immer noch, dass sie klein sind – eingeprägt wird. Ihr werdet ausgerichtet und vorbereitet, sogar in diesem Augenblick, während ihr schlaft.

Womit ihr morgen konfrontiert werdet, reicht, will mir scheinen. Die Zukunft ist im Augenblick schlicht und einfach morgen. Womit ich natürlich – ich vergesse es nur immer wieder – in Wirklichkeit heute meine. Wir werden bald herausfinden, aus welchem Stoff ihr gemacht seid. Und das ist genau der Ausdruck, glaube ich. Unser grotesker Kummer wegen einer Katze: Woraus war *der* eigentlich gemacht? Ich muss euch mehr von Otis erzählen. Aber glaubt wenigstens nicht, dass wir jemals mit Bezug auf euch so gedacht haben, wie wir einmal im Fall von Otis gedacht hatten, nämlich dass wir diese quälende Angst, euch zu verlieren, niemals durchlitten hätten, wenn ihr nicht in unser Haus gekommen wärt.

# 18

Stellt euch jedenfalls vor – und macht euch darüber lustig, wenn ihr wollt –, wie wir im Morgengrauen in unserem Schlafzimmer in Herne Hill liegen, einander verbissen den Rücken zugekehrt, und auf einen kleinen, die Steppdecke eindellenden Sprung hoffen. Nach dem fünften oder sechsten Tag wirkte selbst diese mitleiderregende Szene noch jämmerlicher. Otis ist aber gar nicht da gewesen, und euer Vater auch nicht. Ihr hättet eure Mutter allein dort liegen sehen und nur eine Vertiefung im Laken, wo euer Vater gewesen war.

Ich habe ihn nie dazu gedrängt. Andererseits habe ich ihm auch nie gesagt, er solle es lassen. Ich habe nie gesagt: Sei kein Narr. Euer Vater, der sich kaum die Schuld daran geben konnte, dass Otis verschwunden war, betrachtete es nichtsdestoweniger nach einer gewissen Zeit als seine Pflicht, seine ihm irgendwie auferlegte Bußübung, Otis zurückzubringen. Die Tage seiner Patrouille im Morgengrauen.

Ich tat dann immer so, als schliefe ich noch, oder zumindest nahm ich nie zur Kenntnis, dass er sich aus dem Bett stahl. Vielleicht vermittelte ich den Eindruck, dass ich sein Verhalten nicht nur erwartete, sondern es sogar gefordert hätte. Es gibt vielleicht ein Wort für *mein* Verhalten. Ich bemerkte, dass er aufstand und vorsichtig das Zimmer durchquerte. Wenig später hörte ich das Klicken, mit dem er die Haustür behutsam hinter sich zuzog. Ich rührte mich nicht.

Es mag schwer für euch sein, euch euren Vater als einen obdachlosen Landstreicher vorzustellen, obwohl das morgen vielleicht das vorherrschende Bild sein wird. Wo er doch inzwischen einen Saab der Spitzenklasse fährt und ohnehin gelegentlich die Dienste eines Fahrers in einer taubengrauen Jacke und mit Schirmmütze in Anspruch nimmt, der ihn abholt und ihn hierhin und dorthin fährt. (Ich rede natürlich von Tony in seinem schwarzen Mercedes, der inzwischen nicht mehr damit droht – ich weiß ja, es würde nicht cool aussehen –, auch euch an der Schule abzusetzen.) Es mag schwerfallen, sich euren Vater vorzustellen, wie er gleich einer verlorenen Seele in den Straßen von Herne Hill umherwandert. Aber ich sehe ihn immer noch vor mir, und niemals ohne einen Stich ins Herz.

Ich sehe ihn sogar in diesem Augenblick umherwandern, obwohl er hier neben mir liegt, so als könnte der ganze traurige Vorgang selbst jetzt noch auf unheimliche Weise nach Putney verlegt werden. Und ich glaube, dass Mike noch immer davon träumt – diese Träume, die wir alle haben, von unmöglichen Suchaktionen und nie zu Ende zu bringenden Aufgaben. Möglicherweise träumt er genau in diesem Augenblick davon. Dass er heute Nacht wieder dort ist in jenen morgendlichen Straßen und nach Otis sucht.

Ich habe ihn nicht dazu gezwungen, aber als die Suche erst einmal zur Regel geworden war, konnte er sie nicht mehr aufgeben. Sie wurde zu einer Art Ritual, einem

Aberglauben. Euer naturwissenschaftlicher Vater, eure hartherzige Mutter. Unsere Katze war möglicherweise schon umgekommen, aber wenn euer Vater auch nur einen dieser Ausflüge ausließ, dann war Otis' Schicksal besiegelt.

Ich weiß nicht, was er de facto tat. Aber vermutlich tat er, was jeder, der sich zu so einem verzweifelten Manöver verpflichtet hat, getan hätte. Er hielt die Augen offen, er suchte die Rinnsteine und Bordkanten ab. Er schaute unter geparkte Autos, sah zwischen hinausgestellten Mülleimern nach. Vielleicht stand er, konzentriert lauschend, neben in Plastikplanen gehüllten Containern. Und natürlich rief er auch Otis' Namen. Zunächst vielleicht zögernd und leise, weil er sich wie ein Idiot vorkam und nicht wollte, dass Nachbarn, die sich in ihren Betten regten, hörten, was vielleicht wie der Schrei eines Verrückten klang, aber dann laut und unverhohlen: »Otis! Otis!« Ein Ruf, den auszustoßen wir uns beide angewöhnt hatten, manchmal begleitet vom Klappern mit einer Schachtel Trockenfutter, so wie wir uns auch daran gewöhnt hatten, ihn trostlos ins Leere gehen zu hören.

Die Theorie war, dass umherstreunende Katzen – oder zurückkehrende, nach Hause hinkende Katzen – bei Tagesanbruch deutlich sichtbar sind. Eine durchaus einleuchtende Theorie. In, sagen wir, der Stunde, bevor die Menschen unterwegs sind, gehören die Straßen den Katzen. Und euer Vater muss sie gesehen haben. Er muss schwarze Katzen gesehen haben, und da von Weitem eine schwarze Katze so ziemlich wie die andere aussehen kann, muss das Herz eures Vaters manchmal wie wild geschlagen haben … Aber nein, es war nicht Otis.

Stellt euch euren Vater im Trainingsanzug und in Turnschuhen vor. Heutzutage ein seltener Anblick, aber denkt daran, er war damals dreiunddreißig, und was sonst hätte er zu dieser Morgenstunde anhaben sollen? Um diese Zeit dürfte, abgesehen von Katzen, höchstens ein dürftiges Grüppchen leidenschaftlicher Jogger weit und breit das einzige Leben gewesen sein.

Und ich gestehe, dass euer Vater und ich mit dem Überschreiten der Dreißig von dem Fitnessfieber ergriffen worden waren, das Paare in ungefähr diesem Alter überfallen kann und heute sogar die Norm zu sein scheint. Glaubt bloß nicht, ihr Küken, dass ihr dagegen immun sein werdet. Nicht dass wir beide, ich darf es mal sagen, schlecht in Form gewesen wären. Aber in unserem Fall, so könnte man meinen, war es etwas mehr als das übliche Unbehagen. Ich denke, unser unausgesprochenes Argument war vielleicht das folgende: Wenn wir denn schon zu zweit bleiben müssen, dann lass uns ein mustergültiges Paar sein, fit und beispielhaft – Werbespots für Kinderlosigkeit. Verzeiht. Obwohl es im Falle eures Vaters nicht so einfach war und sogar andersherum funktionierte. Ich glaube, dass euer Vater (der studierte Biologe) wirklich gedacht haben mag, wenn er sich nur körperlich ertüchtige und sich abmühe und ganz allgemein seine Männlichkeit aufpumpe, dass er dann vielleicht – wer weiß – diese schludrige Spermienzählung …

Am Ende begann ich, ins Fitnessstudio zu gehen, und wie ihr wisst, tue ich das noch immer. Euer Vater, der nur das bekam, was Tim Harvey ihm bezahlte, fing an zu joggen (oder, um sein Wort zu gebrauchen, zu »laufen«). Und seine Anstrengungen dauerten ungefähr einen Monat.

Aber er hat seinen Trainingsanzug und seine Laufschuhe, beides fast ungetragen, aufgehoben, und jetzt, für diese Otis-Suche, wurden sie wieder hervorgeholt. In der Tat ein perfektes Alibi. Er war kein verdächtiger und möglicherweise verrückter Herumtreiber, sondern einfach ein frühmorgendlicher Jogger. Dass er suchend unter einen Volkswagen spähte, war rein zufällig.

Und natürlich stahl er sich nach diesen vergeblichen Suchaktionen wieder nach Hause, selbst ein bisschen wie eine Katze, und hoffte jedesmal, dass Otis vor ihm eingetroffen sein würde und auf seine übliche Art zur Hintertür hineingeschlüpft wäre. Dass ich, wenn er ins Schlafzimmer zurückkehrte und den Reißverschluss seines Trainingsanzugs öffnete, wach sein und lächeln und sagen würde: »Schau mal, wer hier ist!«

Das war auch mein Wunsch, glaubt mir. Aber die Wahrheit ist, dass ich, wenn er wieder ins Bett gekrochen kam, wach war, jedoch immer noch strikt so tat, als schliefe ich, als hätte ich gar nicht gemerkt, dass er überhaupt weg gewesen war. Er zog dann seinen Trainingsanzug aus und legte sich wieder neben mich, und ich spürte, wie seine kühle Haut die Wärme zu schätzen wusste, und ich konnte beinahe hören, wie er überlegte, ob es weise oder vollkommen töricht war, wenn er vorsichtig an mich heranrückte und mir eine tröstliche kleine Lüge ins Ohr flüsterte: Es ist alles gut, ich habe ihn in der Winterbourne Road gesehen. Ihm fehlt nichts. Er kommt zurück, sobald es ihm passt.

Ich sehe ihn noch immer da draußen vor mir – euren armen Vater, meine ich. In meiner Vorstellung sind die Straßen täuschend friedlich, wie um diese Zeit nicht anders zu erwarten ist. Die Häuser schlummern noch, ihre Vorhänge sind zugezogen. Der Himmel ist von einem rosigen Grau. Keine so üble Tageszeit, um gelegentlich auf den Beinen zu sein. Und es war Frühling. Ein grüner Schleier um die Bäume, ein Flirren in der Luft, sogar in Herne Hill. Bestimmt haben die Vögel gezwitschert. Nicht so friedlich, genau genommen, sondern spöttischer. Es war Paarungszeit. Genau. Und unter den vielen tastenden Theorien über Otis' Verschwinden war genau diese: dass er nach einer Katzendame gesucht und sie gefunden hatte. Wie hätte das allerdings bei seinem traurigen anatomischen Zustand funktionieren sollen?

Stellt euch vor, wie wir beide wieder im Bett liegen, Rücken an Rücken wie zwei voneinander abgewandte Föten, so als hätte gerade keine merkwürdige Forschungsreise stattgefunden.

Aber die Wahrheit ist, dass euer Vater diese Nummer mit dem Eben-mal-Verschwinden sowieso abzog. Gelegentlich tut er es sogar heute noch. Vielleicht habt ihr es bemerkt und habt euch gewundert – nicht zu sehr, hoffe ich – und euch gefragt, was da genau vor sich geht. Andererseits seid ihr beide in den frühen Morgenstunden alles andere als bei Bewusstsein. Ich hoffe, das ist jetzt auch so.

Ich will damit sagen, euer Vater pflegte aufzustehen und das Schlafzimmer zu verlassen, nicht um in den Straßen umherzuwandern, sondern einfach, um es zu verlassen und zurückzukommen. Nur für zwanzig Minuten oder so. Er zog seinen Morgenmantel über. Dann wanderte er im Haus umher oder saß irgendwo ruhig da, hielt mit ihm Zwiesprache und lauschte auf das leise Knacken und Klicken und Murmeln, das Häuser von sich geben, wenn sonst alles still ist. Vor ein paar Jahren hast du, Kate, glaube ich, gesagt, dass er mit Edward Zwiesprache halte. Wer mag es wohl in der Davenport Road gewesen sein? Dave?

Jetzt hat er natürlich dieses teuer ausgestattete Arbeitszimmer, in das er sich zurückziehen kann – fast eine Art Haus im Haus, denke ich manchmal. Dorthin geht er oft in den frühen Morgenstunden – allerdings nicht heute Morgen, glaube ich –, um sein Morgenpensum an Living World-Arbeit zu erledigen, was ihr vielleicht für ebenso seltsam haltet wie sein Umherstreifen in den Straßen. Es ist der Druck des Erfolges, es ist wertvolle Zeit, die gefunden werden muss. Allerdings findet er zum Glück immer noch die Zeit, für eine Weile wieder ins Bett zu kommen.

Aber diese Gewohnheit eures Vaters reicht weit zurück bis in die Zeit, als es noch keinen Erfolgsdruck gab. Wir waren gerade nach Herne Hill gezogen und kamen zum ersten Mal in den für uns neuen, aber auch ein wenig ernüchternden Besitz eines Hauses. Eine Gewohnheit oder ein Spiel? Jedenfalls stand er sehr früh auf, einzig und allein um des schieren Vergnügens willen, zurückkommen zu können, wie er sagte. Eheleben, wie sich erwachsene Menschen verhalten. Wenn ich wach war, gehörte es zu dem Spiel, dass ich, während er auf Zehenspitzen davonschlich, so tat, als schliefe ich. Wenn ich andererseits wirklich noch schlief, konnte mich seine schiere Abwesenheit – mochte er auch noch so geräuschlos fortgegangen sein – oftmals aufwecken, so als wüsste ich, dass etwas nicht stimmte. Dann streckte ich eine Hand aus und fand nichts als Leere. Ich war allein! Und wenn ich dann wollte, konnte ich mich einem Schauder panischer Angst und der Verzweiflung hingeben, obwohl ich wusste, dass nichts davon echt war.

Leicht genug damals, jetzt allerdings nicht mehr. Ein Spiel – oder doch kein richtiges Spiel? Man denke an all die scheinbaren »Spiele« von Tieren, die, wie Professor Mike euch erklären wird, wie Spiele aussehen, hinter denen sich jedoch in Wirklichkeit ernsthaftes Training und echte Vorbereitung verbergen. Spielte Otis mit uns?

Eine kleine, nett gemeinte Verstellung, wie die Freude, wenn man feststellt, dass ein schlechter Traum bloß ein Traum war. Eine kleine, köstliche, vorgetäuschte Abwesenheit, so als wäre man verlassen worden. Es wurde ohnehin unsere liebste Zeit, auch schon bevor Otis da war, um die Dinge voranzutreiben. Euer Vater kehrte dann einfach von seinem vorgetäuschten Verschwinden irgendwo in die fernen Regionen des Hauses zurück. Manchmal tat ich so, als wachte ich gerade auf. Oder ich starrte die Kuhle im Laken an.

Er legte sich dann hin und schmiegte sich an mich. Hier bin ich ja, ich war nicht verschwunden, war nicht weg. Und jetzt bin ich wieder da, melde mich zur Stelle.

Und es geschieht immer noch, im ersten Licht des Tages, beim Klang der ersten Vogelstimmen. Wie wunderbar das Leben doch ist!

# 19

Es ist drei Uhr durch. Es kommt immer näher. Nicht »morgen«, dieser Trick funktioniert jetzt kaum noch. Heute, heute: Das leise Trommeln des Regens scheint es immer und immer zu wiederholen.

Was ihr auch sonst noch entdecken werdet, etwas gibt es, was man euch, wie ich hoffe, nicht erst sagen muss, nämlich dass ihr dem Glück entstammt. Wo immer ihr sonst hergekommen seid, *das* ist sicherlich die Hauptsache. Ich erzähle euch von einer unserer schlimmsten Zeiten, aber nur, um die andere Sache zur Sprache zu bringen, die wesentlichere Sache. Na schön, wir hatten eine Phase schlechten Wetters. Wer hat die nicht? Und aufs große Ganze bezogen, wie schwer wiegt sie da schon? Unsere Katze war verschwunden. Davon geht die Welt nicht unter.

Und wie schwer wird der bevorstehende Tag, aufs große Ganze bezogen, wiegen, wenn ihr wisst, dass ihr im tiefsten Grund dem Glück entstammt. Glück erzeugt Glück – so einfach ist das? Es ist keine Biologie, aber es ist das beste und verlässlichste System bei der Fortpflanzung. Es ist der beste Start und, wenn man alle anderen Umstände beiseitelässt, die beste Erziehung, die sich jeder nur wünschen kann.

Obwohl es vermutlich auch die schlechteste, die allerschlechteste ist und die Eltern dabei nie gewinnen können, genauso wenig wie die Kinder. Sie macht nur, dass man all den Tiefschlägen und Schrecken unvorbereitet und unbewaffnet ausgeliefert ist. Wie morgen. Lasst uns einfach noch so sagen.

Seht euch Mike an, wie er hier träumt und träumt und von dem, was kommen wird, genauso wenig Ahnung hat wie ihr im Augenblick. Wach noch nicht auf, Mikey, schlaf weiter. Ich habe mir gestern Abend geschworen, dass ich ihn nicht als Ersten aufwachen lassen würde, allein. Er kann immer noch das »Zuerst-aufwachen-Spiel« spielen – aber jetzt ist er bereits da, und wenn ich nicht Angst hätte, ihn zu wecken, würde ich ihn fest in die Arme nehmen. Ich habe das Gefühl, und es überläuft mich kalt dabei, dass er nach dem morgigen Tag nicht mehr hier sein wird.

Früher gab es einmal ein Spiel, und vermutlich existiert es heute noch, obwohl ich nicht glaube, dass die Nachfrage sehr groß ist, das hieß »Glückliche Familien«. Ein einfaches, beliebtes und banales Kartenspiel. Karten mischen und dann die Familien zusammenführen: den lächelnden Mister Baker mit der lächelnden Miss Baker und dann die beiden mit den lächelnden kleinen Bakers, so dass sie alle zusammenpassen und strahlen. Kein populäres Spiel mehr, und »glückliche Familien« ist heutzutage vielleicht ein krasser Fall von falscher Namensgebung, ein Widerspruch in sich. War es vielleicht schon immer. Glück ja, Familien ja, aber beides zusammen, vergiss es. Allein schon der Gedanke ist ein Traum, aus dem wir alle früher oder später erwachen müssen. Wäre diese Hook-Familie auf alle Fälle eine glückliche Familie gewesen?

Ihr habt das eine bekommen und nicht das andere, und es war bei Weitem das Seltenere und Wichtigere. Werdet ihr das so sehen? Was wir mit dem Traum machen, ist eine zweitrangige Frage.

Ich habe diese Edward-Phantasie nie gehabt, Kate. Ich habe noch nie gedacht, dass irgendeines der Häuser, in dem ich gwohnt habe, wie ein Mensch war. Obwohl ich gern wissen würde: War dieser Edward wie ein Freund (oder ist er es noch)? Ein Vater? Wie ein im Haus wohnender Liebhaber? Aber ich habe oft über die Häuser, in denen ich gewohnt habe, dieses hier eingeschlossen, nachgedacht und mich gefragt, ob die Menschen, die vorher drin gewohnt hatten, glücklich gewesen waren. Steckt das Glück im Material, in den Backsteinen und Wänden, oder enthält es immer noch nicht verdunstete Traurigkeit, den Schimmel des Kummers? Ich bin sicher, das ist genauso bescheuert, wie sich einen Edward auszudenken. Wie viele waren hier vor uns, seit das Haus steht? Die Leute, von denen wir das Davenport Road-Haus gekauft haben, waren die Mallinsons, die Leute, die uns dieses Haus hier verkauft haben, waren die Sutcliffes. Waren die alle glücklich?

Ein »glückliches Zuhause«, die Bezeichnung ist vielleicht ein weiterer Widerspruch in sich, ein weiterer Traum, aus dem wir alle wachgerüttelt werden müssen, aber in den ihr, obwohl schon sechzehn, immer noch sorgsam eingehüllt und gebettet seid. Allerdings werdet ihr bald genug jäh aus ihm geweckt werden.

Und während ihr diese letzten paar Stunden eures

sechzehnjährigen Schlafes schlaft, erzähle ich euch jetzt einfach mal, wie sich vor langer Zeit, als ich sogar noch jünger war als ihr jetzt, aus einem Traum aufwachte – und das in mehr als einem Sinn, werdet ihr zugeben müssen. Seid unbesorgt, ich habe weder den armen Otis vergessen noch euren armen Vater, der da draußen in den Straßen nach ihm sucht. Ich komme auf sie zurück. Und, oh ja, eure Mutter war damals, obwohl es schwer vorstellbar ist, sogar noch jünger als ihr.

Ich möchte euch gerne die Geschichte erzählen, die ich einmal eurem Vater erzählt habe und sonst niemandem bis jetzt. Ich habe sie ihm damals erzählt, als wir nach Craiginish gefahren waren, in dem Jahr, in dem wir uns kennengelernt hatten: Bettgeflüster in der »Kate«, mit Salz auf der Haut, in jener allerersten Nacht, nachdem er mir einen Heiratsantrag gemacht und ich ja gesagt hatte. Ihr entstammt dem Glück, meine Lieblinge.

Und diese Geschichte kann mit Recht ein Elfenmärchen genannt werden, da eure Mutter damals nicht nur jünger war als ihr jetzt, sondern – anders als eure Großmutter Fiona – tatsächlich eine Fee. Ich war dreizehn. Allerdings war das gerade noch in den fünfziger Jahren des 20. Jahrhunderts, als dreizehn jünger war als dreizehn heute. Aber ich wollte gar keine kleine Fee sein.

Mein Mädcheninternat war eine vornehme, an der Themse gelegene Schule, wie es der Tochter eines Richters wohl anstand. Dort führte man jedes Jahr im Sommer ein Stück von Shakespeare auf, im Freien, in einer kleinen, natürlichen, grasbewachsenen Arena zwischen dem Hockeyfeld und den Musikräumen, vor einer Gruppe von Bäumen. Und jedes zweite Jahr war es bestimmt *Ein Sommernachtstraum*. So ein passendes Stück für diese Jahreszeit und diesen Rahmen und, natürlich, für Mädchen. All diese Feen.

Ich wollte gern Droll sein. Keine Fee und auch nicht Hermia oder Helena – ziemlich alberne Rollen, meiner Meinung nach –, ja nicht einmal Titania. Was den *Sommernachtstraum* angeht, ist Droll der Einzige, der in Frage kommt, wenn ich das als Mädchen so sagen darf. »Rund um die Erde zieh' ich einen Gürtel in viermal zehn Minuten.« (Das Wort »Gürtel« veranlasste einige Schülerinnen immer zu kichern, über die Gründe dafür braucht ihr euch – Gott sei Dank – keine Gedanken zu machen.) Aber meine schauspielerischen Fähigkeiten waren, um ehrlich zu sein, rudimentär, und Droll war eine Rolle für ältere Mädchen. Folglich bekam ich die Rolle von Senfsamen, einer der Elfen, Nummer zwei oder drei, es ist auch nicht wichtig. Ein paar alberne Zeilen und ein kleines, flatterndes senffarbenes Kostüm.

Unweigerlich wurde das Wetter grau und kühl, oder es kam ein Sturm auf. Die Mondlicht erzeugenden Bogenlampen in den Bäumen fielen für gewöhnlich aus oder krachten herunter. Es war der übliche peinliche Spaß. Aber in jenem Jahr war das Wetter perfekt – ein heiterer, goldener Juniabend, der im Laufe der Vorstellung ein dunkles Purpur annahm. Der Duft von frisch gemähtem Gras. Selbst eine Truppe piepsender, Shakespeare ermordender Schulmädchen konnte die Wirkung nicht völlig verderben. Sogar die am schwersten Geprüften des aus stoischen Eltern bestehenden Publikums mussten einfach entzückt sein.

So wie mein Vater entzückt war, hoffe ich. Ich hoffe,

dass es zumindest ein kleiner, unterhaltsamer Trost war.

Er war natürlich da, um mich, seinen Senfsamen, zu sehen und meine Leistung zu beurteilen. Genauso, wie ich zufällig ein wenig später im Jahr gehen würde, um ihm zuzuhören und seine Leistung zu beurteilen – oder zumindest von jener geheimen, aber öffentlichen Galerie aus mitzuerleben. Er saß im Publikum. Ich hatte ihn auch heimlich von einem Beobachtungspunkt hinter der Bühne aus gesehen, seinen sich bewegenden, unauffälligen Panama zwischen einigen recht aufmerksamkeitsheischenden mütterlichen Hüten. Aber wen ich nicht sehen konnte – und ihr Hut wäre ganz bestimmt aufgefallen –, war Fiona. Neben meinem Vater war eine Lücke, ein freier Stuhl aus Stahlrohr mit braunem Segeltuch. Er blieb in der zunehmenden Dämmerung und den ganzen Abend hindurch unbesetzt.

Hier konnte nicht von irgendeinem kurzfristigen Missgeschick oder einem Missverständnis die Rede sein. Mein Vater sah nicht auf die Uhr und wirkte auch nicht besorgt oder ärgerlich, und sei es auch nur beiläufig. Er wandte keinen Blick von der »Bühne«, von den wundersamen Verwandlungen, die vor seinen Augen stattfanden, wozu auch die vorübergehende Feenexistenz seiner Tochter gehörte, und auf seinem Gesicht lag ein unbestimmtes, aber starres Lächeln. Ich begriff, dass etwas Ernstes, und nichts Unbedeutendes, geschehen war oder vielleicht schon seit einiger Zeit geschah und dies der erste, die Welt verändernde Hinweis darauf war. Ich bekam weiche Knie, aber natürlich musste die Show weitergehen. Es war bloß gut, dass ich nur die Andeutung einer Rolle hatte.

Hinterher hätte ich ihn einfach fragen können. Ich war dreizehn. Aber dreizehn war ein noch unentschlossenes Alter. Und mein Instinkt sagte mir, es sei am besten, ihn nicht zu fragen. Und es sei auch nicht die beste Zeit, so mit diesem gelbsuchtgleichen Make-up-Flecken im Gesicht. Am besten täte ich daran, einfach seiner offensichtlichen, tapferen Flunkerei zuzuhören und zu nicken.

»Es tut Mami sehr leid. Sie fühlt sich nicht so recht auf dem Posten. Das Wetter. Dabei ist so wunderschönes Wetter, und es ist ein so schöner Abend … Aber du warst großartig, Paulie. Ein Star! Sie hätten dir wirklich eine größere Rolle geben sollen.«

Jener Sommer war der erste, in dem wir nicht nach Craiginish fuhren. Und das war die Bestätigung. Inzwischen wusste ich, dass es Probleme gab, die nicht vorübergehend waren. Unser Zuhause war nicht mehr länger glücklich und unsere Familie auch nicht, obwohl sie es gewesen war. Und von nun an würde ich eine Rolle spielen müssen, und zwar eine recht große, ich würde an meinen schauspielerischen Fähigkeiten arbeiten und sie verfeinern müssen, da die Situation, würde sie nicht vorsichtig unter Kontrolle gebracht und bewältigt, der Reputation eines Richters durchaus schaden konnte.

Inzwischen nahm ich, ein ehemaliger gelber Elf, einen Bus zum Gerichtshof, um einen Mann in roter Robe zu sehen.

Seht ihr, ich war einmal ein Elf – im *Sommernachtstraum*. Stellt euch das vor. Ich hatte kleine Flügel. Auch jetzt sind wir mitten im Sommer, auch wenn es regnet, und ihr alle träumt. Als ich eurem Vater davon erzählte, versuchte er bestimmt, sich das vorzustellen. Er sagte, er wünschte, er wäre dabei gewesen. Er sagte, er sei auf meinen Vater eifersüchtig, auch wenn dieser an jenem Abend nicht besonders glücklich gewesen sein könne. Er sagte, er wünschte, er hätte eure Mutter sehen können, als sie Senfsamen war.

# 20

Otis kam wieder, er kam einfach wieder. Das ist die schlichte Tatsache und das Rätselhafte – genauso rätselhaft wie sein plötzliches Verschwinden.

Es ist leicht, sich über die Haustierbesitzer dieser Welt lustig zu machen, über die gurrende Miss Lamberts, bis man selbst einer wird. Manchmal sieht man sogar in diesen abgebrühten Zeiten jene ergreifenden, hier und da an Bäumen oder Laternenpfählen befestigten, von Verzweiflung zeugenden Anschläge, die flehentlich um Auskunft bitten. Irgendwie sieht man nie, wie sie angebracht werden, so als müsste das heimlich geschehen, in tiefer Nacht. Heutzutage werden sie schnell mit Computern und Kopierern hergestellt, und unter Umständen ist sogar ein hilfreiches Foto eingefügt. Früher jedoch schienen sie immer handgeschrieben zu sein, liebevoll, mit leiderfüllter blauer Kugelschreiberschrift.

HABEN SIE UNSEREN WELLENSITTICH ARCHIE GESEHEN?

Früher haben wir uns darüber lustig gemacht. Mike mit der ganzen Wucht seiner biologischen Ausbildung – aber ich glaube, seine Schnecken waren auch so etwas wie Haustiere geworden. Er nannte es den anthropomorphischen Irrtum. Ein entflogener Wellensittich in Herne Hill, in welche Richtung würde er fliegen – nach

Süden, nach Tulse Hill und Australien? Und als ob groß »Archie« auf ihm draufstehen würde, als ob ein Wellensittich sagen würde: »Ja, ich bin Archie.«

»Ich glaube nicht an Archies Chancen«, sagte euer Vater. Just in den Straßen, die er eines Tages bei Hellwerden in seinem Jogginganzug durchkämmen sollte.

Und wir waren herzlich nahe, bedauerlich nahe daran, selbst solch einen Stoß klagender Suchanzeigen anzufertigen, und nur der Gedanke, dass es möglicherweise schon zu spät war, hielt uns davon ab. Die Absurdität all dieser »Gesucht wird«-Anzeigen, wenn Otis tot war. Und dann, was tut man dann? Geht man dann los und nimmt alle Zettel feierlich und gewissenhaft wieder ab?

Aber Otis kam wieder. Nach fast drei Wochen kam er einfach wieder. Wir werden seine Geschichte nie erfahren, wir konnten ihn wohl kaum fragen. Aber schließlich ist sie in ihrer kürzesten Zusammenfassung ohnehin perfekt: Er verschwand, er kam wieder. Ist jemals eine bessere Geschichte erfunden worden? Aber ja, durchaus, denn dies ist der Punkt, an dem eure Geschichte *wirklich* anfängt.

Es war an einem Sonntagmorgen gegen zehn Uhr. Wir befanden uns in der Küche. Das Wetter war feucht und grau, ein bisschen drohend, aber die Hintertür stand entschlossen und hoffnungsvoll halb offen. Und da war er plötzlich, wie ein exakt erfüllter Wunsch. Ein kaum zu glaubendes tippelndes Geräusch draußen, vielleicht etwas mühsamer und zögernder, als wir es in Erinnerung hatten. Aber da war er und ging vorsichtig in der Küche auf und ab, so als könnte es eine Täuschung sein. Als könnte *er* eine Täuschung sein. Aber das war er nicht.

Es war Otis, zweifellos, und es war auch wieder nicht Otis. Er war dünn und schwach und ungepflegt, und das Fell hatte seinen Glanz verloren. Er schien genauso erstaunt zu sein, uns zu sehen, wie wir es waren, ihn zu sehen. Es sah so aus, als hätte er sich erst an diesem Morgen und gerade noch rechtzeitig einem schrecklichen und bösen Ende entwinden können. Er konnte es uns nicht sagen. Wir werden es nie erfahren.

Aber wie wenig es doch braucht, um die Welt zu verwandeln. Trauer in Freude. Nur das schwache Zucken eines Katzenschwanzes, nur den unsicheren Tritt von vier Pfoten. Wir hielten ihn wieder in den Armen. Er wog weniger, er wog so viel mehr. Er brachte ein leises, uns erneut verbindendes Schnurren zustande.

»Gleich morgen früh zum Tierarzt«, sagte ich. Eine ziemlich herrische Art und Weise, auf diesen wundervollen Augenblick zu reagieren. Schon ganz die energische, die Gefühle unterdrückende Mutter. Aber Mike stimmte mir zu. Beide waren wir merkwürdig praktisch und geschäftig. Hätten wir nicht einfach nur weinen sollen? Aber Tatsache ist, dass wir jetzt, wo alles auf so wundervolle Weise vorüber war, irgendwie so tun wollten, als ob diese fast dreiwöchige Abwesenheit nie stattgefunden hätte. Vielleicht war es unsererseits eine seltsame und kaum zu entschuldigende Verirrung. Wir fütterten ihn. Die Dosen waren noch da. Und dort in der Ecke stand sein Körbchen mit dem Kissen. Alles war so geblieben. Wir wollten die alles andere auslöschende Illusion, dass er niemals weg gewesen war und wir inzwischen nicht die schlampigen und heruntergekommenen Geschöpfe waren, in die wir uns verwandelt hatten.

Aber wie wenig doch nötig ist. Bis zum Nachmittag war das Wetter umgeschlagen, und es war uns zuliebe auf wunderbare Weise nass geworden. Stetiger Dauerregen wie der Regen, der jetzt gerade fällt. Wie bösartig und trostlos uns der Regen erschienen wäre, als Otis noch fort war. Wir jedoch gingen wieder ins Bett. Fast hätte ich gesagt »wir drei«. Seit fast drei Wochen hatten wir das nicht mehr getan, geschweige denn an einem regnerischen Sonntagnachmittag. Und Otis, das war unschwer zu erkennen, brauchte ebenfalls sein Bett. Er war wieder bei uns, wenn auch nicht ganz so wie vorher. Erschöpft rollte er sich auf einer Ecke des Oberbetts zusammen, während wir uns dankbar, hemmungslos ans Werk machten. Sogar wenn er schlief, wirkte er Wunder.

Das war gegen Ende April. Natürlich begriffen wir mit der Zeit, dass nicht mehr alles genauso war wie früher. Jener Sonntagnachmittag glich einer kleinen, separaten Insel der Wiedervereinigung im Regen. Otis war wieder da, aber er war nur ein Schatten seiner selbst, und bei aller liebevollen Fürsorge und allem Aufpäppeln war da das Gefühl einer gespenstischen Abwesenheit. Nochmals, ich meine damit nicht meinen armen Vater, auch wenn er noch keine zwei Monate tot war. Ratet, wen ich wohl meine.

An jenem Montagmorgen ging ich zum Tierarzt. Ich musste arbeiten, war unter anderem noch immer mit den Bassano-Studien beschäftigt, aber ich schaute vorbei und machte Ausflüchte. Ich sagte nicht: »Es ist wegen meiner Katze.« Wir wären vielleicht beide hingegangen, aber es war gerade die Zeit, als sich Tim Harvey zurückzog. Eucr Vater konnte nicht für sich selbst als Vertreter einspringen, und in jener Woche wurde gerade eine Ausgabe druckfertig gemacht. Vielleicht hatte ich ohnehin das Gefühl, dass es speziell meine Pflicht war als – als Mutter. Jetzt habe ich es zweimal gesagt, oder? Die ganze Sache war plötzlich ziemlich eindeutig, oder muss unserm Tierarzt so erschienen sein.

Das war jedoch nicht mehr Nokes, der fortgezogen war, sondern ein neuer, Fraser, mit dem wir vorher noch nie zu tun gehabt hatten. Nokes hatte ich nie so besonders gemocht, das muss ich zugeben. Er glich einem überarbeiteten praktischen Arzt: Mitte fünfzig, mit einer barschen, fließbandähnlichen Herangehensweise, ohne alles Einfühlungsvermögen. Man fragte sich, ob er Tiere überhaupt mochte. Andererseits muss gesagt werden, dass wir Otis von ihm bekommen hatten – und dadurch euch.

Fraser war um die vierzig und erinnerte mich ein bisschen an Doktor Pope, allerdings ohne die psychedelischen Krawatten. Aber das Wichtigste war, dass Otis augenblicklich und vertrauensvoll unter seiner Hand zu schnurren anfing.

»Ich bin Alan«, sagte er, nachdem er mir die Hand geschüttelt hatte. »Und das ist …?«

»Otis.«

»Otis. Hübscher Name. Hallo, Otis. Otis sieht ja ziemlich mitgenommen aus.«

Ich erzählte ihm, was vorgefallen war.

»So was kommt vor«, sagte er. »Katzen machen das.« Diese Worte hatte ich schon mal gehört. »Manche verschwinden monatelang. Aber Ende gut, alles gut. Ich glaube, man muss sich ein wenig um Otis kümmern.«

Er tastete Otis nach verborgenen Verletzungen ab, und Otis schnurrte und schnurrte.

»Nach dem verstorbenen Großen, nehme ich an?«

Natürlich musste ich ihm leicht verlegen und ohne weitere Beschönigung sagen, dass er recht hatte. Er meinte, soweit er wüsste, gäbe es keine Vorschriften, wie man Katzen zu nennen habe.

Er besaß das nötige Einfühlungsvermögen. Und er besaß auch einen Anflug von ausgesprochener Unverschämtheit. Auch Doktor Pope hatte davon eine Spur gehabt, und sie hatte nahezu unweigerlich auf neunzehnjährige Mädchen gewirkt. Aber ich war jetzt zweiunddreißig.

Vielleicht stand mir dieses Alter und noch anderes ins Gesicht geschrieben. Tatsache ist, dass unser Tierarzt Alan Fraser der Erste war, der mit beiläufiger, lächelnder Direktheit, so als hätte er gerade eine leichte Diagnose gestellt, die Worte – den Gedanken – äußerte, die euer Vater und ich dem anderen gegenüber nie ausgesprochen hätten. »Kind-Ersatz«, sagte er.

Kind-Ersatz! Zweifellos als Teil eines langen und relativ feinfühligen Satzes, aber es sprang mich an wie eine Erklärung in Kursivschrift. Noch nicht mal ein Fragezeichen. Was unterstand er sich!

Aber er schien sogar auf mein empörtes Erröten vorbereitet zu sein. Er lächelte, fast als wollte er mich auf den Arm nehmen.

»Es ist neun Uhr. Sie sind die Ersten. Und zwar deshalb, weil es als Notfall eingestuft worden ist, was es im Übrigen nicht ist, streng genommen. Aber wie dem auch sei, die meisten jungen Mütter kommen für gewöhnlich ein bisschen später, nachdem sie ihre Kinder an der Schule abgesetzt haben.«

Es stimmte. Im Wartezimmer saßen zwei alte Schachteln, eine mit einer Katze, die andere mit einem Scotchterrier. Beide hatten mich grimmig angesehen, als ich als Erste hineingerufen wurde.

Fast wäre ich wieder gegangen. Fast hätte ich ihm Otis entrissen und wäre hinausgestürmt wie eine echte Matrone. Nur wäre es dann natürlich offensichtlich gewesen, dass er einen wunden Punkt berührt hatte, und dann hätte ich ganz dumm dagestanden. Und ohnehin sprach er mit diesem ruhigen Lächeln, als brauche er wohl kaum zu erklären, wie er zu dieser Schlussfolgerung gekommen war, man müsse dazu kein Sherlock Holmes sein. Als habe er diese Situation schon viele Male erlebt und immer wieder gefunden, dass man am besten offen darüber spricht.

»Nehmen Sie es mir nicht übel, Sie wären nicht die Einzige. Und kein Grund, ein zerknirschtes Gesicht zu machen. Es ist einer der Vorteile, einer der vielen Vorteile, den der Besitz einer Katze bietet. Ich habe selber zwei. Es sind wundervolle Geschöpfe, das muss ich Ihnen ja nicht erst sagen.« Otis schnurrte immer noch vor sich hin. »Er ist wunderschön, wenn auch im Augenblick nicht in Bestform. Sie waren bestimmt überglücklich, als er wiederkam. Wir werden einige Tests vornehmen müssen, denke ich.«

Ich nähere mich jetzt ganz entschieden dem Kernpunkt des Ganzen, dem, was euer Vater euch morgen mitteilen wird. Ich habe das Gefühl, dass er mit euch ein bisschen wie ein Tierarzt oder ein gescheiter und einfühlsamer praktischer Arzt wird reden müssen. Ihr werdet euren unerwarteten und beunruhigenden Termin haben.

In jener Zeit, als Otis besonderer Fürsorge bedurfte, dachte ich, dass der Vorzug, eine Katze zu besitzen, einen anderen Vorzug nach sich zieht, nämlich den, einen Tierarzt zu haben. Ich meine, jemanden, mit dem man, im Gegensatz zu Ian Nokes, tatsächlich reden konnte. Der Himmel weiß, dass man das nicht so leicht mit seinem eigenen Arzt tun kann. Man hat immer das Gefühl, ihm seine kostbare Zeit zu stehlen. Und das sogar, wenn man selber das Thema ist. Aber wie es scheint, können Tierärzte auch Menschenärzte sein. Und Alan Frasers Sprechzimmer, mit Otis als einer Art Garantie auf dem Untersuchungstisch, konnte ein seltsamer kleiner geheimer Beichtstuhl sein.

Da wir gerade bei Ärzten sind: Als Doktor Chivers eurem Vater die schlimme Mitteilung machte, gehörte es nicht wirklich zu seinen Aufgaben, noch Weiteres zu sagen, zum Beispiel im Hinblick auf das, was dann geschehen würde. Er war wirklich nur für das Sperma zuständig. Er umriss ein paar Möglichkeiten, die die Sache anderer Fachleute sein würden, aber natürlich würde es eurem Vater und mir als verantwortungsbewussten Erwachsenen überlassen bleiben, die bestehenden Möglichkeiten abzuwägen. Und wie ihr wisst, obwohl es für euch höchst merkwürdig geklungen haben muss, entschieden wir uns für – die Kinderlosigkeit.

Aber von den Möglichkeiten, die wir verwarfen – ich erzähle euch jetzt wirklich nur das, was euer Vater morgen genauer ausführen wird –, war die erste, die wir ausschlossen, eine Adoption. Wir hatten beide das Gefühl, dass sie fast so etwas wie Diebstahl war. Wir würden den Anfang nicht miterleben. Es wäre zu sehr so – obwohl wir damals diesen Vergleich nicht zu Hilfe nehmen konnten –, als gingen wir nach einem Hinweis von Miss Lambert zu Mister Nokes.

Aber einer zweiten Möglichkeit räumten wir mehr Platz ein. Eine Zeitlang hatte sie tatsächlich etwas Verlockendes. Ich meine die künstliche Insemination. Ein hässlicher und kalter Ausdruck, vielleicht sogar noch schlimmer als »Kind-Ersatz«, aber eine realisierbare und nicht zu komplizierte Alternative. Hört ihr mir noch zu?

Heute, in den Tagen der In-vitro-Fertilisation, spricht man eher von »Spenderbefruchtung«, vielleicht klingt es dann persönlicher. Offiziell hieß es damals, in den frühen Siebzigern, »künstliche Befruchtung durch Spender«.

Aber wir lehnten sie ab. Aus Gründen, die vielleicht mehr mit eurem Vater als mit mir zu tun hatten, die jedoch zu respektieren waren. Es gibt alles Mögliche, über das man theoretisch bequem Vermutungen anstellen kann. Aber selbst für einen vernunftbestimmten Wissenschaftler kommen in der konkreten Situation gewisse Urempfindlichkeiten ins Spiel.

Hier muss ich allerdings sagen, dass die Gründe, die für euren Vater wichtig waren, dies auf jeden Fall auch für mich waren. Die beiden Fragen, auf die es letztendlich für mich hinauslief, waren genau genommen »Wie sehr wollte ich ein Kind von eurem Vater?« und »Wie sehr wollte ich ein Kind?«. Und die erste Frage zählte für mich mehr. Kann ich euch bitten, das zu verstehen? Ich wollte das Kind *dieses* Mannes aus Gründen, die, wie ich hoffe, auf der Hand liegen. Und keiner von uns beiden konnte es haben. Was uns keine andere Wahl ließ, als so weiterzumachen wie bisher.

Aber sechs Jahre später erwähnte unser Tierarzt, mit dem ich, wie ich festgestellt hatte, in verständnisvoller Vertraulichkeit reden konnte, dem gegenüber ich Dinge zur Sprache brachte, die ich gegenüber meiner eigenen Mutter, mit der ich nicht mehr redete, oder gegenüber meinem Vater, der tot war, nie angesprochen hatte, genau das, worüber wir einmal nachgedacht und was wir dann als Lösung verworfen hatten.

Ich musste ihn mit Otis mehrmals aufsuchen, öfter, als ich erwartet hatte, und wenn er schon das Thema »Kind-Ersatz« bei jenem allerersten Gespräch anschnitt, konnte man davon ausgehen, dass gewisse andere Dinge kaum unerwähnt bleiben würden. Müssen Tierärzte Verschwiegenheit geloben? Otis schnurrte unablässig vor sich hin. Vielleicht dröhnten ihm auch die Ohren.

Fraser fragte also, ob wir einmal über künstliche Befruchtung nachgedacht hätten. Aus dem Munde eines Tierarztes klang das nicht so unschicklich. Ich sagte ja – und nein. Wir hätten den Gedanken verworfen, der ganze Fall sei abgeschlossen. Es hätte immer geklungen, sagte ich scherzhaft, wie etwas, was auf einem Bauernhof geschieht. Er lächelte und meinte, er habe sich schon vor langer Zeit dagegen entschieden, Landtierarzt zu werden. Er sei mehr ein Haustierarzt. Aber, sagte er, man habe große Fortschritte bei der künstlichen Befruchtung gemacht, bei der menschlichen, noch in den letzten vier oder fünf Jahren. »Fortschritte«, dachte ich damals, was für eine unglückliche Wortwahl!

»Mag schon sein«, sagte ich, »aber … nein.«

Ich hatte ihm bereits erzählt, und das an sich war schon etwas Ungeheuerliches, dass die »Schwierigkeit« – die Schwierigkeit, was die Fortpflanzung betraf – bei eurem Vater lag. Aber noch einmal, wie waren, nachdem dieses Thema erst einmal angeschnitten war, diese weiteren Enthüllungen zu vermeiden? Es war ja nicht so, als ließe man es bei Tisch und nach einem Glas Wein zu viel einem gemeinsamen Freund gegenüber herausrutschen. Tatsache ist jedoch, dass ich es *niemals* in all den sechs Jahren irgendjemandem sonst gesagt hatte.

Was habe ich unserem getreuen Tierarzt noch verraten? Mein richtiges Alter: zweiunddreißig, inzwischen bald schon dreiunddreißig. Seit acht Jahren verheiratet. Dass ich ein Einzelkind war. Dass mein Vater gerade gestorben war. Dass ich meine Mutter so gut wie nie sah. Und er erzählte mir, so als sei eine Revanche nur fair, dass er zwei Kinder habe, einen Jungen und ein Mädchen, beide erstaunlicherweise bereits Teenager, aber dass er sie jetzt nur noch »nach Vereinbarung« sehe (ein schwaches Lächeln), da er seit letztem Jahr geschieden sei. »Umgekehrte Familienplanung«, sagte er. Vielleicht sei er selbst gar nicht so ein ideales Haustier.

Und natürlich fragte er mich, was mein Mann beruflich tue. Und ich sagte es ihm mit der Behutsamkeit, mit der ich diese Information üblicherweise behandele, und er lehnte sich aufrichtig beeindruckt zurück.

Ich muss noch sagen, dass ich nach Otis' Rückkehr mit dem Weinen aufgehört hatte. Oder dachte, ich hätte aufgehört. Ich meine die anscheinend unheilbare Eigenschaft, gelegentlich in unpassenden Augenblicken von

Tränen übermannt zu werden oder sie zumindest unterdrücken zu müssen. Tränen um meinen toten Vater oder um Otis, der vielleicht auch tot war. Tränen um meinen Vater und um Otis hoffnungslos miteinander vermischt. Aber als Otis zurückkam, wurde ich wieder normal. Ich definierte meine Ziele neu.

Was entschädigt einen normalerweise für den Verlust eines Elternteils? Eine Katze eigentlich nicht. Es muss für Mikes Eltern, für euren Großvater Pete und eure Großmutter Helen, im späteren Verlauf des Jahres so ausgesehen haben, als sei es eine völlig verständliche und nicht ungewöhnliche Reaktion gewesen. Auch wenn wir ein bisschen lange damit gewartet hatten.

Zu eurem Vater sagte ich: »Ich habe ihm erzählt, dass du die *Living World* herausgibst. Und er war ganz schön beeindruckt.« Und euer Vater schien sich nicht wenig darüber zu freuen, auch wenn er es nicht direkt zeigte. »Na, einen Leser hat sie dann ja wenigstens«, meinte er.

Mehr erwähnte ich zu diesem Zeitpunkt noch nicht.

»Na bitte. Du solltest ihn kennenlernen. Du könntest Otis irgendwann mal selbst hinbringen und dich mit ihm unterhalten. Ich bin sicher, er würde sich freuen.«

Dann, ein wenig später im Frühjahr, sagte ich: »Mikey, hör mal. Ich möchte, dass wir noch einmal darüber nachdenken. Über künstliche Befruchtung. Ich möchte, dass wir es uns noch einmal überlegen.«

Es war kein Edikt, ich bestand keineswegs darauf, und es war auch ganz gewiss keine ausgemachte Sache. Ich wollte einfach die Debatte wiedereröffnen. Aber ich hatte auch nicht den Eindruck, dass meine Worte euren Vater wie ein Blitz aus heiterem Himmel getroffen hatten. Er sagte zwar nicht sofort ja, aber es war jetzt anders, und das wussten wir beide. Er wirkte verständnisvoll. Es war einiges geschehen. Und ich war zweiunddreißig.

Und danach geschah eigentlich alles recht schnell. 1978 war ein Jahr, in dem viel passiert ist. Im Hochsommer, also in diesem Monat vor siebzehn Jahren, hatte ich meine erste »Behandlung«. Wie sich herausstellte, war dies die erste von insgesamt nur zweien – was ein sehr gutes Ergebnis ist, das kann ich euch sagen. Mitte September war ich schwanger. Obwohl das bestimmt keine große Neuigkeit für euch ist – *das* habt ihr euch immer ausrechnen können.

## 21

So, jetzt wisst ihr also, was euch erwartet, was euch euer Vater mit seinen eigenen Worten sagen wird. Ich weiß nicht genau welche Worte er benutzen wird, ob er sie bereits im Kopf hat, im Laufe von sechzehn Jahren geprobt und geschliffen – wenn ja, dann hat er sie mich nie hören lassen –, oder ob er sie einfach dem Augenblick überlässt. Und was immer für Worte es sind, ich kann nicht im Geringsten sicher sein, wie ihr auf sie reagieren werdet.

Heute Nacht seid ihr wieder wie die beiden Neugeborenen in der Davenport Road, noch tief in jener Zeit versunken, bevor ihr eurer Erinnerung begegnet seid –, beziehungweise jener, die wir euch gegeben haben. Ich will nicht, dass ihr so seid, ich will, dass ihr Nick und Kate seid, sechzehn Jahre alt und so erwachsen und so ungehindert in eurem Leben vorangeschritten, wie man es mit sechzehn nur sein kann. Aber in dieser Nacht seid ihr, auch wenn ihr es nicht wisst und es auch nicht ändern könnt, wieder wie Babys. So wie im Augenblick euer Vater.

Ich bin in einem Haus voller schlafender Babys. Sogar der Regen scheint sich wie ein zweiter Wächter dessen bewusst zu sein und legt den Finger auf dic Lippen: Sch…!

Ob Mike nun seinen Text gelernt hat oder nicht, er wird die Szene in Gedanken so oft durchgespielt haben, dass der morgige Tag wie das Erwachen in einen Traum hinein sein wird. Er träumt auch jetzt, der Arme. Aber ich kann wirklich nicht vorhersagen – und ich glaube auch nicht, dass ich das Recht dazu habe –, wie ihr reagieren werdet. Ich stelle mir vor, wie eine Bombe explodiert und dieses Haus hier in Trümmer geht. Ich stelle mir vor, wie alles auf seltsame, prekäre, unheilschwangere Art und Weise bleibt, wie es war. Ein Blindgänger. Sie kann immer noch hochgehen, diese Bombe, nächste Woche, die Woche darauf, jederzeit.

Euer Vater ist nicht euer Vater. Er wird euch das selbst sagen. Wer könnte es besser? Aber was er euch hoffentlich auch sagen wird, nachdem er euch alle nötigen Fakten mitgeteilt hat, ist, dass, wenn es nach ihm gegangen wäre, wenn es so funktionierte und wenn es nur eine Frage der Wahl gewesen wäre, er einfach keine bessere Wahl hätte treffen können. Und ich hoffe, ihr denkt, ich hoffe, ihr habt eigentlich immer gedacht, dass das Gleiche auch auf euch zutrifft. Euer Vater.

Es gibt viele »richtige« Familien – ich muss diesen Ausdruck benutzen –, bei denen es letztendlich so aussehen mag, als hätte man immer die falsche Wahl getroffen. Wenn sie doch nur noch einmal wählen, noch einmal neu anfangen könnten. Und eines Tages, vielleicht in gar nicht allzu ferner Zeit, wird *alles* eine Frage der Wahl sein. Mike scheint das zu glauben. Er hat vielleicht seine besonderen, privaten Gründe dafür, aber schließlich ist er, fachlich gesehen, immer noch Biologe, und er ist der Herausgeber des *Living World Magazine* und hält in puncto Wissenschaft die Ohren offen. Nicht, dass wir anderen die Schwingungen nicht mitbekämen.

Mike meint, dass es auf uns zukommt, und zwar schneller, als wir vielleicht denken. Es kann nicht mehr lange dauern. Vielleicht noch dreißig Jahre, sagt er. Bald wird alles eine Frage der genetischen Manipulation sein. Die altmodische Humanbiologie hat sich dann überlebt. Und das heißt, wenn man genauer darüber nachdenkt – obwohl ich das gar nicht möchte, schon gar nicht in dieser Nacht –, dass man irgendwann in seinem späteren Leben gerade noch zu den paar merkwürdigen Generationen alten Stils gehört und um sich herum die ersten Generationen maßgefertigter Kinder heranwachsen sieht.

Oder ihr seid, wie ihr morgen entdecken werdet, bereits Teil eines zunehmenden Prozesses. Denn bereits vor sechzehn Jahren hatten euer Vater und ich unsere Freiheiten, konnten wählen, was damals erst seit Kurzem möglich war. Und welche »Fortschritte« sind nicht seitdem gemacht worden! Wir konnten – das solltet ihr wissen – vor eurer Geburt bis zu einem gewissen Grad genaue Angaben und Auflagen machen. Alles dank der Wissenschaft. Wir konnten euch vor eurer Geburt sogar *sehen*. Ich weiß, das ist heutzutage ein ganz alltägliches Zauberkunststück, aber weder eure Großeltern Pete und Helen noch Großvater Dougie und Fiona konnten Mike und mich sehen.

Und wie wunderbar es war, euch zu sehen!

Wir kamen im historisch denkwürdigen Jahr 1945 zur Welt, als viele wichtige Dinge passierten, aber euer Vater wird euch erzählen – mir hat er es oft genug erzählt –, dass das größte Ereignis dieses Jahrhunderts still und leise in einem Labor stattfand: die Entdeckung der DNA-Struktur. Obwohl er, wie euer Vater als erster einräumen würde, zu der Zeit keine Ahnung davon hatte. Er war 1953 erst acht Jahre alt. Das war, bevor er jene Sommer bei Onkel Eddie verbrachte und etwas über Froschlaich und Vogeleier oder dergleichen lernte, ein angehender Biologe. Aber selbst als er das tat, hatte er wohl kaum eine Ahnung von der DNA.

Ich bin nicht sicher, ob es Onkel Eddie mit all seinen veralteten Naturkundebüchern und seinen Sammlerkästen anders ging. Vielleicht war es »Onkel« Tim, Tim Harvey – damals alleiniger Herausgeber von *Living World* –, der anlässlich eines seiner Wochenendbesuche bei seinem alten Kumpel im Coombe Cottage diese bedeutsame Nachricht mitbrachte. Eddie, hast du *das* gehört? *Living World* war im Begriff, dieser außerordentlichen Entdeckung eine ganze Sonderausgabe zu widmen …

Ich stelle mir ihn und Onkel Eddie vor, wie sie bis spät in die Nacht aufsitzen, Onkel Eddie heftig seine Pfeife paffend, und alles durchkauen. Und ich stelle sie mir in den darauf folgenden Jahren vor, als euer Vater, ein Knirps von neun oder zehn, ebenfalls dort war und oben schlief, und sie überlegten, ob sie es ihm erzählen sollten, versuchen sollten, es dem Jungen zu erklären, oder ob sie ihn einfach mit seiner »Naturkunde« weitermachen lassen sollten. Ein bisschen wie in dem Jahr, in dem ich zur Welt kam, als die Leute bestimmt zueinander gesagt haben: »Wisst ihr es schon? Sie haben über Japan eine Atombombe abgeworfen. Sollte man versuchen, das den Kindern zu erklären?«

Euer Vater und ich kamen vor der DNA auf die Welt.

Was für unschuldige Zeiten! Natürlich hatte die DNA schon immer existiert, war immer da gewesen, bloß dass sie noch niemand wirklich verstand. Und als man es tat, da war ich auch nicht klüger, muss ich gestehen. Ich bin mit ihr aufgewachsen, aber ich kann nicht behaupten – auch jetzt noch nicht und obwohl ich die Frau eines Biologen bin –, dass ich sagen könnte, was genau sie ist. Ihr könntet es mir zweifellos erklären, es gehört ja heutzutage zur elementaren Bildung.

In jedem Fall wäre diese Nacht der falsche Zeitpunkt, um euch zu sagen, ihr solltet euren Vater fragen.

Aus irgendeinem Grund muss ich, wenn ich an die DNA denke, an meinen Vater denken, wie er in so etwas wie einem Kriegslaboratorium die Codes knackt und eines Tages in die Arme – und, du meine Güte, zwischen die Beine – einer hübschen Sekretärin namens Fiona stolpert.

Euer Vater ist nicht euer Vater. Das wäre niemals möglich gewesen. Aber ich möchte, dass ihr wisst, wie sehr ich es mir gewünscht habe. Ach, wie sehr! Ich wollte es selbst dann noch, als die Entscheidung fiel, dass ihr, auch wenn er es nicht war, dennoch einen Vater haben würdet. Danach wünschte ich es mir irgendwie noch mehr. Ich wünsche es mir immer noch.

In jenem Jahr, dem arbeitsreichen Achterbahnjahr 1978, fuhren wir an einem Wochenende nach Venedig. Und zwar im Juni. Es war unser Hochzeitstag, wie jetzt bald wieder, aber kein besonderer. Unser achter. Gibt es ein schlichtes Metall für den achten Hochzeitstag? Nickel? Stahl? Zink? Und es war eines von jenen häufiger vorkommenden Wochenenden, die ohne Zweifel von meinen Arbeitgebern, von Walker & Fitch, subventioniert wurden.

Simon hatte sogar auf seine überrumpelnde Art gefragt: »Hätten Sie Lust auf ein Wochenende in Venedig?« Alles, was ich zu tun hätte, wäre, jemanden von Montebello zu treffen – bei einem zeitlich günstig gelegenen Mittagessen, sagen wir am Freitag. Das hätte man alles an einem Tag schaffen können. Aber Simon hatte ganz klar einen Köder ausgelegt. »Möglicherweise ein Wochenende für *zwei*?«, wagte ich so einschmeichelnd zu fragen, wie ich konnte. Jetzt kam seine Nummer mit dem durch und durch misstrauischen Blick, aber dann folgte eine nicht ganz unbekannte Abmachung, nämlich dass wir, Mike und ich, für den zusätzlichen Flug aufkommen würden. Ein Zimmer für zwei unterschied sich kaum von einem Zimmer für einen.

Allerdings musste es nicht gerade das Rinaldi Palace sein. Das war in Wirklichkeit ein Geschenk von Simon. »Weil es Ihr Hochzeitstag ist, Paula. Ich habe das wirklich nicht gewusst. Und weil Sie schon fast genauso lange bei uns sind.«

Ich denke, er wusste durchaus, dass wir bald unseren Hochzeitstag hatten, aber vielleicht dachte er einfach: Hinter ihr liegt ein hartes Jahr, sie muss immer noch über den Tod ihres Vaters hinwegkommen. Der liebe Simon! Ich wusste inzwischen, dass es nicht schwer war, nett zu ihm zu sein. Und alles, was ich tun musste, war, mich mit Signor Masi von Montebello zu treffen und bei einem ausgedehnten Mittagessen nett zu *ihm* zu sein. Simon wusste vielleicht, was er da tat – sonst hätte er ja auch selbst fahren können.

Zu Mike sagte ich: »Während ich mich mit diesem Mann treffe, wirst du irgendwie die Zeit totschlagen müssen, Mikey.« Er sah mich forschend an. »Was Frauen um der Kunst willen alles tun müssen!«, sagte er. Es sei Venedig, meinte ich, da gebe es genug, was er tun könne. Er solle gehen und sich die Tiepolos in der Scuola dei Carmini ansehen, das könne man gar nicht oft genug tun.

Donnerstagabend bis Samstagabend: unser Hochzeitstag, verbunden mit einer Geschäftsreise. Aber es war eigentlich noch mehr als das. Es ging uns auch darum, den Entschluss, mit der künstlichen Befruchtung Ernst zu machen – »zu feiern« ist nicht das richtige Wort – hervorzuheben und zu bekräftigen. Mein erster Termin war bereits in der darauf folgenden Woche. Es war beschlossene Sache.

Und doch. Und doch liebten wir uns an jenem Wochenende eifriger und intensiver, glaube ich, als wir es je bei all unsren mehr oder minder hoffnungsvollen Hotelaufenthalten getan hatten. Als wäre die Situation genau andersherum und dies unsere letzte Chance, ein verzweifelter allerletzter Griff nach dem Echten. Vielleicht konnte ja der einzigartige Zauber Venedigs … vielleicht ein Zimmer mit Blick auf den Canal Grande …

Und möglicherweise war sogar ich die Leidenschaftlichere. Nein, ich weiß mit Bestimmtheit, dass ich es war. Mike hatte sich festgelegt. Er wollte mit diesem Wochenende bloß seine Zustimmung bestätigen – um mich zu beruhigen. Ich glaube, meine Heftigkeit verwunderte ihn sogar. Er hatte noch nie erlebt, dass ich dermaßen verrückt danach war.

Und vielleicht registrierte sogar Signor Masi, dass bei

unserem langen – für meinen Geschmack viel zu langen – Mittagessen in einem der besten Restaurants von Venedig ein Anflug von sexueller Spannung in der Luft lag. Hat das dazu beigetragen, dass das Geschäft in Walkers Sinn zustande kam? Dachte selbst Mike, als wir am späten Nachmittag in unserem Hotelzimmer wieder zusammenkamen, dass dieser Signor Masi mich scharfgemacht hatte? Hatte er aber nicht. Er war groß, rund, kahl und – es muss gesagt werden – über fünfzig, obwohl sein Name potenziell ein Scharfmacher war. Er hieß Sergio, Sergio Masi. Ich habe das eurem Vater gegenüber nie erwähnt.

Nach dem ich sowieso einfach verrückt war. Was müsst ihr von eurer Mutter denken? Hört einfach nicht her, wenn ihr nicht wollt.

Es war später Nachmittag. Wir verwarfen sehr schnell die Möglichkeit, uns einfach umzuziehen und den Abend außerhalb zu verbringen. Nein, jetzt noch nicht. Wir zogen die Läden an unserer Balkontür zu, so dass im Zimmer so ein schwaches, rötliches Licht herrschte. Mein Leinenkleid hing bald über einer Stuhllehne. Der Krach vom Kanal unter uns klang wie etwas, was in einer großartigen Küche vor sich hinköchelte. Ich sollte euch solche Sachen nicht erzählen, aber ich befand mich sehr bald rittlings obendrauf auf eurem Vater, obwohl das jeder mechanistischen Weisheit hinsichtlich der besten Stellung zum Erreichen einer Schwangerschaft widersprach.

Draußen zog der Abend herauf, und Venedig färbte sich golden. Diese Schätze, dieses Leuchten! An kleinen Tischen im Abendsonnenschein nippte man an Camparis. Welche Kulisse hätte großartiger sein können? Und trotzdem dachte ich – sogar als ich rittlings auf eurem Vater saß – an all das, was nicht da war, an all das, was fehlte. Was konnte denn bloß fehlen?

Zunächst einmal war Otis nicht da. Er war nicht fort in jenem schrecklichen früheren Sinn, sondern wieder einmal der Obhut der Felix Lodge anvertraut. Wie herzlos von uns. Und das, wo er sich kaum erholt hatte. Und wir so gelitten hatten, als er wirklich verschwunden war. An diesem Nachmittag in Venedig hatte Leidenschaft nichts mit ihm und seiner schnurrenden, pelzigen Aufforderung zu tun. Oder vielleicht alles.

Ich dachte, was einem doch fehlen kann, selbst wenn man anscheinend alles hat, wenn einem ganz Venedig zu Füßen liegt. Bald würden auch wir geduscht, luftig gekleidet und natürlich entspannt an einem der kleinen Tische im sogar noch wärmeren Abendlicht sitzen. Ein gutaussehendes Ehepaar Anfang dreißig an seinem Hochzeitstag. Ein herrlicher Abend in Venedig! Vergeuden wir ihn nicht! Ergreifen wir ihn und bewahren wir ihn als kostbar im Gedächtnis.

Mike würde mir den Reißverschluss meines Kleides zumachen, mich auf den Nacken küssen, die Zimmerschlüssel ergreifen und mir beim Öffnen der Tür den Po tätscheln.

Das war der Augenblick, in dem die versiegten Tränen für kurze Zeit unstillbar zurückkehrten. Ist ja schließlich eine wässrige Stadt, sagte ich später zu eurem Vater und tat das Ganze mit einem Lachen ab. Ich weinte und schrie an jenem Wochenende. Schrie laut wie eine Frau in den Wehen, so dass es vielleicht sogar die Leute hören konnten, die draußen auf dem marmornen Korridor des

Rinaldi vorübergingen. Ich weiß nicht, was ich in puncto Lautstärke fertigbringe, aber möglicherweise war ich an jenem Wochenende lauter als jemals zuvor.

Aber ich schrie auch auf die andere Art, auch wenn die beiden Schreie manchmal schwer zu unterscheiden sind, und obwohl ich versuchte, es zu verbergen. Ich blieb auf eurem Vater liegen – vielleicht solltet ihr jetzt wirklich nicht zuhören –, selbst als ich aufgehört hatte zu schreien und spürte, wie seine warme Flüssigkeit, die Flüssigkeit, die das Wesentliche war, langsam wieder aus mir herausrann. Ich versuchte, sie aufzuhalten. Und Mike würde, wenn er aufgeblickt hätte, gesehen haben, dass auch meine Augen fest zugekniffen waren. Ich versuchte, aber ohne Erfolg, auch sie am Tropfen zu hindern.

# 22

Ich bin jetzt beim Kernpunkt angelangt, aber es steht euch noch Schlimmeres bevor, Dinge, die euer Vater noch nicht einmal ansprechen wird. Ich halte es jedoch für wichtig, dass ihr, da ihr nun einmal auf diese Art und Weise auf die Welt gekommen seid, alle Einzelheiten der Reise erfahrt. Ich bin eure Mutter, und da jetzt die Wahrheit ans Licht kommen soll, darf es keinerlei Geheimhaltung mehr geben, und ich werde mir alles von der Seele reden, auch das mit der Lüge über euren Vater.

Sie spielte von Anfang an eine wichtige Rolle, also sogar schon in den Wochen vor unserer Venedigreise, sie war ein entscheidender Teil unserer »Debatte«, die Frage des Lügens. Man kommt nicht um sie herum. Was biologisch notwendig ist, ist klar, aber das Problem des Verheimlichens wird umso heikler, je mehr man darüber nachdenkt. *Wann* erzählt man es, wie lange wartet man damit? Nun ja, unsere Antwort darauf kennt ihr ja jetzt. Aber wem sonst, wenn überhaupt jemandem, erzählt man es bis dahin? In der Hauptsache kamen eure Großmutter Helen und euer Großvater Pete in Betracht. Eure Großmutter Fiona war eher eine akademische Frage.

Erzählen oder nicht erzählen. Angenommen, man habe sich aus den besten und aufs Sorgfältigste bedachten

Gründen für das So-tun-als-ob entschieden, und die Täuschung wird plötzlich durchschaut? Und wie gut wird sie einem überhaupt gelingen? So etwas ist gar nicht einfach. Es ist, als wäre man ein Geheimagent und dürfe seine Geschichte nie aus den Augen verlieren. Was als die einfache Aufgabe, sich Nachwuchs zuzulegen, anfängt – eine Aufgabe, dic gar nicht so einfach ist –, das bedeutet am Ende die Neuerschaffung der Welt.

Und ich fürchte, von morgen an wird das auch eure Aufgabe sein. Ihr werdet euren Teil am Lügen übernehmen müssen – das heißt natürlich nur, wenn ihr wollt. Denn aus dem, was euch euer Vater morgen erzählt, wird sehr schnell klar werden, dass wir es niemandem erzählt haben, dass wir alle um uns herum angelogen haben. Was ziemlich schrecklich klingt. Obwohl vielleicht nicht ganz so schrecklich, als wenn ihr entdecken müsstet, dass es alle seit sechzehn Jahren wussten, nur ihr nicht.

Nein, es wissen nur die Menschen innerhalb dieser Wände, nur wir vier. Und Edward.

Aber das ist auch wieder eindeutig gelogen. Ich gebe es zu. Denn es versteht sich ja von selbst, dass es abgesehen von eurem Vater und mir bestimmte Menschen gegeben haben muss, die aus rein klinischen Gründen Bescheid gewusst haben. Doch die zählen nicht, da sie ihr beruflicher Verhaltenskodex zum Schweigen verpflichtet. Aber habe ich nicht gerade gesagt, dass ich eines Tages unserem Tierarzt gegenüber mit der ganzen Geschichte herausgeplatzt bin? Das kann man kaum eine klinische Enthüllung nennen. Oder genauer gesagt, es war unser Tierarzt Alan Fraser, der als Erster unsere Situation noch in der Planungsphase spitzbekam, und ich hatte keine andere Wahl, als es zuzugeben. Wie ich es jetzt auch gestehe.

Unser Tierarzt war einer von denen, die es wussten. Und ich glaube, Otis war ein weiterer. Ich weiß, das klingt absurd. Ihr denkt, dass er auf dem Untersuchungstisch wohl kaum dem hatte zuhören können, was ich unserem Tierarzt erzählte. Tickt eure Mutter nicht mehr richtig? Aber ich glaube, er wusste es trotzdem, sogar vorher schon. Katzen wissen Dinge. Möglicherweise.

Warum halten Menschen Haustiere? Und warum verschwinden diese manchmal? Der schlichte Urinstinkt zu fliehen? Archie, als er zu den Antipoden flog? Otis erholte sich wieder, dank Alan Fraser, aber das war nur scheinbar. Später im Jahr hatte er einen Rückfall. Ich glaube, er wusste es. Er wusste, dass der Zeitpunkt nahte, an dem er seine Rolle in unserem Leben ausgespielt haben würde. Es war nicht nötig, dass Alan Fraser ihm das klarmachte. Vielleicht wusste er es sogar schon von dem Augenblick an, als wir ihn in Carshalton zurückließen und ich mir die Augen aus dem Kopf weinte, dies aber in Wirklichkeit um meinen Vater. Er wusste es sogar besser als ich.

Aber das ist nicht alles, was er gewusst hätte, wenn er wirklich meiner Unterhaltung mit unserem Tierarzt hätte zuhören können.

Die Biologie ist nichts als eine unbarmherzige Tyrannin? Es hatte alles einfach nur mit der berühmten biologischen Uhr zu tun, die in meinem Inneren vor sich hin tickte – und dies mit zweiunddreißig sehr viel lauter als mit sechsundzwanzig, so dass selbst Otis sie hören und erkennen konnte? Wenn es doch nur so einfach wäre. Ich muss euch sagen, dass es nicht annähernd so einfach war und dass ich euch gegenüber ohnehin nicht so tun werde, als wäre eure Mutter in ihren frühen Dreißigern zu einer bloßen Schachfigur ihrer Biologie geworden.

Ich hatte immer noch meine Bedenken – wie ich unserem Tierarzt erzählte – wegen jenes einfachen Verfahrens, das so unbeschwert »künstlich« genannt wird. Es ist künstlich, und es ist nicht künstlich. Eine einfache Sache. Ein paar Augenblicke in einer Klinik, es tut auch nicht weh, aber glaubt mir, es war nicht nur Mike, der zurückschreckte. Es ist klinisch, distanziert und unpersönlich, aber genau genommen stimmt das nicht. Es geschieht alles mit einem Reagenzglas, sozusagen, aber es geschieht immer noch mit jemand anderem und ziemlich intim. Und vielleicht macht ihr euch morgen darüber ernsthaft Gedanken – aus eurer Perspektive sozusagen. Sperma ist nicht einfach eine normale Zutat. Nicht so was wie Backpulver.

Es mag so aussehen, als sei der Mann hier neben mir am meisten gefährdet. Armer Mike. Los, ab mit dir! Du bist nicht unser Vater. Gott bewahre, meine Engel, Gott bewahre! Aber ist es so einseitig? Ihr werdet es mir sagen müssen. Wieso liege *ich* hier wach und habe Gewissensbisse? Mike ist der Betrüger – oder doch bloß der glücklose, unschuldige Zuschauer. Was hat denn *er* verbrochen?

Ihr könnt es vielleicht so sehen, obwohl ich euch diese Formulierung nicht einflüstern möchte: Ich bin eure wirkliche Mutter, das ist unbestritten, und daran besteht kein Zweifel, aber ich bin auch die Frau, die, wenn auch mit vorherigem Einverständnis und aus dem besten aller möglichen Gründe – ich bin nicht sicher, dass ihr es völlig vermeiden könnt, selbst mit hineingezogen zu werden –, euren Vater im Stich gelassen und es mit einem anderen Mann getrieben hat.

Verzeiht mir.

Ich komme jetzt zu dem wirklich harten Teil. Nur gut, dass ich die Regeln dieser Geschichte festgelegt habe. Es ist eine Gutenachtgeschichte. Ich erzähle sie euch, ihr schlaft tief und fest. Mike ebenfalls, und das ist vielleicht auch besser so. Die schlichte Wahrheit ist, dass es meinerseits nicht nur darum ging, mit Bedenken kämpfen sowie eine Debatte wiedereröffnen zu müssen. Vielmehr ging es für mich, da ich nun einmal die aktiv beteiligte Partei war, um – wie soll ich es sagen – um vorhergehendes Experimentieren.

Gebt mir ein bisschen Zeit, um euch das zu erklären.

Es ist denkbar, dass ihr von morgen an die ganze Welt mit anderen Augen sehen werdet, nicht nur dieses Haus hier in der Rutherford Road. Ich habe gründlich darüber nachgedacht. Vielleicht werdet ihr von nun an völlig fremde Menschen auf eine ganz neue Art betrachten, jedoch so, das versichere ich euch, wie ich es verstohlen seit vielen Jahren tue. Ich möchte sogar wetten, dass ihr von da an euer Gesicht im Spiegel anschauen werdet, wie ihr es bis dahin noch nie getan habt.

Ich weiß, dass ihr das sowieso oft tut – das mit dem Sich-im-Spiegel-Betrachten, meine ich. Schließlich seid ihr Teenager, und der Spiegel ist eure tägliche Obsession. Du, Kate, bist bereits eine Expertin in puncto Make-up, wobei du merkwürdigerweise beteuerst – zu Recht, muss man sagen –, dass du es nicht wirklich brauchst. Und du, Nick, suchst fortwährend einen echten Grund, jenen Rasierapparat zu benutzen. Aber ihr schaut sowieso bloß eure Gesichter an. Ich habe euch beobachtet. Und obwohl ihr es beide tut, möchtet ihr gern den andern dabei erwischen, so als sei es etwas irgendwie Beschämendes und Verwerfliches – so als ob ihr, dachte ich manchmal, wenn ihr in den Spiegel seht, in Wirklichkeit einander anschaut.

Im Grunde wollt ihr beide sehen – das weiß ich, ganz bestimmt –, wer ihr wirklich seid. Ihr wollt sehen, wie jenes noch zögernde und völlig für sich bestehende Geschöpf tatsächlich endlich zum Vorschein kommt. Aber jetzt, von morgen an, wird euer angestrengter Blick eine gänzlich neue Dimension bekommen.

Tatsache ist doch: Er ist irgendwo da draußen, nicht wahr?

Was ich in all den Jahren, als ich grübelte und immer noch schwankte – und manchmal mein Gesicht im Spiegel betrachtete, als würde das helfen –, dachte, war Folgendes: Angenommen, es existierte wirklich. Was im Grunde nichts anderes heißt, als dass es wirklich existiert. Gerade deshalb, weil ich nie sein Gesicht oder, was das betrifft, irgendetwas anderes von ihm sehen würde. Ein anderer Mann, den ich niemals kennenlernen würde. Ein anderer Mann, der nicht Mike war. Das ist der Grund, warum ich das erste Mal zurückschreckte, damals, als euer Vater mit Doktor Chivers sprach.

Vielleicht ist diese Hürde für andere Frauen nicht unüberwindbar. Sie sind vielleicht verzweifelter oder vernünftiger. Es ist einfach etwas, was in einer Klinik passiert. Aber es ist die Vereinigung – ist das im Zeitalter der DNA zu bezweifeln? – zweier Menschen. Und der einzige Weg, um diese Hürde zu überwinden und herauszufinden, was ich wirklich über das Ganze dachte, war, dieses vorweggedachte Gespenst zu exorzieren, die Sache wirklich in Person und doch hypothetisch zu tun und zu sehen, wie es war.

Da bitte, ich habe es gesagt.

Und nachdem ich noch ein bisschen mehr gesagt habe, denkt ihr vielleicht, dass das alles schrecklich dummes Zeug ist. Ich wusste damals nicht, was ich wollte? Ich weiß es auch jetzt nicht. Und habe ich nicht gerade vom Lügen geredet?

Ich fühlte mich einfach angezogen von unserem nicht unattraktiven Tierarzt Alan Fraser, denkt ihr vielleicht. Von seinen fähigen Unterarmen mit den aufgekrempelten Ärmeln, als er Otis untersuchte. Davon, wie er Otis selbst in dessen schlechtem Zustand zum Schnurren brachte. Von seiner Unverfrorenheit und Direktheit, sogar wenn – sogar weil – er die Grenze überschritt. Davon, wie er so schnell begriff, was mit mir los war, während er mich die ganze Zeit mit teilnahmsvollen vierzigjährigen, aber – ich muss es sagen – ein ganz klein wenig jungenhaften, ein ganz klein wenig unvernünftigen graublauen Augen ansah.

Ganz davon abgesehen – ich werde jetzt nicht verschämt tun –, dass er mich anziehend fand. So etwas entgeht einem nicht. Jene Kunden in dunklen Anzügen mit ihren wie rote Flammen aus der Brusttasche lugenden Taschentüchern, die bei Walker nicht nur die Bilder betrachten. Simons eigene kleine, niedrig brennende Flamme. Zweiunddreißig: aber ich wusste, dass ich etwas dazugewonnen hatte – zwar auch etwas verloren, nämlich die erste Jugendblüte, aber auch etwas gewonnen – du wirst herausfinden, Kate, wie das läuft.

Ganz abgesehen von dem sicheren, beichtstuhlartigen tierärztlichen Umfeld, in dem das alles unter Otis' Aufsicht stattfand. Jetzt beichte ich euch.

Ich vertauschte sogar indirekt die Rollen. Das heißt, ich stellte mir euren armen Vater als … Tierarzt vor. Für einen ehemaligen Biologen kein so unwahrscheinlicher Beruf und auch kein so schlechter und kaum ein Abstieg. Tierärzte können ganz anständig leben. Aus Loyalität eurem Vater gegenüber – wenn ich das sagen darf – habe ich Alan Fraser nicht von seinem offensichtlichen Respekt vor dem Herausgeber der *Living World* befreit. Ich habe nicht gesagt, sie möge ja *Living World* heißen, werde aber von einer Mansarde in Bloomsbury aus geleitet. Aber andererseits hatte ich ihm, einem völlig Fremden, bereits sämtliche Informationen hinsichtlich der Spermien meines Mannes geliefert.

Aus Loyalität – und auch Ehrlichkeit – gegenüber eurem Vater habe ich Mike von diesen tierärztlichen Gesprächen erzählt, sogar von ihrem nicht-tierärztlichen Element. Ich sagte ihm sogar, er solle die Bekanntschaft Alan Frasers machen, was er auch tat. Sie mochten sich. Und falls das Thema Familie, die Frage, ob man eine haben solle oder nicht, zwischen ihnen aufkam, dann hat das offensichtlich nicht zu Unstimmigkeiten geführt. Euer Vater hatte sich nicht gezwungen gesehen, Alan Fraser einen Kinnhaken zu verpassen. Zwei Wissenschaftler, zwei erwachsene Männer.

Ein paar Monate später, als Fraser, der noch kein volles Jahr da gewesen war, recht unerwartet woanders eine Praxis übernahm, sollte euer Vater sogar sagen, dass es ihm leidtue.

Ich komme zu dem schwierigen Teil. Und da ich jetzt dabei bin, hat es keinen Zweck, drumherumzureden. Also los! Alan Fraser und ich sind an einem Wochenende zusammen weggefahren. Das ist sogar eine Übertreibung. Es war nur eine einzige Nacht, eine Freitagnacht, das kann man eigentlich kein Wochenende nennen.

Jene Reise nach Vendig war im ersten Halbjahr nicht meine einzige Geschäftsreise gewesen. Im Januar war ich allein in Paris gewesen, und im Mai hatte noch eine zweite Parisreise stattgefunden. Nur dass es keine war. Der Mai ist wunderschön in Paris, und es hätte eine weitere, schamlos ausgenutzte Gelegenheit sein können, einen Kurzurlaub für zwei, gesponsert von W&F, zu arrangieren. Besonders, da ich angeblich an einem Freitag in Paris zu sein hatte.

Aber Otis' Rückkehr lag noch nicht so lange zurück, und obwohl er sich durchaus auf dem Weg der Besserung befand, musste er immer noch überwacht werden, genau genommen von einem Tierarzt. Wir konnten ihn wohl kaum jetzt schon in eine Katzenpension verfrachten. Außerdem hatten wir zu der Zeit anderes im Kopf, unsere neu entflammte Debatte, die die Freuden eines Wochenendes in Paris nur trüben konnte. Euer Vater sagte sogar: »Ein anderes Mal. Aber bleib doch den Sonnabend da, wenn du möchtest.« Er sah mich in Gedanken vielleicht grübelnd in Paris umherwandern, um mir über das Thema Mutterschaft klar zu werden.

Nein, sagte ich, ich würde umgehend am Sonnabendmorgen zurückkommen. Ich wollte nicht, dass er mit meinem Anruf rechnete. Oder umgekehrt. Ich wollte einen sauberen Abgang. Aber ich gab eurem Vater – es war ein Risiko – den Namen und die Telefonnummer des Hotels, in dem ich davor, im Januar, übernachtet hatte. Meine Flugscheine wollte er nicht sehen. Warum hätte er auch? Ich hätte ohnehin gesagt, dass sie hinterlegt worden waren.

Ich war überhaupt nicht in Paris. Es war keine Geschäftsreise. Alan – ich nenne ihn einfach Alan, ja? – bot mir nicht Paris. Ich war nicht gerade in der Position, ihm etwas vorzuschreiben, aber, um fair zu sein, er wollte auch nicht knauserig wirken oder mir das Gefühl geben, ich sei billig. Keinesfalls seine Wohnung in Stockwell.

Für mich war mit dem allen nicht wenig List und Täuschung verbunden. Das ist keine Entschuldigung, aber es zeigt mir, wie wichtig es für mich war. Er war ungebunden, geschieden, ein ziemlich schlechter Zeuge für ein geglücktes Familienleben, könnte man sagen, also das genaue Gegenteil von dem, was mich zu dem Zeitpunkt hätte verlocken können. Obwohl Verlockung, wie ich zu erklären versuche, nicht mein einziges oder hauptsächliches Motiv war.

Er war natürlich auf der Suche, machen wir uns nichts vor. Auch er experimentierte und hatte dieses zweckmäßige Wort vielleicht sogar selbst benutzt. Wo würde ein geschiedener Tierarzt wohl zuerst anfangen zu suchen? Ich weiß nicht, wie viele Experimente er möglicherweise schon durchgeführt hatte. Was ich jedoch sicher weiß, ist, dass er mein einziges Experiment war, mein einziger Probelauf – je.

Und er fuhr nicht mit mir nach Paris, obwohl er mich

unbedingt beeindrucken wollte. Ich nahm den Morgenzug nach Gatwick, so als wollte ich mir selbst einreden, dass ich in Wirklichkeit immer noch nach Paris flöge. Er holte mich mit dem Auto ab, und wir fuhren ein bisschen durch Sussex, um die Zeit totzuschlagen, und aßen in einem Pub zu Mittag.

Dann fuhr er mit mir zum Gifford Park Hotel, ein Fünf-Sterne-Hotel schon damals. Versteht ihr mein Dilemma?

# 23

Eigenartigerweise sehe ich mich jetzt im Hôtel Gustave, rue de Grenelle, Paris, allein schlafen, da, wo ich zu Anfang jenes ereignisreichen Jahres 1978 wirklich geschlafen habe und wirklich allein. Damals wusste ich natürlich nicht, wie ereignisreich jenes Jahr werden würde, und wusste auch nicht, dass ich ein paar Monate später vorgeben würde, in demselben Pariser Hotel geschlafen zu haben, während ich in Wirklichkeit gar nicht so weit von zu Hause und nicht allein schlief. Wenn man schon lügt, dann sollte man ein paar Körnchen Wahrheit darunter-mischen.

Und selbst als ich im Mai mit unserem Tierarzt Alan Fraser in Sussex schlief, dachte ich über mich selbst in Paris im Januar nach, der gerade mal eben vier Monate zurücklag, aber so, als ob ich über eine andere Frau nachdächte, über ein unschuldiges Ich aus lange zurückliegender Zeit. Vielleicht hätte es andersherum sein sollen. Ich hätte im Frühling unschuldig und im Winter verschlagen sein sollen. Januar und Mai – ein sprichwörtliches Motiv, ein gar nicht so ungewöhnliches Thema für die Maler der Vergangenheit. Was ihr nur allzu gut wisst, denn wir haben in unserer Rutherford-Road-Sammlung eine kleine allegorische Darstellung genau dieses Themas von dem venezianischen Maler Vareschi. *Gennaio e Maggio*. Vareschi gilt nach allen kunstgeschichtlichen Einschätzungen als ziemlich unbedeutender alter Maler, aber sein Werk hat seinen Preis, und es ist ein Maßstab für irgendwas, dass wir überhaupt einen besitzen.

Da sitzt er jedenfalls, der Januar, meine ich, dürr und graubärtig, und betrachtet nachdenklich den Mai in Gestalt eines fast nackten, äußerst attraktiven jungen Mädchens in einem lauschigen grünen Winkel, der zu einem Obstgarten oder zu einem Phantasiewald gehören mag. Früchte von unbestimmter, aber in der Form irgendwie an Hoden erinnernder Form hängen jedenfalls im Laubwerk – es könnte Herbst wie auch jeder andere Monat des Jahres sein –, und man sieht einige Rosen mit ganz besonders spitzen Dornen.

Ihr mögt euch gefragt haben, so empfindsam, wie ihr sonderbarerweise seid, wie so ein Ding in unserem Haus einen Platz finden oder überhaupt jemals mit einem Goldrahmen versehen werden konnte. Es ist schließlich ein alter Lustmolch, der sich am Anblick jungen Fleisches aufgeilt, nicht wahr? Nur, dass es natürlich »Kunst« ist, was alles Mögliche rechtfertigt, und dass es teuer ist. Es ist das Geschäft eurer Mutter. Und im Übrigen – aber was interessiert euch das, mit sechzehn – ist es eine immer gültige und viel besuchte Allegorie, die ganze traurige Geschichte des Lebens. Der alternde Mann, dessen Virilität allmählich nachlässt, ist auf der Suche nach seiner verlorenen Jugend. Er lacht sich ein junges Mädchen an und nimmt es mit in ein Hotel. Aus einem merkwürdigen, immer gleich bleibenden Grund ist ihm das junge

Mädchen häufig gefällig. Der Januar ist zugleich – auch wenn Vareschi nicht darauf anspielt – der Doppelköpfige, der mit den zwei Gesichtern. Oft hat das Ganze auch noch mit dem Betrügen einer Ehefrau zu tun.

Kaum die Situation, in der Alan Fraser und ich waren: er mit einundvierzig und geschieden, ich mit zweiunddreißig und verheiratet.

Aber ich dachte an jene Frau vom vorangegangenen Januar, als dächte ich an jemanden, der nur halb so alt war wie ich.

Es hatte typisches Januarwetter geherrscht, kalt und still und glitzernd, die Art von Winterwetter, die den Pariser Stein zum Strahlen bringen kann. Ich hatte damals Zeit gefunden, nicht grübelnd, sondern einfach zufrieden an der eisigen Seine entlangzugehen. Das Wasser und die weißen Kaimauern blendeten mich, und die Luft zwickte mich in die Ohren. Und ich wünschte mir, Mike wäre bei mir, und unser dampfender Atem würde sich vermischen. Gab es irgendeinen schönen Augenblick in meinem Leben, den er nicht mit mir hätte teilen sollen? Trotzdem sog ich das ungewohnte Vergnügen einer Trennung ein, die kaum eine war – bloß eine Mittwochnacht in Paris – und jetzt ohnehin fast schon vorüber.

Vielleicht war ja in London auch so ein Morgen, dachte ich, und dasselbe Licht bahnte sich einen Weg durch das Holzaschegrau von Bloomsbury und streifte die Fenster von Mikes engem Mansardenbüro oben zwischen den knorrigen, gefleckten Ästen der Platanen, die das Zentrum des Ormond Square füllen.

Jetzt haben wir unser eigenes Haus in Frankreich.

Es war nur eine Woche bis zum Geburtstag eures

Vaters, und ich hatte ihm gerade eben in einem Antiquitätengeschäft in der Rue Bonaparte sein Geschenk gekauft. Es war einer jener kleinen Messingkalender, die man auf den Schreibtisch stellt, mit einer drehbaren Anzeige des Wochentages, des Datums und des Monats. Ein besonders schön geformtes und konstruiertes Exemplar, mit eleganter Schnörkelverzierung und Ziselierung, kombiniert mit einer Federhalter-Ablage. Und mit dem angenehmen Unterschied, dass das Datum, natürlich, auf Französisch war. Ich sah mich, bevor ich den Kalender einwickelte, ihn auf das für euren Vater – und mich – entscheidende Datum stellen: *le 20 Janvier*.

Jetzt steht er auf seinem Schreibtisch in dem Arbeitszimmer, und die schwarzen Zahlen und Buchstaben auf der weißen Emaille werden regelmäßig weitergedreht. Und falls ihr euch jemals gefragt habt: Nun, ich habe ihn in Paris im Januar 1978 gekauft. Für mich damals keine ganz billige Laune. Heutzutage können wir einen Vareschi kaufen. Ich erblickte den Kalender im Schaufenster, gerade als das Geschäft aufmachte, ging hinein und zögerte nicht. Ein elektrisches Heizgerät glühte vor sich hin, während ich meine Franc auf den Ladentisch zählte. Als ich in der kristallklaren Luft auf der Pont des Arts stand und den klassischen Blick in mich aufnahm, wartete mein Kauf darauf, dass ich ihn nach meinem Spaziergang auf dem Rückweg zum Hotel abholte. Dann würde ich auschecken und nach Hause fliegen, zu Mike.

Wird er daran denken, morgen das Datum weiterzudrehen? Oder wird er wollen, dass der Kalender immer auf gestern stehen bleibt? *Le 16 Juin* 1995.

Es gibt Momente in unserem Leben, auf die wir, auch

wenn wir es zu dem Zeitpunkt noch nicht wissen, später zurückblicken und uns dann als jemand sehen, dessen Leben in der Schwebe ist, sich an einem geheimnisvollen Angelpunkt befindet. Was gab es nicht alles, für das ich dankbar zu sein hatte! Ganz Paris lag funkelnd vor mir. Ich hatte einfach keine Ahnung, was das Jahr bringen oder wegnehmen würde oder welche anderen Hotelzimmer ich außer jenem im Gustave sehen würde, noch ehe das Jahr zur Hälfte vorbei war. Eins am Lake Windermere, eins in Venedig. Dazwischen eins im Gifford Park Hotel. Und das in Paris gewissermaßen zweimal.

Ein Experiment. Ein praktisches, empirisches (aber streng geheimes) Stadium in unserer laufenden Debatte, und, wie sich herausstellte, das entscheidende. Eure Mutter spielt nur mit euch? Sie war in Wirklichkeit einfach bereit dazu, als dieser Tierarzt seine Hände auf ihrer Muschi hatte? Sie hatte mit ihren zweiunddreißig Jahren – was ja nicht direkt jung und töricht ist, obwohl sie jetzt neunundvierzig ist – einfach Lust, sich so zu verhalten, als wäre sie wieder neunzehn und auf der Uni und vögelte herum? Und hier war ein Weiterer, den sie ausprobieren konnte? Ich glaube nicht.

Was man nicht hat, kann man nicht verlieren. Aber andererseits stimmt es zumindest teilweise, dass man nicht wirklich weiß, was man hat, bis man es verliert oder riskiert, es zu verlieren. Man weiß nicht, was echt ist, solange man das Falsche nicht ausprobiert hat. Aber irgendwann, mit zunehmenden Jahren, kommt er vielleicht zwangsläufig über uns, der perverse und verrückte, aber auf seltsame Weise beinahe kluge Wunsch, alles, was wir besitzen, einer Prüfung zu unterziehen.

Ausreden? Ich bin eben mit Alan ins Bett gegangen. Alan! Und Fraser, habt ihr vielleicht gedacht, ist ein schottischer Name. Ich ließ mich von ihm in seinem Peugeot abholen, um mit ihm eine Freitagnacht in einem Hotel auf dem Land zu verbringen. Ich hatte meine Gründe, aber was dachte er, wohin das führen konnte? Nur eine Nacht? Wie sich herausstellte, war es genau so eine Geschichte, die ihm die Scheidung eingebracht hatte. Er beging den Fehler … den schwerwiegenden Fehler, wie ich meine, es mir zu erzählen. Was nicht dazu angetan war, dass ich mich wohl fühlte. Eine kleine Wochenend-Eskapade, sagte er, die nicht mehr hatte sein sollen, aber er war weitergestolpert, wie es schien, und dann, als es zu spät war, hatte ihn diese andere, namenlose Frau abserviert. Von beiden Seiten bestraft, von der einen, ehelichen damit, dass ihm der Stuhl vor die Tür gesetzt wurde.

Was sollte ich dazu sagen? »Aber, aber«? Oder »Das ist hart!«? Oder sogar: »Diese Ziege!«? Und jetzt, mit mir, riskierte er natürlich nichts, er hatte bereits alles verloren.

Ich riskierte vielleicht alles, was ich hatte.

Ich glaube, was sich die Menschen von diesen Midlife-Episoden oft erhoffen – und beachtet bitte, aus welch reicher Erfahrung ich spreche –, ist etwas nicht besonders Aufregendes, nämlich eine Vergleichsmöglichkeit. Eine ganze Zeitlang hatten sie keine, hatte es zu den Spielregeln gehört, dass sie darauf verzichteten. Aber ist das denn wirklich – was für Überredungskünste – etwas so Ungeheuerliches? Sie wünschen sich die Bestätigung, die Belehrung oder vielleicht die schiere Überraschung durch den Vergleich. Das Leben schneidet einen vom Vergleich ab. Es hätte jemand anders sein können, nicht Mike. Ich hätte Mike auch nie treffen können. Ich Arme! Und wenn nicht Mike, dann wäre es jemand anders gewesen. In den Sternen steht nichts geschrieben.

Aber ich hatte natürlich meinen ganz besonderen Grund, erfahren zu wollen, wie es war, wenn man mit einem anderen Mann ins Bett hüpfte, obwohl man noch einen Ehemann hatte. War er sich bewusst, dass er ein »Präzedenzfall« war? Vielleicht schon. Nach all den Unterhaltungen in seiner Praxis, all dem unpassenden Gerede von Befruchtung. Vielleicht war es sogar eine Art taktischer Zug von ihm, eine ungewöhnliche, aber zweckmäßige Verführungsmethode. Und ich ließ mich »verführen«.

Und er war ein nachweisbarer, geübter Vater, wenn auch nicht das leuchtende Beispiel für Vaterschaft: zwei halbwüchsige Kinder. Jetzt, wie es aussah, nur zwei Katzen. Was hat er übrigens mit *denen* gemacht, während wir uns nach Sussex (Paris) davonstahlen? Mussten sie einfach zusehen, wo sie blieben?

Mike hatte sich in Herne Hill vermutlich ein Abendessen auf einem Tablett gerichtet und sich damit vor den Fernseher gesetzt. Und dann ahnungslos allein geschlafen, das heißt, wenn man den immer noch schwachen Otis nicht mitzählt, der zusammengerollt auf einer Ecke des Oberbetts lag. Aber um diese Zeit war Mike dann auch bestimmt derselbe Gedanke durch den Kopf gegangen: dieses primitive Hindernis, dieses vulgäre, unwissenschaftliche Schreckgespenst, das vertrieben werden musste, nämlich dass seine Frau, dass Paula es – wenn auch nicht direkt aus nächster Nähe und eindeutig – mit einem anderen Mann tun würde.

Oje! In jener Nacht regnete es auch noch, obwohl es zu Anfang ein schöner Maitag gewesen war, der mit einem milden, diesigen Abend geendet hatte. Abendessen im »Akenhurst Room«, mit Eichentäfelung und von Kerzenlicht erhellt, während die ersten Tropfen apologetisch auf die Terasse draußen zu trommeln begannen. Er brauchte einfach nur weibliche Gesellschaft, eine Frau, die das Bett mit ihm teilte? Es hatte vielleicht eine Weile gedauert, und er hatte sich viel Mühe machen und erhebliche Unkosten in Kauf nehmen müssen, oder gemeint, er müsse es. Es war richtig rührend. Ich hätte mich geschmeichelt fühlen sollen. War ich jemand Besonderes für ihn geworden? Sah er in mir eine Ersatz-Missis-Fraser? War er im Begriff, sich in mich zu verlieben? Gott bewahre!

Ich hörte mir noch mehr Einzelheiten aus seinem unglücklichen Familienleben an und überlegte, was ich ihm von meiner Familie erzählen könnte. Von den Scheidungen meines verstorbenen Vaters zum Beispiel, von seinen drei unglücklichen Ehen. Ja, und übrigens war er Richter am Obersten Gerichtshof. Und das Thema wechselnd, hätte ich erwähnen können, dass Mike, den Alan natürlich inzwischen kennengelernt hatte, früher, bevor er für The Living World tätig wurde, über Schnecken gearbeitet hatte. Ja, Schnecken. Vielleicht hatte sie Mike ja selber erwähnt. Andererseits, wenn das der Fall gewesen wäre, hätte Alan wohl nicht beschlossen, sie zu essen. Ein weiterer schwerer Fehler. *Escargots*: Sie standen auf der ausgesprochen gallischen Speisekarte des Gifford, und für Alan war es, wie für manchen Engländer, nahezu Ehrensache und eine Frage von vermeintlicher Tapferkeit, sie zu bestellen. Hätte ich etwas sagen sollen?

Für euren Vater und mich, die wir nahezu alles essen, sind sie immer absolut tabu gewesen.

Und als ich so mit meinen Gedanken in Frankreich war, dachte ich später in der Nacht an jene Frau im Januar in Paris, wo ich angeblich in diesem Augenblick sein sollte. »Jenes Mädchen«, wie ich sie fast genannt hätte. Und es war wirklich so, dass ich beschützend die Hand ausstrecken wollte, um ihr, wie sie da völlig glücklich in dem wunderbaren kalten Licht auf der Brücke stand, den Kragen hochzuschlagen und ihr den Schal etwas enger um das Kinn zu stecken. Aber Moment mal, werdet ihr sagen: Ich hatte Zeit zu *denken*, nachzudenken, solche liebevollen Bilder heraufzubeschwören, und das in dieser abenteuerlichen und eindeutig ehebrecherischen Nacht, in der Denken wohl kaum sehr weit oben auf dem Programm stand?

Ja, ich hatte viel Zeit. Ohne in weitere Einzelheiten zu gehen, meine Nacht mit Alan Fraser endete ein bisschen so, wie es jetzt ist. Ich meine, in einer wichtigen Hinsicht überhaupt nicht wie jetzt, aber in anderer Hinsicht genauso. Es regnete sogar. Die banale Wahrheit ist, dass er auf mir einschlief und ich wach blieb. Wir hatten beim Essen geredet, wir sprachen beim Vorspiel, ganz bestimmt gab es sogar während der Sache selbst keuchendes Gestammel – aber es gab herzlich wenig Bettgeflüster. Ich habe mit ihm geschlafen, ich habe mit unserem Tierarzt geschlafen. Ich habe all die Dinge getan, die das einschließt. Aber, um ganz genau zu sein, er schlief mit mir, ehe ich mit ihm schlief, und ich lag lange wach, bevor ich ebenfalls einschlief.

Vielleicht habe ich ihn einfach »befriedigt«. Das ist kein Verdienst. Er war einfach weg, wie es bei befriedigten Männern unhöflicherweise oft der Fall ist. »Bei Männern«, hört euch das an! Er war der Tierarzt, aber ich habe ihn eingeschläfert. Nicht viel Bettgeflüster? Eigentlich fast gar keins, ich hätte es mir noch so sehr wünschen können.

Ich lag einfach wach da, ohne den besonderen Wunsch zu schlafen und sogar ohne mich nicht beachtet zu fühlen. Um ehrlich zu sein, mich überfielen nicht einmal Schuldgefühle oder Reue. Ich dachte einfach nur ständig vor mich hin, so als brauchte ich tatsächlich diesen schlafenden Fremden neben mir, um meine Gedanken in Gang zu setzen.

So ähnlich wie jetzt. Vielleicht ist das eine alte und immer wiederkehrende Situation. Du wirst das alles noch kennenlernen, Kate. Eine Frau tut ihr Bestes, eine Geliebte zu sein, und dann, ehe sie sich's versieht, wird sie zur Mutter mit einem schlafenden Schützling neben sich. Aber natürlich ist Mike hier kein Fremder. Und als ich da so neben Alan Fraser lag, dachte ich hauptsächlich an euren Vater. Das meine ich mit »Vergleich«.

Oh, wie ich euren Vater liebe!

Das Zimmer lag an einer Ecke des ersten Stocks. Es war eins der besten im Hotel. Es hatte tatsächlich ein Himmelbett. Er hatte für dieses Fünf-Sterne-Haus ganz schön blechen müssen, und ich war zu höflich oder zu willfährig, wenn man das so sagen kann, um Einspruch zu erheben. Wie viel hätte es ihn wohl gekostet – einfach nur einzuschlafen? Ich hatte das Gefühl, dass der Ort möglicherweise eine besondere Bedeutung für ihn hatte, und ich wollte nicht nachforschen. Und ich war ganz bestimmt zu taktvoll oder zu entgegenkommend, um die beunruhigende Bedeutung des Ortes für mich zur Sprache zu bringen. Nicht so sehr des Hauses selbst – obwohl es jetzt ganz genau so eine Bedeutung hat –, sondern eher seiner Lage. Musste es ausgerechnet Sussex sein, und dann auch noch gar nicht so weit entfernt von der angestammten Domäne der Hooks?

Ihr versteht mein Dilemma? Was soll ich sagen, und das knapp eine Woche vorher? »Sag das Ganze ab!«? Oder, noch absurder: »Könnte es nicht irgendein anderes Hotel sein?«? Ich habe natürlich meine Entschuldigung und meinen rettenden Ausweg, nämlich *euch*. Euch und meinen völlig angemessenen Mutterinstinkt. Wie können wir zu so einem Zeitpunkt an unseren Hochzeitstag auch nur denken, selbst wenn es unser fünfundzwanzigster ist! Wie können wir so bald danach einfach wegfahren und unsere angeschlagenen und seelisch mitgenommenen Nestlinge so ganz allein lassen?

Checkt ihr, was Sache ist?

Und doch kann ich alle Gründe eures Vaters verstehen, seine Bedürfnisse und seine dringliche Planung für Notfälle. Das Ganze ist sogar sinnvoll: Zeit für euch allein, um nachzudenken und alles durchzusprechen. Ihr seid ja eben keine hilflosen Kinder mehr. Und es ist nun einmal unser fünfundzwanzigster. Ich sehe jetzt, was es mit dieser Sussex-Geschichte auf sich hat: Es ist *unser* Territorium. Nur sechs Meilen von Birle entfernt, und zumindest für ihn verläuft *diese* Nabelschnur in der Richtung. Und diese Richtung bringt uns auf Großmutter Helen: Was wird sie denken, wenn wir an unserem besonderen Jahrestag nicht auch etwas Besonderes machen?

Angenommen, es ist *dasselbe Zimmer*. O Gott. Angenommen – ist das möglich, nach siebzehn Jahren? –, es ist sogar dasselbe Bett. Mike wird natürlich nur das Beste verlangt haben, ganz klar, ohne Rücksicht auf die Kosten, einer der Gründe, warum er so lange im Voraus gebucht hat.

Es gibt für mich keinen Ausweg. Ich muss einfach so tun als ob, lächeln und so tun als ob. Oder das Ganze als groteske und entsetzliche Gelegenheit zur Beichte betrachten. Zusätzlich zu allem andern? Mikey, verzeih mir, bitte, verzeih mir. Glaub mir, es diente alles einem guten Zweck.

Das Problem ist, dass ich weiß, dass er – was in Wirklichkeit »wir« bedeutet – es *euch* überlassen wird. Wir werden euch morgen auffordern, uns in jeder möglichen Hinsicht zu beurteilen, aber in dieser schwierigen, zweitrangigen Angelegenheit werden wir euch um euer Urteil bitten. Ob ihr es nämlich für richtig haltet, dass wir uns an diesem speziellen, traumatischen Punkt in eurem Leben davonmachen zu einem Fünf-Sterne-Hotel und euch hier mit dem Inhalt des Kühlschranks zurücklassen.

Aber mein Gefühl sagt mir, dass ihr uns eure »Erlaubnis« erteilt. Ich kann mich nicht in eure Lage versetzen, aber das ist mein Gefühl oder, in gewissem Sinne, meine aufrichtige Hoffnung, weil das bedeuten würde, dass das, was morgen stattfindet, gut gegangen ist, soweit so etwas »gut gehen« kann. Aber wenn ihr uns gehen lasst wie begnadigte Gesetzesbrecher, damit wir unseren

Hochzeitstag feiern können, wird mir das in einer Hinsicht überhaupt nicht helfen.

Ich möchte beides haben. Ich möchte einerseits ins Gifford gehen und andererseits auch wieder nicht. Ich möchte, dass ihr dem zuhört, was ich euch erzähle, und auch, dass ihr es ganz und gar nicht hört. Versteht ihr, was ich meine? Jede Drehung und Wendung.

Ein Eckzimmer. An die Nummer kann ich mich nicht erinnern. Vielleicht auch besser so. An den Wänden hingen Kupferstiche von Landschaften in Sussex. Eine Sepiafotografie von Leuten in Tweedsachen, die sich in einem Kombiwagen zusammendrängen. Durch ein von Glyzinien umranktes Fenster hatte man einen schönen Blick auf die wie immer anzüglichen Downs. Und es gab ein Himmelbett mit gedrehten Eichenpfosten und einem Baldachin aus Chintz. Stellt euch eure Mutter vor siebzehn Jahren in solch einem Zimmer vor. Neben ihr liegt ein Mann, den sie kaum kennt, draußen fällt Regen auf die Glyzinienblätter. Hat es wirklich stattgefunden, dieses merkwürdige kleine Abenteuer? Es kommt mir jetzt ebenso unbedeutend und weit entfernt wie auch himmelschreiend vor, wie ein eben entdecktes Verbrechen. Und doch hat es seinen Zweck erfüllt, und man kann sagen, dass es ohne diesen bizarren Ausflug, der wunderbarerweise gleichzeitig eine Reise nach Paris umfasste, euch vielleicht niemals gegeben hätte.

Euer Vater hat mir die Hochglanzbroschüre gezeigt, die man ihm geschickt hatte. Ich wusste bereits Bescheid: Ein Herrenhaus aus der Zeit Jakobs I., Sitz der Familie Akenhurst, im 19. Jahrhundert prachtvoll erweitert von den Giffords, die ein Vermögen mit Gummi gemacht hatten. Unser Zimmer, ich meine Alans und meins, lag im alten Teil. Es gab dort eine knarrende, uralte Treppe, die einem sofort das Gefühl vermittelte, dass man etwas Heimliches tat. Gesichter mit langen Bärten über Halskrausen beobachteten jeden Schritt, den man tat. Es ist unvorstellbar, dass etwas so Altes und Erhaltenswertes in weniger als zwanzig Jahren so umgestaltet werden konnte, dass es, was seine ungemütlichen Aspekte betrifft, nicht wiederzuerkennen war. Ich kann nur hoffen.

Draußen war – und ist bestimmt immer noch – ein wunderschöner Garten: Rasenflächen, von Eiben eingefasste Wege, Springbrunnen und einige Gruppen ein klein wenig ordinärer Statuen – eine Schwäche der Giffords –, die klassische Szenen darstellen. Diana und Actaeon selbstverständlich, Narziss, der sich über einen Teich beugt. Wir hatten vor dem Abendessen ihre halb bekleideten Gestalten auf einem Rundgang betrachtet. Ich dachte an sie, wie sie da draußen im Regen standen gleich Geschöpfen in einem versteinerten Zoo und wie sich an ihren steinernen Brustwarzen und Kinnen Tropfen bildeten. Die Giffords mit ihrem neuen Gummigeld hatten eine Vorliebe für Ahnen und Mythen.

Seine Haut hatte ihren fremden, aber ausgeprägt persönlichen Schweißgeruch. Mein Schweiß muss für ihn auch seinen eigenen Geruch gehabt haben. Einen individuellen und doch gattungstypischen Geruch. Mit zweiunddreißig konnte ich mich an ihn aus früheren Zeiten noch so eben erinnern, an den scharfen, animalischen Geruch von jemandem, mit dem man noch nie nackt zusammen gewesen war.

Oder, in diesem Fall, niemals wieder sein wird. Unseren Aufbruch am nächsten Morgen gestalteten wir kurz. Es war wieder ein klarer, strahlender Tag. Die Pfützen auf der Terrasse glänzten im Sonnenlicht. Die geschwungenen Linien der Downs waren wie von sicherer Hand gezeichnet. Ich hatte schließlich doch geschlafen, und das tief und fest. Und ich war bei glasklarem Verstand und fest entschlossen. Ich wusste jetzt, dass es ging, dass es absolut in Ordnung war.

Ich bat Alan, mich in East Croydon abzusetzen, damit ich von dort aus mit dem Zug fahren konnte. Auf diese Weise konnte ich pro forma so tun, als hätte ich von Paris einen Flug nach Gatwick genommen, der, den Zeitunterschied mit eingerechnet, wohl so gegen zehn Uhr gestartet war. Dann ein weiterer Zug von Victoria Station nach Herne Hill. Ich hatte nur einen leichten Kurzreisekoffer. Das ziemlich enge kleine Schwarze in seinem Innern fände seine Erklärung in der Cocktailparty, an der ich teilnehmen musste.

Ich war bereit, peinlich genau an einer erfundenen Geschichte festzuhalten, an der euer Vater in all den siebzehn Jahren nicht einmal gezweifelt hat, geschweige denn, dass er dahintergekommen wäre. Aber er fragte mich auch kaum, wie es in Paris gewesen war, weil ich bald nach meiner Rückkehr schnell und energisch das Thema wechselte. Vielleicht hatte ich ihn sowieso in diesem noch von Kummer überschatteten Frühling mit meinem glücklichen, Froh-dass-ich-wieder-zu-Hause-bin-Strahlen, mit meiner Umarmung, bei der ich mich fest an ihn drückte, überwältigt. Es war ein schöner Sonnabend im Mai, kurz vor Mittag. Ich sagte: »Lass uns in den Dulwich Park gehen, Mikey. Und uns die Enten anschauen. Und dann lass uns im Greyhound was trinken. Ich habe, als ich in Paris war, nachgedacht, und auch gerade eben im Flugzeug. Künstliche Insemination. Ich bin absolut sicher. Kein Problem, ich mach's.«

# 24

Falls euch jetzt irgendwelche Zweifel gekommen sein sollten, möchte ich eins absolut klarstellen: Alan Fraser, Mitglied des königlichen College der Tierärzte, ist nicht euer Vater. Keiner von euch beiden hat graublaue Augen. Wir, das heißt er, haben alle nötigen Vorsichtsmaßnahmen getroffen. Schließlich waren wir in einem Haus, das einmal Gummibaronen gehört hat. Ich war natürlich in solchen Dingen nicht mehr ganz auf dem Laufenden.

Auf alle Fälle war das nicht der Sinn der Übung. Der Sinn der Übung war – hypothetisch. Alan Fraser ist genauso wenig euer Vater wie Otis. Es ist nur so, dass ihr ohne den einen wie auch ohne den anderen vielleicht überhaupt nicht da wärt.

Aber natürlich muss es eine *praktische* Übung gegeben haben. Es ist vielleicht nicht weise, allzu gründlich nachzuforschen, wie wir zustande gekommen sind, aber da wir euch morgen mit der ganzen Sache in voller Absicht konfrontieren werden, da ihr entdecken werdet, dass ihr das Resultat sorgfältigster Berechnung seid, werdet ihr zumindest wissen wollen, wie die Sache tatsächlich vonstatten ging. Selbst wenn ihr nicht fragt, werdet ihr zweifellos nachdenklich werden. Ob ihr wollt oder nicht, ihr werdet ein bestimmtes Bild von eurer Mutter bekommen.

Aber was weiß ich, vielleicht fragt ihr ja. Vielleicht seid ihr beide ja hemmungslos hungrig nach jedem möglichst anschaulich geschilderten Detail. Die jungen Leute heutzutage sind nicht gerade zurückhaltend. Ich habe wirklich versucht, mir jede nur denkbare Art von Reaktion vorzustellen, von Empörung bis zu Gelächter, so dass mich vielleicht nichts überraschen wird. Vielleicht werdet ihr es sogar aufregend finden, dass ihr auf eine so besondere Art zusammengebraut worden seid. Vielleicht wollt ihr dafür eine Plakette haben (ich hoffe nicht, was sollte da draufstehen?). Und ihr werdet überhaupt nicht das Gefühl haben, vorsichtig sein zu müssen. Na komm, Mutter, spuck's aus. Wir sind aus einem Reagenzglas gekommen?

Nein, das stimmt nicht ganz. Ihr seid aus mir gekommen – wie ich euch einmal erklärt habe, wisst ihr noch? Schließlich und endlich bleibt die wunderbare Tatsache und die Freude meines Lebens, dass ihr aus mir gekommen seid. Habe ich euch schon mal gesagt, wie sehr ich euch liebe? Hat es euer Vater getan?

Es ist wohl ohnehin kaum ein Geheimnis, wie es vonstatten ging, wie es vonstatten gehen musste. Ein bisschen technisches Denken wird es euch sagen. Es ist nicht geheimer, mysteriöser oder romantischer, fürchte ich, als ein Besuch beim Zahnarzt. Zunächst gab es sogar ein gewisses Maß an öder Bürokratie, Ausfüllen von Formularen und Fragen und Antworten. Als Erstes gingen wir beide wie verantwortungsvolle zukünftige Eltern zu einer Stelle, die mit diesen Dingen befasst ist, und besprachen die Sache, streng vertraulich natürlich.

Wir wurden vertraut gemacht mit der grundlegenden Regel, nämlich der Regel der Anonymität. Diese Regel gilt auch für euch, meine Lieblinge, genauso wie für uns, das werden wir morgen deutlich machen müssen. Es gibt keine Möglichkeit, es zu *erfahren*, auch für euch nicht. Ihr wurdet anonym empfangen – oder genauer gesagt: halb anonym. Allerdings war es innerhalb der Grenzen der Anonymität möglich, wählerisch zu sein, wenn auch nicht gerade übertrieben heikel: Haut, Augenfarbe, Haarfarbe. Man konnte eine gewisse Familienähnlichkeit anstreben. Es war möglich, und das soll jetzt nicht schnodderig klingen, eine Bestellung aufzugeben.

Das war der Punkt, an dem sich euer Vater trotz aller Entschlossenheit und Ergebung ein wenig unbehaglich zu fühlen begann. Es war der Augenblick, in dem »Er« anfing, Gestalt anzunehmen, plötzlich nahe und konkret zu sein, wie jemand, dem man vielleicht schon von *uns* erzählt hatte und der in Bereitschaft stand.

Aber ich blieb ganz ruhig. Ich war mit unserem Tierarzt im Gifford Park Hotel gewesen.

Dann unterschrieben wir die Formulare. Dann musste ich mich einigen Standardtests unterziehen und bekam einen Termin, der von meiner monatlichen Regel abhing. Kurz davor, es war unser Hochzeitstag, fuhren wir nach Venedig. Dann, an einem schönen, sonnigen Morgen Ende Juni, kehrte ich in die Klinik zurück und begab mich in einen speziellen Raum. Euer Vater kam mit. Er hätte das nicht gemusst, und ich meine auch nicht, dass er mit in diesen speziellen Raum kam, sondern er fuhr mich zur Klinik, so als wäre ich eine gebrechliche, ambulante Patientin, die sich gleich etwas potenziell Unangenehmem unterziehen müsse. Wir machten beide Witze über diesen unangebrachten

Vergleich, konnten den Gedanken aber irgendwie nicht loswerden.

Ich weiß nicht, was Mike gemacht hat, während ich – beschäftigt war. Hat er Zeitung gelesen? Von einem Automaten Kaffee aus einem Styroporbecher getrunken? Ist er um den Block gegangen? Oder hat er einfach gewartet, nicht in der Klinik, sondern im Auto auf dem Parkplatz? Jedenfalls hat er gesagt, er würde im Auto warten, nicht drinnen, wo es für die Wartenden Sitze gab und Zeitschriften. Na schön. Als ich durch die Glastür hinaustrat, stieg er aus dem Auto und kam auf mich zu, als brauchte ich vielleicht Hilfe. Armer Mikey, was konnte er schon sagen: Wie war's?

Es dauert nicht sehr lange. Schließlich muss die eigentliche Sache ja auch nicht sehr lange dauern. Ich sehe heute Nacht alles wieder vor mir: diese lächerliche, hell beleuchtete Sachlichkeit. Als bekäme man eine Injektion, einen Stich, bevor man in den Urlaub fährt. Es hatte nichts von der Bedeutsamkeit – des morgigen Tages. Ich wusste, dass es möglicherweise gar nicht klappte. Ich wusste noch nicht einmal, ob ich es selbst als etwas Besonderes oder nur als etwas Zweckdienliches betrachten sollte. Beide Möglichkeiten kamen mir irgendwie wie Verrat vor. Ich versuchte also, überhaupt nicht zu denken. Schließlich ist das bei dem richtigen Vorgang etwas ganz Normales. Man nennt es Empfängnis. Mehr ist auch nicht dahinter.

Es ist wie eine einfache Scheidenuntersuchung. Soweit ich weiß, hattest du noch keine, Kate, da wartet noch ein besonderer Genuss auf dich. Eine Art Spekulum. Nur wird natürlich etwas anderes eingeführt. Eine Schwester nahm mich in Empfang, eine strohblonde Frau ungefähr meines Alters (was mir angenehm war), die sich als Becky vorstellte. Seltsamerweise sehe ich immer noch ihr Gesicht in seinen physiognomischen Einzelheiten genau vor mir. Eine etwas zu spitze Nase, ein etwas zu schmaler Mund. War sie selbst auch Mutter oder unverheiratet? Und als was genau musste ich sie mir denken? Als eine *Schwester*? Eine Hebamme? Das wohl kaum. Eher vielleicht so etwas wie ein Ammen-Gatte, jemand, der einem hilft ... Und sollte man Scherze machen oder ernst sein? Irgendwie schien man zu denken, dass zu viel Humor unpassend sei. Lächeln und freundliche Effizienz, ja, aber das hier war nicht direkt zum Lachen. Auch wenn es die eigentliche Sache manchmal sein kann.

Klinische Neutralität – auf gar keinen Fall erotisches, gedämpftes Licht oder leise Musik im Hintergrund. Und unter all dem das unbestimmte Gefühl, welches die Scherze ohnehin vertreibt, nämlich dass man etwas tut, was falsch ist, verboten oder sogar schädlich, dass man in Wirklichkeit eine Abtreibung vornehmen lässt. Es tut mir leid, ich bin nur ehrlich.

Hinterher wird man aufgefordert, sich einfach hinzulegen und sich ein bisschen »auszuruhen«. Ich weiß nicht, ob das den natürlichen Prozess unterstützen soll oder ob sie tatsächlich denken, man könnte müde sein. Weder eine Tasse Tee mit einem Keks – allerdings hatte ich auch nicht darum gebeten – noch eine postkoitale Zigarette. Natürlich nicht. Ich habe nämlich damals auch ein bisschen geraucht. Aber es wird euch freuen, zu hören, dass ich aufgehört habe, als ich schwanger wurde. Ich hätte dann meinen Tee umgerührt, einen Zug getan und mit Becky geplaudert. »Wissen Sie, ich bin hier wegen einer Katze. Sie heißt Otis.«

Also, nicht direkt ein Reagenzglas. Obwohl es zu irgendeinem Zeitpunkt eine Art Reagenzglas gegeben haben dürfte, nehme ich an, und jemand dürfte da drin gewesen sein, sozusagen. An jenem Tag ist ein Fremder in unser Leben geschlüpft, ein unglücklich gewählter Ausdruck, denn genau das hat er nicht getan, oder jedenfalls nicht direkt, ja und nein. Als euer Vater mich zu diesem speziellen Raum gehen sah, war ich allein, aber als ich durch diese Glastür wieder herauskam, war ich es, so könnte man sagen, gewissermaßen nicht mehr.

Ein Fremder trat in unser Leben, auch das kein unbedingt glücklicher Ausdruck. Und sowieso kein völlig und absolut Fremder, auf Grund der vorangegangenen sorgfältigen Prüfung.

In der Diskussionsphase, in jenen Tagen und Wochen nach Otis' Rückkehr, und dann wieder, nachdem wir uns entschlossen und Verbindung mit der Klinik aufgenommen hatten, fuhr ich mit dem Zug und dann mit der U-Bahn von Victoria bis Green Park zur Arbeit und betrachtete fortwährend heimlich die Männer um mich herum. Vielleicht nicht ganz so heimlich, wie ich dachte, und wenn sie meinem Blick begegneten, mögen sie auf falsche Gedanken gekommen sein. So etwas passiert schließlich die ganze Zeit. Aber sie hätten wohl kaum die Natur meines Interesses erraten können. Sie hätten wohl kaum erraten können, dass ich sie nicht einfach nur ansah, sondern dass ich sie forschend ansah.

Selbst als ich schwanger wurde, hörte ich nicht auf damit. Ja, ich muss gestehen, dass ich gelegentlich immer noch schaue. Ich habe niemals damit aufgehört, obwohl es in den letzten sechzehn Jahren lange Zeiten gegeben hat, in denen ich mich nicht dabei ertappt habe. Aber ich fürchte, eure Mutter hat die tiefsitzende und unheilbare Angewohnheit, andere Männer anzusehen. In diesem Jahr habe ich in den letzten Monaten oft das Bedürfnis gehabt. Und selbst wenn ich nicht schaue, denke ich darüber nach. Ja, je mehr Jahre darüber hingegangen sind, desto mehr Anlass zu grübeln. Angenommen, unsere Wege haben sich gekreuzt, angenommen, wir haben uns, ohne es zu wissen, angesehen. Angenommen, wir haben in demselben Zug gesessen. Wie groß wären die Chancen? Gar nicht auszurechnen? Heutzutage kommt mir oft der seltsam faszinierende Gedanke: Angenommen, er lebt nicht mehr.

Aber angenommen, er tut es doch, dann ist er irgendwo da draußen. Jetzt, in diesem Augenblick.

Versteht ihr nun, warum ich dieses Abenteuer mit Alan Fraser gebraucht habe? Ich weiß, dass es eine höchst ausgefallene Entschuldigung ist. Nicht, dass es dieses »Angenommen-dass« gestoppt hätte. Nicht, dass es das Gespenst vertrieben hätte. Und natürlich kann ich nicht verhindern, dass ich mir genau das Gegenteil vorstelle, es von *seiner*, von der geisterhaften Seite sehe, obwohl ich weiß, dass es absurd ist, wenn ich denke, dass er sich für *mich* interessiert. Oder für *uns*, sollte ich besser sagen.

Als ob in diesem einen Fall – wie viele arme Mütter mag er schließlich sonst noch bedient haben? – die eiserne Regel verletzt worden wäre und er das Privileg gehabt hätte, zu wissen, wer wir sind. Ungesehen hat er uns von einer speziellen Galerie aus die ganze Zeit beobachtet. Er weiß sogar, dass morgen der große Tag ist. All die Jahre hat er uns, diese glückliche Familie, bespitzelt. Hat uns bespitzelt und vielleicht gewartet. Und er hat all die »letzten Male« gezählt: das »letzte« Weihnachtsfest, den fünfzigsten Geburtstag eures Vaters – den letzten eines bis dahin erfolgreichen Hochstaplers. Er stand vor dem Restaurant, in das wir euren Vater im Januar eingeladen hatten, und starrte durchs Fenster zu unserem Tisch herüber. Der Arme ist sogar in diesem Augenblick da draußen, ist völlig durchgeregnet und wartet auf den Anbruch seines Tages, *seines* großen Tages in gewisser Weise. Vielleicht wird er uns morgen hinter einem Schneeballbusch hervor durch die Terrassentür anstarren. Oder vielleicht – der Himmel bewahre uns! – einfach durch die Terrassentür krachen und einen plötzlichen, dramatischen, klitschnassen Auftritt hinlegen.

Euer richtiger Vater, mein wilder Liebhaber.

Ich nehme an, Mike hatte diese Gedanken auch. Musste er einfach, davon bin ich überzeugt. Und was würden die beiden tun, sollten sie sich plötzlich gegenüberstehen? Was würdet ihr wollen, dass sie tun? Sich die Hand schütteln, sich umarmen? Dem anderen einen Kinnhaken versetzen?

Und wenn ich mich in der U-Bahn umsah oder auf meinem Weg Piccadilly hinunter, egal wo, habe ich natürlich bewusst – anhand des Prüfungsvorgangs in der Klinik – nach Mikes Double Ausschau gehalten oder nach etwas dem Nahekommenden. Nach einem weiteren Mikey, einem Pseudo-Mikey, einem Quasi-Mikey, der mich für den Bruchteil einer Sekunde ansah, mich jedoch gar nicht erkannte.

Ist es nicht erstaunlich, dass euer Vater immer noch schläft?

Ein Dritter kam in unser Leben, kurz bevor ihr kamt. Dann, zu gegebener Zeit, wurde er so etwas wie ein Fünfter. Morgen wird er offiziell als solcher anerkannt, so als würde er getauft. Von morgen an werdet ihr ihn ungefähr so gut kennen, wie wir es je getan haben, aber es wird bei euch liegen, es muss bei euch liegen, zu entscheiden, wie wir mit ihm umgehen sollen.

Ein Dritter ist ins Leben eurer Eltern getreten. Ein Vierter, wenn ihr Otis mitzählt, den ich nicht vergessen habe. Und genauso wie für Otis mussten wir auch für ihn einen Namen finden, einen Pro-forma-Namen, einen Arbeitsnamen, denn schließlich kam er in der schlichten Verpackung der Anonymität zu uns. Wir hatten noch nicht einmal eine Nummer. Nicht, dass wir in jenen frühen Tagen so sehr viel von ihm sprechen wollten oder mussten.

Höchstens vielleicht, um ihm zu danken.

Ja, um ihm zu danken. Ob ihr es morgen wohl auch so seht? Vielleicht sogar auf den Gedanken kommt, ihr würdet ihm gern danken? Das Dumme ist nur, dass dies die andere riesengroße, aber völlig verständliche Frage nach sich zieht, nämlich dass ihr ihn vielleicht gern kennenlernen würdet. Das ist unmöglich, auch wenn es euch vielleicht nicht davon abhält, es zu wünschen. Es ist jetzt genauso unmöglich, wie es damals unmöglich war, selbst eine einfache Dankesbotschaft zu ihm durchzukriegen. Es gibt da keinen Weg. Und wie bedankt man sich überhaupt bei jemandem, dessen Namen man noch nicht einmal kennt?

Morgen werdet ihr vielleicht das Bedürfnis haben, ihm selbst einen Namen zu geben. Das ist gar keine Kleinigkeit. Ihr müsst ihn dann euer Leben lang benutzen. Und vielleicht sollten wir den Namen, den wir benutzt haben, gar nicht erwähnen. Oder wir sollten ihn bescheiden und freundlich gegen den euren eintauschen. Wir hatten viele Namen für ihn. »Herr S.« zum Beispiel, für »Herr Spender«. *Euer* Vater – wie viel Bedeutung in so einem kleinen Wort liegen kann – wartete voller Angriffslust mit ein paar einfallsreichen eigenen Vorschlägen auf, die ihr vielleicht nicht so amüsant findet. Zum Beispiel »Der große Inseminator« oder »Soßenjim«. Aber am Ende einigten wir uns auf einen Namen, der elegant und absolut treffend war: »Herr S.« für »Herr Sperma«.

# 25

Und natürlich kann ich ihn in euch sehen. Ich muss nicht auf gut Glück in den Straßen oder in Zügen nach ihm suchen. Ich habe ihn jedesmal, wenn ich euch ansehe, vor Augen. Und ich bin sicher, dass euer In-den-Spiegel-Sehen von morgen an plötzlich einen ziemlich ernsthaften Zug bekommen wird.

Eure Augen sind nicht graublau. Ihr habt, wie oft in aller Unschuld bemerkt worden ist, die dunkelbraunen, grün gesprenkelten Augen, die Nase und die Backenknochen eurer Mutter, aber den beweglichen Mund und das Mienenspiel eures Vaters. Trotz dieser genauen Angaben, die wir gemacht hatten, sieht es so aus, als ob es hauptsächlich meine Gene waren, die das ihre beigesteuert haben. Euer Vater hat rein blaue Augen. *Die* hatten wir auf jeden Fall bestellt: Dieselben noch einmal, bitte. Also wisst ihr jetzt, dass Herr Sperma, oder wie immer ihr ihn nennen wollt, ebenfalls blaue Augen hat. Aber das hat nicht geklappt, ihr habt meine Augen bekommen. Was die Leute nicht daran gehindert hat, zu sagen, so als müssten die anderen fünfzig Prozent woanders aufs Schönste hervortreten: Ah, aber das ist ganz das Lächeln ihres Vaters!

Das ist das Allermerkwürdigste – wie ihr selbst an der Verschwörung mitgewirkt habt. Die Leute sehen, was sie sehen wollen – also warum hätten sie nicht glauben sollen, sie sähen Mike in euch? Ihr habt andererseits von Anfang an zwei Gesichter über euch schweben sehen, die ihr für die eurer Eltern gehalten habt, warum also hättet ihr sie euch nicht zum Vorbild nehmen sollen? Und wir haben wirklich viel gelächelt, wenn wir uns über euch beugten, das könnt ihr mir glauben. Aber vielleicht war es Mikes Lächeln, das sich euch eingeprägt hat, vielleicht habt ihr seinem Lächeln gegenüber die größere Verpflichtung empfunden.

Wenn wir sechzehn Jahre lang eine Rolle gespielt haben, dann habt ihr das, ohne es zu wissen, auch getan – und sogar überzeugender. Es hat definitiv Zeiten gegeben – ganze Zeitabschnitte –, in denen wir vollkommen der Illusion verfallen waren, in denen wir es vollständig vergaßen. Ohne es zu wissen, wart ihr so meisterhafte Schauspieler, so vollendete Komplizen, dass es jetzt einer zusätzlichen Grausamkeit gleichkommt, wenn ihr das alles ungeschehen machen müsst.

Und doch habe ich bereits festgestellt, dass es anfängt nachzulassen, dass es schon nicht mehr ganz so überzeugend wirkt. Ihr seid sechzehn, ihr wollt ihr selbst sein. So auszusehen wie eure ein halbes Jahrhundert alten Eltern ist das Letzte, was ihr wollt. Und auf gar keinen Fall – das ist in eurem Alter ganz natürlich – wollt ihr euch selbst dabei ertappen, wie ihr an uns beobachtete Alteleutegesten nachahmt. Wird uns das morgen weiterhelfen oder alles nur komplizieren?

Zur Zeit möchtet ihr noch nicht einmal einander ähnlich sehen. Aber war das nicht von Anfang an das kleine, unerwartete Wunder, das half, alle zum Narren zu halten?

Damit hatten wir nicht rechnen können, und ganz gewiss hätten wir es, als wir unsere Wunschliste einreichten, nicht vorschreiben können. Aber die Leute haben vielleicht einfach das eine mit dem anderen verwechselt, oder das eine hat von dem anderen abgelenkt. Natürlich lagen hier Übereinstimmung und Ähnlichkeit vor, natürlich musstet ihr wie wir aussehen, wo ihr doch einander so ähnlich wart.

Als wir damals unten in Cornwall Urlaub machten, da befandet ihr euch vielleicht auf dem absoluten Höhepunkt eurer Symbiose, eurem Ein-Ei-wie-dem-anderen-Gleichen. Ein kleines Zweierteam, das wie ein Einzelner auftrat und keinen sonst brauchte. Jeder Außenstehende musste das bemerken, eure glückliche, ausgelassene Dualität. Und so, durch das schlichte Vervollständigen des Quadrats, sah man in uns eine mustergültige Familie.

Ich jedoch bemerkte die Unterschiede, das Ungleichgewicht zwischen euch. Eine Mutter sieht so etwas. Oft bemerkte ich, wie ihr eurem Vater – ich meine natürlich Mike – tatsächlich ähnlich wart, oder ich sah, wie die Illusion erzielt wurde. Du, Nick, bliebst immer eine Spur hinter deiner Schwester zurück, wartetest auf ihre Initiative, ihren Schutz. Wenn ihr zwei über den Strand lieft und eure Füße kleine Sandwölkchen aufwirbelten, war ihre Schulter immer dicht vor dir, du folgtest in ihrem Windschatten, so wie Vögel in Formation fliegen. Sie lernte als Erste schwimmen, aber sobald sie damit anfing, folgtest du ihr. Mit dem Fahrradfahren war es dasselbe.

Ich hatte den Eindruck – das, was ich jetzt sage, klingt sehr bedeutend, ich weiß –, dass du, Nick, dich immer darauf verlassen hast, dass Kate deine Welt zusammenhält. Und dass, wenn Kate einfach nur glücklich war und du gleichfalls hättest glücklich sein können, eine kleine Stimme in deinem Inneren jedesmal sagte: Bitte, Kate, mach, dass das nicht aufhört, bitte, lass das nie zu Ende gehen. Für dich war die Welt immer ein Problem und eine mögliche Katastrophe, deren Eintritt von deiner Schwester abhing.

Habe ich mir das nur eingebildet?

Aber ich konnte auch sehen, dass all das mehr als nur einen Ursprung hatte. Du, Nick, hattest eine ganz bestimmte Art, die Stirn zu runzeln. Es war nur ein winziger Knoten, ein Fragezeichen, das manchmal über deiner Nasenwurzel erschien, merkwürdigerweise dann, wenn alles andere heiter war. Aber es war nicht dein Stirnrunzeln. Es war das deines Vaters. Ich meine Mikes. Es war dieses besondere Stirnrunzeln, das er vor eurer Geburt nicht hatte und das immer dann in Erscheinung trat, wenn er sich die Tatsache ins Gedächtnis rief, wenn es ihm nicht gelang, sie zu vergessen, und er sich sagte: Aber das ist nicht, was es zu sein scheint, das kann nicht ewig weitergehen.

Aber wie herum kam das zustande, Nick? Hast du es von ihm übernommen? Hat er es von dir? Jedenfalls erschien es bei euch beiden, eine Ähnlichkeit zwischen Vater und Sohn, beide wart ihr vom Glück in Sorge versetzt. Nicht das Lächeln deines Vaters hast du übernommen, sondern sein Stirnrunzeln. Manchmal sah ich, wie Mike die Hand ausstreckte und sie dir ohne ersichtlichen Grund auf die Stirn legte, als wollte er fühlen, ob du vielleicht Fieber hättest. Wie dann immer *mein* Puls zu rasen anfing! Aber daran erinnerst du dich zweifellos selbst. Ich konnte sehen, wie er die kleine, hartnäckige Falte fortstreichen, sie mit der Handfläche entfernen wollte. Wie konnte er nicht dein Vater sein, wenn er dieses kleine Merkmal seiner selbst bei dir berühren und von dir zurückfordern wollte?

Diese Ferien in Cornwall in der Mitte jener sechzehnjährigen Zeitspanne, als wir ganze Tage, ja Wochen lang einander so nahe waren, stellten für mich einen nahezu glaubhaften Höhepunkt dar. Selbst Sonne, Meer und Luft waren stillschweigend übereingekommen, uns wie in einem jährlichen Vorgang sanften Verwitterns miteinander zu verschmelzen und zu vereinigen. Ich denke aber auch, dass Mike immer fürchtete, dass sie uns zu entlarven drohten. Wir alle dort beieinander, nur in unseren Badesachen. Ich glaube, er dachte, dass dies alles mitten in unserer August-Glückseligkeit irgendwie kaputtgehen würde, zerschmettert werden würde wie bei einem Schiffbruch an der Küste Cornwalls. Das kleine Haus, in dem wir regelmäßig wohnten, Gull Cottage, mit seinen Malven und seinen Lavendelbüschen und seinem aus einem Schiffssteuerrad gemachten Spiegel und dem Sand, der überall hinkam, erinnerte ihn auch an das »kleine Bauernhaus« in Craiginish (und den in seinem Innern eingefangenen Wohlgeruch) – noch ein Paradies, das darauf wartete, verloren zu gehen.

Und an jenem schrecklichen Tag, als beinahe etwas noch viel Schlimmeres (das gab es) geschah als das, wovor er Angst hatte, da waren – vielleicht habt ihr es bemerkt, falls ihr dazu imstande wart – seine Erleichterung, seine Freude, seine schiere Gemütsbewegung, als es vorüber war, fast noch größer als meine. Als wären wir beide völlig durchgedreht.

Ich will damit nicht sagen, dass ich nicht genau dasselbe fühlte. Das Schlimmste, das je passieren konnte, und es war *nicht* passiert. O meine Engel. Aber den zweiten Gedanken, den er hatte, sogar noch, als er versuchte, wieder zu Atem zu kommen, den hatte ich nicht, den konnte ich nicht haben. Dass ihr in Sicherheit wart, dass ihr immer noch da wart und es unbeschreiblich war, aber dass er euch – eines Tages – ohnehin verlieren würde.

Vielleicht ja schon morgen.

Vielleicht werdet ihr morgen jenen Tag einfach noch einmal erleben. Er wird euch wieder einfallen – habt ihr ihn jemals vergessen? –, und er wird eure Antwort sein. Der schlimmste Tag – bis zu dem kommenden – eures Lebens. Ihr werdet wieder sehen, wie euer Vater auf euch zugeschwommen kommt. Ich konnte damals sein Gesicht nicht sehen, wie es für euch ausgesehen haben muss, als es auf euch zukam. Ich konnte seinen Ausdruck nicht erkennen. Aber wie hätte dieser Mann nicht euer Vater sein können?

Oder vielleicht werdet ihr euch daran erinnern, wie der Tag anfing, mit *eurem* So-tun-als-ob, eurem törichten Spiel mit unserer panischen Angst und unserer Freude. Und ihr hattet keine Ahnung. Vielleicht wird euch morgen, zusätzlich zu jener kalten Erinnerung, plötzlich der eisige Gedanke kommen, dass ihr, wenn an jenem Tag das Schlimmste passiert wäre und ihr für immer verschwunden wärt, natürlich nie erfahren hättet, was ihr jetzt erfahren müsst. Es wäre für immer bei der Lüge geblieben.

Darüber möchte ich auch nicht nachdenken.

Wird Mike morgen der Außenseiter sein? Oder einfach derjenige, den ihr jetzt retten müsst?

Aber denkt auch an eure Mutter. Warum haben Leute Kinder? Warum hatte es Großmutter Helen so eilig, schwanger zu werden? In einer Hinsicht war die Eile gar nicht nötig gewesen. Schließlich war Großvater Pete nach dem Krieg noch da, und da gab es – ein Glück für mich – auch Mike. Aber jetzt – denn irgendwann ist die Zeit gekommen – ist Großvater Pete nicht mehr da.

Wenn Großmutter Helen Großvater Pete immer noch sehen möchte, oder ein lebendiges Stück von ihm, dann gibt es nur eins, was sie tun kann. Sie kann – jetzt natürlich nicht – den Mann ansehen, der neben mir liegt. Ich kann ihr das nicht übel nehmen, aber es ist einer der Gründe, warum ich Angst vor ihr habe, und es ist einer der Gründe, wenn auch nicht der hauptsächliche – eine zweitrangige Sorge, die einer zweitrangigen Sorge entspringt –, warum ich Angst vor Gifford Park habe. Sollte es sich euer Vater wirklich in den Kopf setzen, dass wir die paar Meilen dorthin latschen, um am Sonntagmorgen bei ihr Kaffee zu trinken oder sie sogar in den »Stern« in Birle zum Mittagessen einzuladen, dann sähen wir sie zum ersten Mal, seit wir es euch erzählt haben. Könnt ihr mir folgen?

Aber auf den Gedanken sind euer Vater und ich nie gekommen – obwohl wir, weiß der Himmel, versuchten, an alles zu denken –, als wir die Klinik aufsuchten, um alles zu besprechen. Wir waren damals einfach noch jünger. Wenn ihr euch morgen im Spiegel betrachtet, werdet ihr zum ersten Mal etwas tun, das ich immer und immer wieder getan habe, wenn ich euch ansah. Das heißt, es wird, wenn ihr hinschaut, jemand da sein, den ihr *nicht* sehen werdet, und jetzt wisst ihr es. Wenn ich euch anschaue, dann sehe ich nicht euren Vater, ich kann ihn nicht sehen. Aber was tut das? Ich kann ja einfach ihn ansehen. Aber denkt noch einmal nach, auch wenn ihr erst sechzehn seid. Denkt an jenen Tag in Cornwall.

Wenn euch euer Vater anschaut, ist es eine einfache, offensichtliche Tatsache: Er kann *mich* sehen. Besonders natürlich in dir, Kate. Ich versuche hier nicht, mir zu schmeicheln. Er kann mich sogar so sehen, wie ich war, als ich jünger war, obwohl er mich, als ich sechzehn war, noch gar nicht kannte.

Ich bin diejenige, die in dieser Hinsicht allein ist. Ich bitte euch, das zu bedenken, und ich werde auch nicht länger drumherumreden. Wenn Mike plötzlich nicht mehr da wäre, wüsste ich nicht, wen ich anschauen sollte. Es wäre bei mir nicht wie bei Großmutter Helen. Für mich gäbe es nicht jenes uralte Fünkchen Trost, nämlich dass ich bei eurem Anblick wüsste, dass ihr auch seine Kinder seid.

Bedenkt, wenn ein Paar älter wird, gibt es nur eine unausgesprochene Frage. Aber vielleicht habt ihr es beide als die, die ihr seid, schon euer ganzes Leben lang und von Anfang an gewusst. Wer wird zuerst gehen? Wer wird es sein? Und wie *kann* das sein?

Keine Angst, wir haben nicht die Absicht. Wir sind erst neunundvierzig und fünfzig. Das ist heutzutage noch jung, oder? Wir sind noch junge Hüpfer. Aber ich kann ihn nicht in euch sehen. Ich möchte, dass ihr nie vergesst:

Alles, was ich von diesem Mann hier, den ich euren Vater nenne, habe und jemals haben werde – und das ist mehr, als ich sagen kann –, ist gebunden an den schlafenden Menschen, der jetzt neben mir liegt. Das müsst ihr morgen begreifen.

## 26

Kehren wir zurück zu der Zeit, als er auf dem Parkplatz wartete und ich drin war und Geschlechtsverkehr mit – Herrn S. hatte. Euer Vater muss sich gefragt haben, wie oft er das vielleicht noch würde tun müssen, wie oft er dieses seltsame, unterstützende, aber externe Ritual des Wartens, bis ich durch die Glastür wieder herauskam, würde hinter sich bringen müssen. Aber bereits beim zweiten Mal hatte ich Glück, was wirklich ein Glückstreffer war. Denn das tiefgefrorene und konservierte Zeug ist einfach nicht so verlässlich wie das frische, wie sie einem ziemlich taktlos erzählen. Aber ich brauchte nur zwei Versuche – zwei Versuche, habe ich manchmal gedacht, für euch zwei, aber natürlich funktioniert das nicht so.

Im Oktober erfuhr ich, dass ich schwanger war. Aber dass es mit Otis langsam und endgültig bergab ging, hatte schon vorher begonnen. Vielleicht hatte er sich ja nie vollständig erholt, obwohl es unter Alan Frasers Obhut so ausgesehen hatte, und eine Erklärung – hauptsächlich die eures Vaters – für seinen letztendlichen Verfall war, dass Otis, als Fraser fortzog zu seiner neuen Praxis, einfach ohne richtige tierärztliche Versorgung blieb. Mit dem Nachfolger, Myers, war, zumindest laut eurem Vater, offen gesagt nicht viel los.

Alles das schmerzt mich natürlich. Euer Vater verstand sich mit Fraser wirklich gut. Er wetteiferte mit mir darum, derjenige zu sein, der Otis zu seinen Untersuchungen und Injektionen brachte – und ein freundliches Schwätzchen hielt. Ich gebe zu, dass ich nach meiner Nacht im Gifford Park ganz zufrieden war, dass euer Vater die Rolle allein übernahm. Es war kaum wahrscheinlich, dass Fraser – wie ich ihn jetzt nennen werde – eurem Vater gegenüber ein Geständnis ablegen würde. Andererseits konnte ich es verstehen, wenn er vielleicht dauernd in der Furcht lebte, dass euer Vater, nachdem er *meine* Beichte gehört hatte, eines Tages mit oder ohne Otis auftauchen und es ihm auf unangenehme Weise heimzahlen könnte. Folglich brach er in jenem Juli seine Zelte ab.

Das ist alles ziemlich weit hergeholt, ich weiß. Es macht mich zur Ursache des Geschehens, dem verschlagenen Biest, das die Unwissenheit des einen gegen die Vermutungen des anderen ausspielt. Das war kaum meine Situation. Ich bin mir noch nicht einmal sicher, dass es mich besonders kümmerte. Vergesst nicht, ich konzentrierte mich gerade darauf, eure Mutter zu werden. Das war meine Lage. Ich hatte mich mit all den Unsicherheiten, die das zur Folge haben kann, in die Hände einer Fruchtbarkeitsklinik begeben.

Es ist durchaus möglich, dass Frasers plötzlicher Weggang nichts mit Mister und Misses Hook zu tun hatte. Obwohl es mir inzwischen nicht mehr leidtat, ihn gehen zu sehen. Die nackte Wahrheit ist, dass er seinen nichttierärztlichen Zweck erfüllt hatte. Klinge ich jetzt sogar ein bisschen gemein? Aber schließlich machte ich den Weg frei für eure Geburt. Und was Otis' Rückfall und die

Verschlechterung seines Gesundheitszustandes betrifft, werde ich immer der Überzeugung sein, dass da etwas Ähnliches vor sich ging. Ich meine damit, dass auch Otis wusste, dass er seinen Zweck erfüllt hatte. Selbst Fraser hätte, wenn er da geblieben wäre, nichts für ihn tun können.

Er begriff, noch bevor es ein sichtbares Anzeichen dafür gab, dass unser Haus für jemand Fremdes vorbereitet wurde. Wer weiß, ob sein geheimnisvolles Verschwinden nicht sogar ein hellsichtiger Protest angesichts dieser Aussicht war, der nichts bewirkte, der sogar auf ihn zurückfiel. Er mochte sich, als er unter Alan Frasers Hand schnurrte, vorgestellt haben, dass alles wieder so werden würde, wie es gewesen war, dass wir unsere Lektion gelernt hatten. Aber dann, als wir nach Venedig fuhren und er noch einmal in Carshalton interniert wurde, wurde ihm vielleicht klar, dass er sich geirrt hatte.

Es mag ja unwissenschaftlich sein, aber es gibt eine Katzenlogik. Euer Vater hat von dieser Theorie nie etwas gehalten, ja ihre Absurdität brachte ihn ziemlich aus der Fassung. Wie konnte Otis *wissen*, dass er jetzt nur noch eine Nebenrolle spielen sollte. Wie auch immer, Otis verfiel langsam. Falls es dafür eine wissenschaftliche Erklärung gab, konnte Myers nicht damit aufwarten, und er kannte auch keine Gegenmittel. Nicht, dass er nicht alles versucht hätte. Im Gegensatz zu eurem Vater glaube ich nicht, dass Myers so ein schlechter Tierarzt war, auch wenn es ihm im Umgang mit den Tieren an Feinfühligkeit fehlte. Vielleicht habe ich Tierärzten gegenüber ganz allgemein eine gewisse Nachsicht entwickelt. Otis war nicht mehr jung. Da wir ihn als eine Art Waise zu uns genommen hatten, konnten wir nicht genau sagen, wie alt er war. Ohnehin scheinen Katzen gelegentlich trotz ihrer neun Leben einfach dahinzuschwinden.

Und die schlichte Wahrheit ist, dass inzwischen etwas Wunderbares geschah. Otis wurde immer weniger, während ich immer dicker wurde. Als meine Schwangerschaft in ihr letztes Stadium eintrat – das war im Frühjahr 1979 –, war klar, dass Otis' Zustand hoffnungslos war. Es handelte sich nur noch um eine Frage der Zeit. Aber ich konnte den Kummer eures Vaters nicht teilen, wie er wieder bereit war, um eine Katze zu trauern. Genauso wenig wie seine beachtliche Fähigkeit – wo ich bereit war, Mutter zu werden –, Otis liebevoll und geduldig in seiner letzten Hinfälligkeit zu pflegen. Wenn jemand Otis hätte retten können, dann war er es, glaube ich, euer Vater. Ich befand mich im Innern einer unempfindlichen, glücklichen Blase, ein bisschen so wie ihr. Ich war im neunten Monat, als Otis Anfang Mai starb. Es klingt herzlos, wenn ich sage, dass ich seinen Tod trockenen Auges zur Kenntnis nahm, dass ich kaum trauerte, ich, die ich mich einmal elend gefühlt hatte, nur weil er nicht da war, die ich geweint hatte, bloß weil wir ihn in einer Katzenpension zurücklassen mussten. Ich konnte seinen Tod nicht beweinen.

Ich kann jetzt an ihn denken und bekomme feuchte Augen. Ich kann ihn mir jetzt vorstellen, als wäre auch er dort draußen, vom Regen völlig durchnässt. Mit einem zusätzlichen Schlag meines Herzens spüre ich wieder seine leichte Landung auf unserem Bett. Aber als er starb, hatte ich keine Tränen. Ich war voll von euch. Wie konnte ich da weinen? Es schien mir sogar ein kleines Opfer zu sein, das ich dem Schicksal gebracht hatte. Eine Katze.

Es war euer Vater, der weinte, und ihr wisst, dass er dessen fähig ist. Vielleicht hatte er sogar, als er damals bei der Beerdigung seines Vaters Tränen vergoss, an eine andere Zeremonie gedacht, bei der er selbst das Begraben übernommen hatte. Tränen können so etwas bewirken.

Ob euch morgen die Vorstellung, wie euer Vater um eine Katze weint, im Geringsten helfen wird?

Unter einem Flieder grub er ein tiefes Loch. Anscheinend erinnert ihr euch an den Flieder in der Davenport Road, oder zumindest du erinnerst dich, Nick. Es war ein richtiges Grab in Katzengröße. Euer Vater verwandte viel Arbeit und Sorgfalt darauf, eben wie auf etwas, das man nur ein einziges Mal tut. Er achtete darauf, dass es tief genug war, damit Otis' Knochen unangetastet bleiben würden. Während er grub, dachte ich eine Zeitlang, dass seine Aufmerksamkeit einfach auf die praktische Arbeit gerichtet war: darauf, wie man sich am effizientesten einer Katze entledigt. Ich musste an seine Schnecken denken.

Selbst euer Vater konnte sehen – auch wenn er es nicht als Erklärung akzeptierte –, dass hier ein Tod gegen eine Geburt eingetauscht wurde. Es war Mai, die Luft war warm, der Boden voller Leben, und unser kleiner Garten explodierte. Andererseits war es euer Vater gewesen, der fast genau ein Jahr zuvor in der Frühjahrsmorgendämmerung diese verrückten Patrouillengänge unternommen hatte und dabei befürchtete, Otis könnte vielleicht schon tot sein.

Vielleicht gibt es keine bessere Methode, mit Gefühlen fertig zu werden – vielleicht ist das so eingerichtet –, als zu graben, als mit einem Spaten auf die Erde loszugehen. Der Flieder stand in voller Blüte. Es schien eindeutig der richtige Platz zu sein. In meinem Zustand konnte ich natürlich eurem Vater in keiner Weise behilflich sein, aber ich stand mit ihm zusammen am Grab, nachdem er Otis, in ein Stück Sackleinen gewickelt, ganz vorsichtig, so als lebte er noch, herausgebracht und in die Grube gelegt hatte. Er schaufelte das Loch wieder zu und klopfte die Erde fest. Erst als es nichts mehr sonst zu tun gab, als »Leb wohl, Otis« zu sagen, stützte er sich auf seinen Spaten und weinte.

Euer Vater, der seiner Ausbildung nach Naturwissenschaftler ist und sich in den letzten Jahren als durchaus gerissener Geschäftsmann entpuppt hat, ist ein Mann der Gefühle. Als wir damals nach unserm Lunch im St. James's Park auf dem Rückweg waren, bevor er das Taxi bestieg, habe ich fast damit gerechnet, dass er mich fest in die Arme schließen würde wie ein Soldat, der an die Front muss. Vielleicht wird er morgen weinen und sehr emotional sein. Vielleicht entscheidet er sich für wissenschaftliche Strenge. Vielleicht wird er versuchen, geschäftsmäßig zu sein. Mein Vater war immer sehr nachgiebig, nachgiebig wie nur einer, zumindest mir gegenüber – aber er war auch jener eiserne Richter. Wir haben vielleicht alle mehr als nur ein Geschöpf in uns. Und es gibt einige Augenblicke in unserem Leben, die uns reif für eine Metamorphose machen. Morgen werdet ihr ein neues Leben beginnen. Und ihr werdet zwischen euren Vätern wählen müssen, falls ihr versteht, was ich meine. Ihr werdet ein Urteil darüber sprechen müssen, wer dieser Mann ist.

Ich werde nicht die Angeklagte sein, aber auf alle Fälle werde ich schon jetzt meine Aussage machen. Wie würde euer Urteil über mich ausfallen? Ein ganz schöner Drachen, wenn es nötig ist, ein bisschen was von meiner Mutter, der selten gesichteten Fiona McKay? Ich glaube, wenn euer Vater die Wahrheit kennen würde, mein Verhalten in allen Einzelheiten vor sich hätte, das Hin und Her und die Stimmungsschwankungen jenes entscheidenden Jahres, bevor ihr zur Welt kamt, dann würde er möglicherweise am Ende bloß stoisch mit den Schultern zucken und sagen, dass das alles nur Biologie sei, die da in mir am Werk gewesen war, einfach der alte, ewige, schlaue mütterliche Instinkt, der mich als Werkzeug benutzt habe. Was für eine gute Entschuldigung.

Aber wie auch immer, was er ebenfalls sagen würde, das weiß ich, ist: Haben wir nicht zwei wunderschöne Kinder?

Wir entschieden uns gegen eine Gedenktafel, gegen einen albernen, der Katzengröße angemessenen Grabstein. Einfach nur der Flieder. Durch unser beider Köpfe ging vielleicht die unvermeidliche Trauermusik, so fehl am Platz wie das Geräusch von Wellen in Herne Hill: *»Sit-ting on the dock of the bay …«*

Wir pflanzten Maiglöckchen und Traubenhyazinthen auf das Grab. Vielleicht dachten wir bereits, dass *ihr* niemals etwas davon erfahren solltet. Otis gehörte ganz entschieden zu einer Welt vor eurer Ankunft. Aber es sieht so aus, Nick, als hättest du es erraten. Auf alle Fälle kommt mir gerade der Gedanke, dass ihr ganz unbestreitbar *doch* da wart, ihr beide wart dabei, sogar als wir Otis begruben. Ihr wart in mir drin. Ihr konntet nicht das Geringste sehen, aber ihr wart beide ganz ohne Zweifel bei Otis' Beerdigung anwesend.

Ihr *beide*. Und das war einfach das Wunderbarste, die Krönung, die mich gegen Trauer und Tränen immun machte und die selbst euren Vater seine Trauer um Otis sehr bald vergessen lassen würde. Es heißt ja – auch wenn ich noch nicht ganz so weit war, dass ich es hätte überprüfen können –, dass die Schmerzen bei der Geburt vergessen sind, vergessen, sobald die Geburt selbst stattfindet.

Falls wir an dem, was wir getan hatten – ich meine, was ich mit der Zustimmung eures Vaters und gemeinsam mit ihm getan hatte –, jemals Zweifel hegten, falls wir diese seltsame Umgehungsstraße, die wir gewählt hatten, auch noch, nachdem es kein Zurück mehr gab, in Frage stellten, hat uns dann die Natur nicht am Ende einfach belohnt und uns freigesprochen, hat sie nicht das, was wir getan haben, gebilligt und uns gratuliert? Natur – und Wissenschaft. Eingeschlossen jene wundervolle und zu dem Zeitpunkt noch junge Wissenschaft der Sonographie, die es uns ermöglichte, euch zu *sehen*, noch bevor ihr »da« wart, noch vor jenem Tag am Fliederbusch.

Auch wenn wir nicht die geringsten Zweifel gehabt hätten, hätte es immer noch unangenehme Konsequenzen geben können. Angenommen, alles wäre gut gegangen und, ja, wir hätten uns ein Kind zugelegt. Weiterhin angenommen, wir hätten noch eins gewollt. Wie wären wir dann verfahren? Wären wir wieder hingegangen und hätten nach demselben »Herrn S.« gefragt, um ihn zu bitten, uns noch einmal gefällig zu sein? Aber diese delikate Frage würde niemals einer Antwort bedürfen, und alle Zweifel, alle Schwierigkeiten und alle Gewissensbisse waren hinfällig. Eines Novembertages blickten wir beide auf einen seltsamen, verschwommenen, magischen Bildschirm und sahen zwei kleine, pulsierende Tupfer. Verzeiht, aber das Bild ist hängen geblieben. Zwei kleine, schwebende Krabben. Das vollständige und bezaubernde Paar auf einmal und, wie sich herausstellte, ein Junge und ein Mädchen. Eine Kernfamilie. Zwillinge.

# 27

Zwillinge, im Sternbild der Zwillinge. Am zehnten Juni 1979. Und, wie wir euch ohne betrügerische Absicht erzählt haben, etwa gegen zwei Uhr morgens. Etwas, was wir nicht vorherbestimmt hatten, aber es war das, was wir nun bekamen. Was für ein außerordentliches, weltveränderndes kleines Wort es plötzlich zu sein schien: zwei.

Und wie fühlte sich euer Vater, sogar schon Monate vorher, wenn er mit mir auf jene unscharfen Ultraschallbilder blickte? Doppelt ausgeschlossen, doppelt beiseitegeschoben? Es ist wichtig, dass ihr das wisst, es ist für morgen von allergrößter Wichtigkeit. Ich war da – wie auch anders? –, um euch zum ersten Mal zu sehen, aber ich blickte auch euren Vater an. Und was ich da zum ersten Mal sah, war, dass es für ihn Wirklichkeit war. Was immer er erwartet haben mochte, was immer für Reaktionen er sogar vorbereitet haben mochte, von dem Augenblick an war er von euch hingerissen, genauso hingerissen wie ich. Ich habe ganz einfach gesehen, wie euer Vater in Verzückung geriet, wie er sich noch einmal ganz neu verliebte, entschuldigt, dass ich das sage, aber ich glaube, ich erkannte das Schauspiel. Ich konnte seinen Gedankengang fast sehen. Nicht seine? Nein –

wirklich nicht? Mit Sicherheit meine. Aber um die Frage ging es gar nicht. Unsere, *unsere*.

Ein merkwürdiger, ziemlich kalter Apparat – aber dem Himmel sei Dank für ihn – lag auf meinem Bauch, und ich versuchte, so stillzuhalten wie möglich, aber ich fragte mich, ob der Sturm der Gefühle, der in mir tobte, und, soweit ich weiß, auch in euch, die Bilder auf dem kleinen Schirm richtig zum Wackeln und Ruckeln – vielleicht meine ich »Tanzen« – brachte.

Auf der Rückfahrt hatte ich wirklich Angst, dass sich euer Vater nicht auf die Straße konzentrieren würde. »Mikey, es ist grün.«

Wirklich, wir hatten bei all unseren Mutmaßungen und Vorstellungen niemals angenommen, dass ihr zwei sein könntet, wenn ich das mal so ausdrücken darf. War das absolut kurzsichtig von uns? In unserer ganzen Kalkulation – wie absurd das auch erscheinen mag – hatten wir nur ganz elementare Arithmetik angewandt und waren niemals über die simple Addition von eins hinausgekommen. Aber inzwischen leben wir seit sechzehn Jahren, was auch immer sonst sie bedeuten mögen, im binären System. Dieses seltsame Gleichgewicht: eine Familie aus zwei Paaren. Dieses Band und diese Trennung hat es immer zwischen uns gegeben. Ehrlich gesagt weiß ich nicht, wie sie sich morgen auswirken wird. Angenommen, es wäre nur einer da, der informiert werden müsste. Das arme Ding! Angenommen, ihr wärt zu zweit, aber mit dem mehr oder minder üblichen Abstand. Wie hätte sich das auf unser Sechzehnter-Geburtstag-Prinzip ausgewirkt?

Ihr werdet nebeneinander auf dem Sofa sitzen. Ihr werdet einander haben.

Und was euer Zwillingsein angeht: Ich verneige mich davor. Ich will gar nicht erst so tun, als verstünde ich es, auch wenn ich eure Mutter bin. Ihr wisst inzwischen, dass eure Eltern, dieses Paar hier, aus zwei Einzelkindern bestehen. Ein vollständig anderer Weg ins Leben, eine ganz andere Ausgangssituation. Als wir zum ersten Mal hörten, dass ihr zu zweit wärt, herrschte in unseren Köpfen nur das übliche Durcheinander uninformierter Vorstellungen. Jetzt wissen wir ein wenig mehr. Aber nachdem ich sechzehn Jahre lang die Mutter von Zwillingen gewesen bin und euch vielleicht noch genauer beobachtet habe, als es eine durchschnittliche Mutter tut, ist meine einzige Schlussfolgerung, dass allein Zwillinge wissen, wie es ist, ein Zwilling zu sein.

Man sagt, ihr wärt eine Gattung für euch mit einem ganz anderen Wissen. Ihr seid nicht wie wir Übrigen, weder was euren Umgang mit der Welt, noch, was euren Umgang miteinander angeht. Haltet ihr das alles für Mumpitz? Es bildet sich doch bestimmt eine besondere Art von Übereinkunft bei jenem doppelten Eingesperrtsein im Mutterleib heraus. Zumindest gleicht es nicht der üblichen Erfahrung, wenn es nur Platz für einen gibt und unser Erscheinen auf der Bildfläche ein großer, brüllender Soloauftritt ist. Ich! Ich! Ich!

Es heißt, ihr wärt weniger egoistisch, hättet gelernt zu teilen. Es heißt, ihr wärt das Gegenteil, ihr wärt Egoismus mal zwei. Es gibt nichts, was ihr in dem ewigen Kampf mit den Nicht-Zwillingen nicht füreinander tun würdet. Und dann wieder: hinter eurem austauschbaren Lächeln – ich habe allerdings nie gedacht, dass euer Lächeln identisch ist – befändet ihr euch im Kriegszustand miteinander, geschwisterliche Rivalität ohne Ende.

Wir haben gesehen, wie ihr in so gut wie jede Art, in jede Auslegung von Zwillingsein hineingeschlüpft seid, es hochgespielt und runtergespielt und dagegen angespielt habt. Oh, ihr wisst schon, wie man eine Rolle spielt. Aber die Wahrheit ist, und ihr beide wisst das bestimmt, dass ihr der lebende Beweis des Harmonieprinzips wart. Ihr zerrt jetzt aneinander, als wüsstet ihr, dass das Leben für euch die schwere Kunst der Trennung bedeutet, aber darunter existiert immer noch die alte, schöne Solidarität, jener Klebstoff, der von Anfang an zu euch gehörte. Ob euch der morgige Tag einfach wieder zusammenbringen wird? Euch aneinanderbinden wird? Euch einen Strich durch die Rechnung machen wird? Euch aufhalten wird?

Nick und Kate, zwei kleine, sich im Gleichgewicht haltende Laute. Sie gefielen uns einfach. Auf die längere Art geht es auch: Nicholas und Katherine. Abgesehen von dem wunderbar wackeligen Bild auf dem Schirm hatte ich immer das Bild einer Wippe im Kopf. Nick-und-Kate, Nick-und-Kate, eine Wippe, eure beiden einsilbigen Namen, die auf und ab schwingen. Eine Wippe kann eine grimmige Konfrontation sein, man kann dem andern ganz schön die Hölle heißmachen. Oder sie kann einem zu schwingendem Entzücken verhelfen. Und so ist es meistenteils gewesen, mit gelegentlicher rhythmischer Heftigkeit: schwingendes Entzücken bei euch, und schwingendes Entzücken bei uns, euren beinahe eifersüchtigen Zuschauern.

Womit hatten wir euch verdient? Aber wir wussten sehr gut, was wir getan oder, in Mikes Fall, nicht getan hatten. Lag es auf unerklärliche Weise genau daran?

Oder bestand das Geheimnis darin, dass ihr Junge und Mädchen wart? Fängt der Ärger nur bei rein männlichen oder rein weiblichen Zwillingen an? Während die Zwillingsgeburt eines Jungen und eines Mädchens einer perfekten Heiratsvermittlung gleicht. Ihr pflegtet sogar zu sagen – auch wenn ihr es abstreiten werdet –, dass ihr einander heiraten wolltet. Also auch darin schlagt ihr nach euren Eltern. Eine Wippe für vier … Junge-Mädchen, Junge-Mädchen, die sich sechzehn Jahre lang auf und ab bewegt hat.

Und jener kleine Unterschied zwischen euch beiden schien das Gleichgewicht nur noch zu unterstreichen. Selbst bei Zwillingen gibt es eine Rangordnung … einer von euch musste als Erster zur Welt kommen. Und das warst du, Kate, mit einer Länge Vorsprung. Wir vier wissen das, aber auch so ist es unübersehbar: jener Vorsprung, jene Führungsposition, die du immer innegehabt hast. Aber ich habe das nie als Zeichen eines Wettlaufs zwischen euch betrachtet, ganz im Gegenteil sogar.

Es ist schon absurd. Obwohl ich dabei war und mein Äußerstes versucht habe (das kann ich euch versichern), diese ganze erstaunliche Geschichte wahr werden zu lassen, stelle ich mir manchmal eure Geburt vor, so als hätte ich nichts damit zu tun gehabt. Alles nur eure eigene, beiderseitige Arbeit. Als hättet ihr, zwei potenzielle Ausbrecher, zusammen in einem Versteck gesessen und auf eure Chance gewartet. Und du warst es, Kate, die den Mut hatte, als Erste den Kopf rauszustecken, um nachzusehen, ob die Luft rein war. Und dann bist du nicht einfach schnell und kühn losgestürzt, sondern hast dich umgedreht und die Hand ausgestreckt: »Komm, Nick. Alles in Ordnung. Gehen wir!«

Um zwei Uhr, zu dieser frühen Morgenstunde, vor sechzehn Jahren. Ich hatte keine Ahnung, ob es gerade regnete oder nicht, das Wetter war das Letzte, was mich interessierte.

Du hast deinem Bruder auf die Welt geholfen, Kate. Ist das nicht so? Und das bedeutet etwas, das ich niemals hätte vorhersehen können und das gelegentlich die glückliche Bewegung der Wippe durcheinandergebracht hat, wenngleich es auch auf seltsame Weise zu ihrem Gleichgewicht beitrug. Ich denke, uns beiden ist das klar, oder? Auch wenn wir es nie ausgesprochen haben. Nämlich dass du und ich, was Nick betrifft, konkurrierende Mütter sind. Wenn ihr beide konkurrierende Väter habt – die euch morgen vorgestellt werden, sozusagen –, so hat Nick auch immer seine konkurrierenden Mütter gehabt.

Ich glaube, diese kleine Falte auf seiner Stirn war wirklich schon bei seiner Geburt da, meinst du nicht auch, Kate? Hilf mir! Warte auf mich! Aber da eure beiden Gesichter zu dem Zeitpunkt so voller Runzeln und Falten waren, kann ich nicht sicher sein. Zwei kleine Krabben? Zwei kleine, bläuliche Klöpschen! »Das Stirnrunzeln seines Vaters«, so sagt man es, so herum. Aber warum könnte man nicht genauso gut von einem Vater sagen und warum wäre es nicht genauso natürlich: »Oh, er runzelt die Stirn wie sein Sohn«?

Deine Lungen, Nick, verkündeten deine Anwesenheit sieben Minuten nach deiner Schwester. Ich glaube, dein Vater schnappte ebenfalls nach Luft.

Was wird morgen geschehen? Aber was ist ohnehin die

schlimmste Furcht aller Eltern? Sie fängt im Kreißsaal an. Verwechselt sie bloß nicht mit denen von *jemand anderem*. Jetzt, wo wir euch endlich hatten, und das auf so komplizierte Art und Weise, welche Angst hatten wir da, euch zu verlieren. Ich denke jetzt überhaupt nicht an morgen. Daran, dass wir euch sowieso verlieren. Euch kostbare kleine, zusammen angekommene Wesen. Jemand hätte uns etwas von dieser völlig normalen panischen Angst von Eltern sagen sollen. Aber bewies sie nicht, dass wir normale Eltern waren?

Man kann nicht das eine (oder eben auch die zwei) ohne das andere haben, den Besitz ohne die Angst: Es ist der grundlegende Vertrag. Denkt ja nicht, dass unser eigenartiger Vertrag daran in irgendeiner Weise etwas geändert hat. Und glaubt nicht, wenn ihr hört, was ihr morgen erfahren werdet, dass es in dieser Hinsicht jemals zwischen uns beiden unterschiedliche Meinungen gegeben hätte. In dieser Beziehung sind wir ebenfalls absolut Zwillinge. Wir beide würden auf der Stelle unser Leben hingeben – und das täte auch jeder Einzelne von uns –, wenn wir dadurch einen von euch oder euch beide retten könnten.

Aber das wisst ihr. Ihr seid sogar Zeugen davon geworden – oder doch beinahe. Ihr merkt natürlich schon, worauf ich gleich zu sprechen komme. Was mich an jenem schrecklichen Tag in Cornwall erschüttert und gelähmt hat – ich meine, was zu meinem Schockzustand, meiner Panik, meinem Entsetzen und meiner äußersten Verzweiflung beigetragen hat –, war die entsetzliche Hartnäckigkeit eures Vaters. Er *brüllte* mich an, er *befahl* mir: »Nein! Ich! Warte hier!« Als sähe er – von allem anderen einmal abgesehen – hier seine große Gelegenheit gekommen.

Natürlich war er stärker, aber ich war die bessere Schwimmerin. Das wusste er. Er hatte mich in Craiginish gesehen, er hatte mich in Brighton gesehen. Er hatte mich, zum Donnerwetter, dort in Cornwall gesehen. Aber er hechtete fast im gleichen Augenblick, in dem er mich anschrie, hinein. Wie sollte er wissen, dass die Strömung, die euch hinaus und von den Felsen fortzog, einen Erwachsenen genauso besiegen konnte wie eure neun Jahre alten Körper?

Zumindest riss es ihn schnell genug hinaus. Zu euch *beiden*. Ich hatte bereits, zum zweitenmal in meinem Leben, eure Zusammengehörigkeit auf überwältigende und unauslöschliche Weise zur Kenntnis genommen. Das heißt, dass ihr von einer Kraft vom trockenen Land fortgezogen wurdet, der keiner von euch beiden widerstehen konnte, und du, Nick, noch weniger als deine Schwester, aber dass euch nichts würde voneinander trennen können. Eure sich im Wasser wie zwei miteinander verbundene, sich drehende Bojen auf und ab bewegenden Köpfe – auch das ein Bild von euch, das mir immer bleiben wird.

Mike bewegte sich schnell auf euch zu, fast zu schnell. Ich konnte von hinten nur seinen sich auf und ab bewegenden Kopf sehen. Mir kam der undenkbare Gedanke, dass ihr *alle* innerhalb der nächsten Augenblicke verloren sein würdet, dass ihr alle von mir fortgezogen würdet, ihr alle, die ihr mir wichtig wart, und dass ich würde zuschauen müssen. Ich sah mich allein auf nacktem Felsen stehen und wünschen, dass ich selbst zu Stein würde.

Meine ganze Erinnerung an jenen Tag ist eine üble Mischung aus Freundlichem und Entsetzlichem. Es war ein schöner Tag, es war heiß, eher wie ein Tag am Mittelmeer als wie einer in Cornwall. Es war der dritte Sommer, den wir an dieser kleinen, ungefährlichen sandigen Bucht verbrachten, und wir hatten gedacht, wir brauchten uns jetzt nicht mehr zu sorgen, wenn ihr euch ein bisschen weiter hinauswagtet. Ihr hattet zwei Jahre zuvor schwimmen gelernt. Ihr schwammt gut und sicher, so wie ich. Das Meer war blau und träge, die Wellen kamen lang herein.

Es war Flut. Auf der anderen Seite der Landspitze wehte, als wir dort ankamen, eine schwache Brise, und es herrschte leichter Seegang, aber niemand hätte das Meer gefährlich genannt.

Am Strand waren noch andere fröhliche Leute. Wir beide waren erst vor Kurzem geschwommen und lagen jetzt da, ließen uns trocknen und wurden angenehm schläfrig. Der Gedanke, dass wir einfach hätten einschlafen können, erfüllt mich immer noch mit Schrecken. Aber plötzlich wurden wir beide gleichzeitig von Unruhe übermannt: *Wo sind sie?* Ich fange immer noch an zu zittern bei dem Gedanken – und ich kann unsere Entscheidung nicht erklären –, dass wir als Erstes auch in die *andere* Richtung hätten gehen können.

Selbst noch, als ich dort stand und euch drei beobachtete, die ihr im Begriff standet, mich zu verlassen, hatte ich für den Bruchteil einer Sekunde den mich verhöhnenden, traumhaften Gedanken, dass dies ein hübsches Fleckchen war, um nur einfach da zu stehen oder zu sitzen, auf diesem warmen, sonnigen Felsvorsprung, zu dem diese schönen, dunkelblauen Wellen hier und da angenehme Gischtfontänen heraufschickten, und das alles mit Blick auf die Klippen und den blauen Himmel und den ganzen Bogen der dunstigen, sommerlichen Küste. Ich glaube, ich sah sogar mich selbst, sicher und unversehrt zurückversetzt: wieder als Mädchen, selber neun Jahre alt, am Strand von Craiginish, wo all das unmöglich geschehen konnte.

Aber ich sah auch etwas, das wunderbar genug war. Ich sah, wie euer Vater euch erreichte, und ich sah einiges Hin und Her. Geräusche, Worte, die ich nicht hören konnte. Vielleicht hat er euch einfach angefahren. Aber ich sah, dass euer Vater die Situation abschätzte und nicht nur *kämpfte*. Ich sah – o Gott, das war der lebenswichtige, der entscheidende Faktor –, dass, als er wendete, die Strömung nur für Kinder bedrohlich war, er selbst jedoch mit einiger Anstrengung dagegen anschwimmen konnte. Andererseits musste er mit euch beiden vorankommen.

Das Wundervolle war, dass ihr alle wie ein Team gehandelt habt. Das heißt, ihr habt Entscheidungen, habt Abmachungen getroffen, die alle gefährlich hätten sein können, die sich aber in jedem einzelnen Fall als richtig herausstellten. Es war fast so, als hättet ihr es geübt. Er konnte euch nicht *beide* zurückbringen, das hätte katastrophal ausgehen können. Zuerst musste Nick drankommen, und das bedeutete, dass du, Kate (ich werde das nie vergessen), dich einem einsamen, schrecklichen Risiko aussetzen musstest. Das hielt mich später davon ab, zu ärgerlich zu sein. Wie tapfer du warst, wie allein. Du konntest ja nicht sehr viel mehr tun, als dich gegen die Strömung zu behaupten, vielleicht noch ein winziges Stück voranzukommen. Du dachtest an die Entfernung, die dein Vater ein zweites Mal würde zurücklegen müssen. Deine Kraft ließ nach, und du musstest überlegen, wie du sie einsetzen konntest oder vergeuden.

Inzwischen war, als dein Vater dich schwimmend Richtung Land zog, *deine* Kraft, Nick, fast völlig erlahmt. Ich sehe immer noch dein weißes, erschöpftes Gesicht vor mir, wie es vor dem Blau hing. Irgendwie brachtest du es fertig, dich an seiner Schulter festzuhalten und selbst mit den Beinen ein paar Schwimmbewegungen zu machen, während er es schaffte, mit einem Arm und deinem Gewicht zu schwimmen und dann noch gegen die Strömung.

Bitte, lass nicht los, Nick. Und bitte pass auf, dass dein Vater nicht ertrinkt.

Er brachte dich zu einem niedrigen Felsvorsprung, wo ich auf euch wartete.

Du glichst bereits einem schlaffen Stück Frachtgut. Er dachte an Kate. Mit derselben, Widerspruch nicht zulassenden Stimme stieß er hervor: »Handgelenke! Schnell! Zieh!«, wobei das letzte Wort fast in einem wässrigen Gluckern unterging. Mit einer nie zuvor gekannten Kraft bekam ich dich an den Handgelenken zu fassen und zog dich heraus, bevor dich der Sog der zurückweichenden Welle doppelt so schwer machte. Aber ich glaube, selbst wenn das passiert wäre, hätte ich dich leicht gemacht, hätte ich dafür gesorgt, dass du herausgeschleudert wirst. Jedenfalls kamst du wie der Korken aus einer Flasche herausgeschossen in meine Arme, und ich brüllte dich mit der Wildheit eures Vaters an: »Atmen, Nick! Atmen!« Ich glaube nicht, dass man es dir hatte sagen müssen.

Auf dem Weg hinauf schürftest du dir das Knie am Felsen auf (und hast dich später wie verrückt beschwert). Blut lief dein Schienbein hinunter. Es machte nichts. Blut war gut, irgendwie war es sehr gut. Auf deinem Weg nach oben bemerkte ich ebenfalls, wieder mit der seltsam momentanen Intensität bloßer Beobachtung, dass unter dem Rand des Felsvorsprungs direkt unterhalb der blinkenden Wasserlinie Büschel von Entenmuscheln saßen, kleine, eng zusammengepackte Muscheln, Locken und Wirbel von wogendem Tang, eine ganze Welt von fesselndem Leben.

Mike schwamm bereits wieder hinaus. Als ich aufblicken konnte, sah ich, dass du, Kate, kaum noch Kraft hattest, aber es gelang dir, dich auf etwas bessere Weise an deinem Vater festzuhalten als Nick. Und Mike sagte später, dass die Strömung, als er das zweite Mal zurückschwamm, selbst in den wenigen Augenblicken, die vergangen waren – sie waren so lang wie Stunden –, tatsächlich schwächer geworden war. Es muss irgendein Trick dieser speziellen Phase der Flut gewesen sein. Und das war nur gut. Denn diesmal brauchte euer Vater länger: Seine Kraft ließ nach. Doch es gab einen Augenblick, da wusste ich, noch bevor es eine unbezweifelbare Tatsache war, und es war selbst wie eine plötzlich hereinströmende Flut, welche die schreckliche Gegenströmung aus »wenn« und »dann hätte« und lebenslanger seelischer Qual zurückdrängte, da wusste ich, dass meine wunderbare und anbetungswürdige Familie, meine unvergleichliche Familie, und zwar jedes einzelne heiß geliebte Mitglied, mir wieder zurückgegeben werden würde. Es würde am Ende dieses Sommertages da sein, so wie es an seinem Beginn da gewesen war.

Da waren wir, auf jener warmen, festen Felsplatte, wie Miniaturmenschen auf der flachen, trockenen Hand eines riesenhaften Zauberers. Oder genauer gesagt, da waren wir drei. Euer Vater klammerte sich immer noch an ihren Rand, war immer noch im Wasser, zu erschöpft, um sich hochzuziehen. Er atmete schwer, seine nassen Unterarme ragten heraus, den Kopf hielt er gesenkt, und er sah uns nicht einmal an. Was mochte er denken?

# 28

Ihr wart neun Jahre alt. Ihr wart damals noch zu jung, um zu verstehen, dass die große Woge der Wut, die wie Übelkeit in mir hochstieg, nur wenige Augenblicke später zu etwas ganz anderem wurde. Nämlich zum Gegenteil. Es war ein Abreagieren, keine Bestrafung. Euch bestrafen? Dafür, dass ihr gerettet worden wart?

»Was in aller Welt habt ihr euch dabei gedacht? Was habt ihr euch nur dabei gedacht?«

Ich überraschte Mike, ich überraschte sogar mich selbst mit meinem unkontrollierbaren Wutausbruch. Und ihr wart zu jung, um nicht in dem Glauben zu sein, dass diese Strömung eine speziell euch zugedachte Strafe gewesen war – lass Mutter doch wütend sein. Aber du hättest keine so umfängliche Beichte ablegen müssen, wie du es getan hast, Kate. Du hättest einfach sagen können, es sei eine Mutprobe gewesen, ein Abenteuer, dort um die Landzunge herum zurückzuschwimmen, und es sei leider schiefgegangen. Und ja, ihr hättet euch vor allem nie und nimmer so außer Sichtweite begeben dürfen.

Du beherrschtest die Kunst des Verheimlichens noch nicht. Wir hatten uns ganze neun Jahre lang darin geübt. Es strömte alles aus dir heraus, wie das Wasser, das an jenem Tag fast aus deinen leblosen Lungen geströmt wäre. *Du* übernahmst allein das Beichten. Nick schwieg. Mike ebenfalls. Er hatte sich inzwischen aus dem Wasser gezogen und saß zusammengekrümmt und erschöpft und – wie ich bemerkte – leicht zitternd da. Als wäre er ebenfalls schuldig. Es sei alles deine Idee gewesen, dein Fehler, sagtest du. Nick habe einfach nur mitgemacht. O Kate. Und ich hatte dich gerade hektisch um deinen Bruder herumschwimmen sehen wie eine Ente um ein erschöpftes Entlein.

Und dabei war es nur um einen Spaß gegangen. Ihr hattet euch verstecken wollen. Ihr hättet, sagtest du, eine kleine Höhle entdeckt, einen Spalt am Ende jener schmalen Rinne zwischen den Felsen – du hast sogar mit dem Finger in die Richtung gezeigt, als ob die Höhle an allem schuld sei –, gerade groß genug für euch beide und nur erreichbar, indem man aus dem Wasser steigt, hinunterklettert und durch einen – in jenem Augenblick noch – langen, sicheren Tümpel watet. Und ihr hattet die Idee, du hattest die Idee, einfach dort zu sitzen und zu warten, bis ihr uns sehen würdet, wie wir auf der Suche nach euch über die Felsen kamen und nach euch riefen. Dann wolltet ihr natürlich herausstürzen und uns überraschen. Huhu! Hier sind wir!

Wir waren nicht gekommen. Ihr hattet gewartet. Wir machten, wie es schien, bei eurem Versteckspiel nicht mit. Und ihr hattet nicht damit gerechnet, wie schnell die Flut einsetzen würde, nicht damit, wie das Wasser durch den Tümpel hereindringen und die Höhle fluten würde. Ihr konntet nicht bleiben, wo ihr wart, aber ihr konntet auch nicht zurück auf die steilen Felsen, über die ihr heruntergekommen wart. Was blieb, war, um euer Leben zu schwimmen, weiter an der Landzunge entlang, dorthin, wo die Felsen flacher waren, dorthin, wo wir standen und ich euch genau in dem Augenblick finster ansah. Aber da war diese unerwartete Strömung.

Dann war die So-tun-als-ob-Geschichte Wirklichkeit geworden. Das ist der Teil, den ihr nicht erwähnen musstet. Dass es nicht einfach nur ein Spiel gewesen war. Ihr *wolltet*, dass wir glauben, und sei es nur für eine Weile, ihr wärt verschwunden, wärt weg. Ihr hattet unsere panische Angst sehen und hören wollen – »Nick! Kate!« –, wolltet wissen, wie groß sie ist. Wie lange würde es dauern, bis wir kamen? Deshalb wart ihr so lange, zu lange, in der Höhle geblieben.

In diesem Augenblick dort auf der sonnigen, glücklichen, warmen Felsplatte hätte ich dir am liebsten eine runtergehauen, Kate. Ich war dem noch nie so nahe gewesen (und ich glaube, du hast es gesehen), dir eine jener vollblütigen, mütterlichen, gar nicht mütterlichen Ohrfeigen zu verabreichen. Ihr hattet uns prüfen wollen, unsere Liebe, wie sehr ihr uns am Herzen lagt, wie viel ihr uns bedeutetet. Angenommen, hattet ihr gedacht, sie wären plötzlich ohne uns, angenommen, wir wären nicht mehr da. Was für ein Gesicht würden sie machen, wie würden sie sich verhalten?

Gut, jetzt wusstet ihr es. Kanntet die Ergebnisse eures Experiments. Seht eure Mutter an, dicht davor, euch mit der ganzen Kraft ihrer Liebe zu schlagen. Seht euren Vater dort an, der euch gerade das Leben gerettet hat, sein Gesicht ein ungewohntes Bild des Elends.

Sie fing an, aus dir herauszusprudeln, die volle, weinerliche Beichte, obwohl du gar nichts hättest sagen müssen, Kate. Du hättest einfach sagen können, es tue dir leid, und im Übrigen seist du froh, noch am Leben zu sein. Was, wenn wir uns entschlossen hätten, zunächst in die andere Richtung zu gehen?

Und doch habe ich dich bewundert, Kate. Ich hatte großen Respekt vor dir, selbst als du schluchzend gebeichtet hast und ich dich am liebsten geschlagen hätte. Da war so vieles, was du nicht gesagt hast. Irre ich mich? Ich bin ganz sicher, dass du es warst, ob nun schuld an allem oder nicht, die, während das Wasser eindrang und Nick in Panik geriet oder einfach erstarrte, in letzter Minute die Entscheidung traf. »Komm! Raus hier!« Eure kleinen, sich windenden Körper, die losschwammen, gegen die Wellen kämpften, deiner gerade dies kleine Stückchen vorneweg.

Und ein paar Augenblicke später – irre ich mich? – bist sicher wieder du es gewesen, die eine weitere entsetzliche Entscheidung traf, nämlich dass du deinen Bruder nicht im Stich lassen würdest, selbst wenn dies noch in deiner Macht gestanden hätte. Selbst als wir über den Felsrücken kamen und eure zwei auf und ab tanzenden Köpfe erblickten (Da sind sie! Es ist alles in Ordnung! Nein, ist es nicht!), war *das* bereits zum Wichtigsten geworden. Ich sah es, Mike sah es, obwohl wir nie darüber gesprochen haben. Du wusstest da bereits, dass ihr es nicht schaffen würdet, nicht ihr *beide*. Deine einzige Aufgabe war es jetzt, Nick glauben zu machen, dass ihr es schaffen würdet, und – wenn es denn soweit war – mit ihm unterzugehen.

Und ich weiß auch ganz sicher, Nick, wenn es andersherum gewesen wäre, wenn du plötzlich zu der Stärke eines Jungen gefunden hättest, die deiner Schwester versagt war, dass du es dann nicht anders gemacht hättest, dass du mit ihr untergegangen wärst. Sie hätte geführt, du wärst ihr gefolgt.

Ich habe dich nicht geschlagen, Kate, ich habe dich umarmt. Du musst gesehen haben, wie die Wut von mir abfiel wie etwas, das durch Wasser nach unten sinkt. Ich habe dich so fest an mich gedrückt, dass du gedacht haben musst, deine Mutter würde dich jetzt, da du dem Tod durch Ertrinken knapp entgangen warst, ersticken.

Unter den vielen »Was-wäre-gewesen-wenn« jenes Tages gibt es eines, das noch unvorstellbarer ist als all die anderen, das sogar unvorstellbarer ist – kann man es überhaupt aussprechen? – als der Gedanke, wir hätten euch beide verloren. Nämlich dass wir nur einen von euch verloren hätten, Mike nur einen von euch gerettet hätte. Dass es sogar jetzt, sogar in dieser Nacht, einen Nick ohne Kate oder eine Kate ohne Nick hätte geben können.

Diese Familie hätte ihre nicht wiedergutzumachende Geschichte gehabt.

Ich bin nur eure Mutter. Was weiß ich schon, wie das wirklich zwischen euch läuft? Ihr seid ein Wunder, ihr seid eine Freude, ihr seid eine Qual. Ist es ein Segen oder ein Fluch, das zu sein, was ihr seid, nämlich – wenn es denn so ist – von Geburt an eng miteinander verbunden? Ihr habt es leicht, ihr habt es geschafft? Ihr beide müsst niemals im Leben jene andere Hälfte finden, die euch vervollständigt? Oder wird es auf Grund dessen, was ihr seid, nur schwerer sein? Fürchtet ihr euch … selbst jetzt … ein wenig vor dem Anfang? Niemand von all den *anderen* wird jemals gut genug sein oder euch so nahekommen. Ihr werdet nie euren Strand von Brighton haben.

Ihr habt von Anfang an das grausame Gesetz des Paarseins gekannt: Eines Tages wird nur einer übrig bleiben. Aber wenigstens an *jenem* Tag hättet ihr euch dem widersetzt.

Ich fürchte, dass euch der morgige nur zu jenem Tag zurückziehen wird. Nicht, dass ihr davon je loskommen werdet. Ich fürchte, der morgige Tag wird nur wie dieses unsichtbare Seil zwischen euch sein, das schon bis zum Äußersten gespannt ist (wer wird es wohl als Erster durchschneiden?), das euch damals jedoch schnell und unabwendbar einen nach dem anderen hätte unter Wasser ziehen können.

Bei Großvater Petes Beerdigung müsst ihr, soweit dies möglich ist, Anwandlungen eines Teenager-Mitgefühls mit Großmutter Helen gehabt haben. Arme Großmutter Helen. Und dann vielleicht ein vorausgeahnter Schmerz um Mike und mich: Eines Tages wird auch einer von ihnen … Und dann vielleicht, mit jenem Tag in Cornwall hinter euch, eine plötzliche Angst, ja Doppelangst, um euch selbst.

Euer erster Vorgeschmack vom Tod? Natürlich war er das nicht. Ihr legtet eine solche Würde an den Tag, gabt euch einen solchen Anschein von Reife und Weisheit. Schau, Vater versucht, nicht zu weinen. Und Mutter hält seinen Arm. Kalte Feuchtigkeit lag über dem Friedhof. Es tropfte von allen Bäumen. Ein früher Frost war zu einem klebrigen Tau geschmolzen, das Gras unter unseren Füßen war nass und zertrampelt. Ein Tag wie Rinderatem. Die

Kuppen der Downs, wo Großvater Pete gestorben war, lagen in einer Art Dampf verborgen.

Ich musste an die Hand eures Vaters auf meinem Arm in Invercullen denken und ergriff den seinen. Wenn Großmutter Helen damals zusammengebrochen wäre und geweint hätte, hätte ich weichen, beiseitetreten müssen, hätte die taktvolle, fügsame Schwiegertochter sein müssen. Aber es war euer Vater, der weinte. Großmutter Helen stand mit trockenen Augen auf dem durchgeweichten Rasen. Und mir kam plötzlich der Gedanke, da dieses Geheimnis nun gelüftet war: Sie steht dort, wo sie eines Tages sein wird. Und dann war mir wie von ungefähr der zusätzliche Gedanke gekommen: Gibt es wohl Friedhöfe, gibt es Fälle – ich nehme an, es wird sie geben –, wo Zwillinge Seite an Seite bestattet werden?

Bei Zwillingen ist es irgendwie unerträglich, als müsste das zweite Herz einfach auch aufhören zu schlagen.

Ich habe manchmal Angst um euch. Ich fürchte für eure Zukunft. Eure Zukunft? Eure Zukünfte? Ich weiß nicht einmal, was man da am besten sagen soll. Ich möchte, dass ihr alle beide habt oder kennenlernt, was mindestens so gut ist wie das, was Mike und ich erfahren haben. Und immer noch erfahren. Wird eure Mutter jetzt einfach zu einer mühsamen Mutter, zu einer klammernden, belastenden, erdrückenden Mutter? Nun, euer Vater könnte, wie ihr bald entdecken werdet, kaum lockerer oder freier sein.

Ich glaube, du bist noch Jungfrau, Kate, und ich denke, dass dein Bruder diesbezüglich nicht aktiv werden wird, bevor du es wirst. Was ist neu daran? Aber schließlich könntet ihr beide eine ganze Reihe von Episoden gehabt haben, könntet sogar eure Erfahrungen ganz offen austauschen. Ich bin ja nur selten zu der Zeit zu Hause, die die Hexenstunde sein muss, gleich nach der Schule, und vielleicht kommt es euch inzwischen auch ungelegen, dass euer Vater manchmal da ist – daheim in seinem Arbeitszimmer arbeitet. Andererseits könnte für jeden von euch die Gegenwart des anderen das eigentlich Hemmende sein. Erfahrungen austauschen? Wohl kaum.

Jedenfalls habe ich nach den verräterischen Zeichen Ausschau gehalten, und ich glaube nicht, dass ihr schon einen speziellen Freund respektive eine spezielle Freundin habt, jemanden, zu dem oder der ihr einfach gehen und alles bequatschen könntet, was ihr morgen erfahren werdet. Oder wo es schwerfällt, nicht gleich damit herauszuplatzen. Vielleicht sollten Mike und ich dankbar sein. Ihr seid, wie es scheint, späte und vorsichtige Anfänger, aus welchen Gründen auch immer. Obwohl es sein könnte, dass ihr morgen einen ganz schön kräftigen Schubs bekommt. Wenn eure Mutter es mit einem Reagenzglas tun konnte – was hält euch dann noch zurück?

Ich ängstige mich um euch beide. Mütter machen sich Sorgen, grübeln und liegen um drei Uhr nachts wach. Sagt mir, dass ich töricht bin. Ich sorge mich um euch auf eine Art und Weise, die nichts mit morgen zu tun hat. Als ob morgen nicht sowieso schon genug für euch brächte, womit ihr fertig werden müsst.

# 29

Euer Vater dreht sich im Schlaf um. Wach noch nicht auf, Mikey, jetzt noch nicht. Ein Weilchen kann er das noch sein: »euer Vater«. Er schnüffelt leise wie ein im Boden wühlendes Tier. Wie gern würde ich ihn fest in die Arme nehmen, aber ich habe Angst, ihn aufzuwecken. In ein paar Stunden wird er in euren Händen sein. Ich werde ihn an euch übergeben müssen.

Und es wird dann bei euch liegen, wie ihr ihn nennen wollt. Mir scheint, dass er, wenn er ein allerletztes Mal zu euch spricht, mehr den Vater herauskehren wird, als er es je getan hat, den großen, strengen, ernsten Vater. Hört euren Vater an, er hat euch etwas Wichtiges zu sagen. Und dann wird er ein Niemand sein, er wird das sein, was ihr aus ihm macht. Wenn ihr wollt, könnt ihr ihm sogar sagen, er solle gehen.

Aber ich hoffe, ihr wisst, dass ich, wenn er geht, auch gehe. So stehen die Dinge. Ich bin eure Mutter, er ist nicht euer Vater, aber wir gehören auf alle Fälle zusammen, genauso unbezweifelbar wie ihr beide. Habe ich mich klar ausgedrückt? Wenn es hart auf hart geht, dann ist das die Antwort. Ich bin eure Mutter, aber ihr seid jetzt sechzehn, und wie lange werdet ihr mich überhaupt noch brauchen? Jener nicht kleinzukriegende Mutterinstinkt hat schließlich den Weg von mir zu euch gefunden, aber ich bin mir nicht sicher, dass die Biologie alles bestimmt. Ist das Ketzerei? Euer Vater war nie euer biologischer Vater. Disqualifiziert ihn das? Wie viele echte Väter sind qualifizierte Biologen?

Morgen werdet ihr – wenn ihr euch für ihn entscheidet – zustimmen, dass er künstlich zu eurem Vater *gemacht* wird, so wie wir einst zugestimmt haben, euch künstlich (gemäß diesem hässlichen Ausdruck) zu unseren Kindern zu machen. Aber die Trickserei hört, wie ihr schnell entdecken werdet, da noch nicht auf. Ihr werdet morgen nicht einfach nur die Wahrheit erfahren, sondern da bleibt noch das ganze Problem des So-tun-als-ob.

Diese kleine Nebenfrage in Bezug auf das nächste Wochenende, bezüglich des Gifford Park Hotels, die Frage, ob ihr uns hinfahren lasst oder nicht, wird euch vergleichsweise geringfügig vorkommen. Obwohl ich mir schon vorgestellt habe, wie das alles – sollte es sich so ergeben – euch eine raffinierte Möglichkeit bieten könnte, Rache zu nehmen. Verzeiht. Ich sehe euch vor mir, wie ihr am *nächsten* Sonnabendmorgen, nach einer bemerkenswert ruhigen und ereignislosen Woche (aber einer, in der ihr Zeit hattet, Pläne zu schmieden), in der Haustür steht, um uns winkend in unser silbernes Wochenende zu verabschieden, und das mit all der bereitwilligen Feierlichkeit, die ihr bei der Beerdigung von Großvater Pete an den Tag gelegt habt. Ich stelle mir sogar vor, wie Mike und ich uns einen Augenblick lang wie die verzogenen (aber gedemütigten) Kinder vorkommen, während ihr dort steht wie die großherzigen Besitzer des Hauses Rutherford Road 14.

Nur dass ihr, wenn wir am nächsten Sonntagabend zurückkehren, fort seid. Das Haus wird geplündert sein, zerstört. Könntet ihr so durchtrieben sein? Verstellung und Heuchelei allüberall. Mein bisschen Verstellung gegenüber eurem Vater in einem Fünf-Sterne-Hotel, in einem Himmelbett in Sussex wird dann meine geringste Sorge gewesen sein.

Aber jene viel schlimmere Verheimlichung – angenommen, wir sind nach dem nächsten Wochenende wirklich noch alle auf die eine oder andere Weise hier unter diesem Dach –, wo hört sie auf? Denkt darüber nach. Euer Vater hat recht, vielleicht braucht ihr das nächste Wochenende, um nachzudenken. Wir hätten es Großvater Pete und Großmutter Helen sagen können, schon vor Jahren – denkt darüber nach –, und das wäre natürlich aufrichtig gewesen. Aber es hätte sie zweier kleiner Enkelkinder beraubt, wenn ihr versteht, was ich meine, und sie zu widerwilligen Komplizen unserer Unehrlichkeit gemacht. Jetzt müsst ihr entscheiden, ob ihr aufrichtig sein wollt oder nicht.

Kinder werden dazu erzogen, nicht zu lügen. Waren wir darin, was euch betrifft, jemals so toll? Berücksichtigt zumindest einen kleinen, mildernden Umstand. Die Unwissenheit aller – und ihre überraschende Leichtgläubigkeit – machte das Lügen nur einfacher. Das unabsichtliche Einverständnis aller machte es uns nur leichter, zu glauben (habt ein wenig Erbarmen), die Lüge könnte die Wahrheit sein.

Es regnet jetzt stärker, glaube ich. Es steht euch frei, ihr habt das absolute Recht, der ganzen Welt, wenn ihr wollt, alles zu erzählen. Fangt Montag mit allen euren

Schulkameraden an. Aber warum bis dahin warten? Ein paar Telefongespräche morgen Nachmittag. Erzählt es rum. Wir sind nicht in der Lage, euch daran zu hindern. Stellt euch vor, welche Wellen das nach sechzehn Jahren in nur wenigen Augenblicken schlagen würde. Aber denkt zumindest daran, wie weit diese Wellen sich ausbreiten könnten, und dass ihr sie, sollte euch später einmal danach zumute sein, nicht wieder in die entgegengesetzte Richtung bewegen könnt.

Hier ist ein Gedanke, der euch vielleicht selbst an diesem Wochenende oder auch noch eine ganze Zeitlang später nicht kommen wird, den ich aber mit Bestimmtheit für euch gedacht habe. Angenommen, *ihr* habt eines Tages Kinder. Ich meine (Schluss mit diesem alten Kindheitsscherz), dass jeder von euch beiden oder einer von euch eines Tages Kinder hat. Würdet ihr euch für sie freuen bei dem Gedanken, dass dieser Mann, der hier liegt, ihr Großvater ist? Wenn nicht er, wer dann? Wird das für euch eine einfache Entscheidung sein, über die ihr nicht groß nachzudenken braucht, oder werdet ihr der Meinung sein, dass sie es eines Tages, wenn sie groß geworden sind, wissen müssen? Dass auch ihnen eine Geschichte erzählt werden muss, wie ich sie euch jetzt verzähle, eine Geschichte, zu der natürlich auch ein verregnetes Wochenende im Juni gehört, früher einmal, als ihr sechzehn wart?

Großvater Mikey! Verschone uns, der Mann ist erst fünfzig. Für mich sieht er nicht wie ein Großvater aus. Aber darum geht es ja nicht. Es reicht bis in die Zukunft, versteht ihr? Und es lässt die einfache Frage offen: Werdet ihr eines Tages eigene Kinder haben – jeder von euch, einer von euch? Ich nehme an, dass euch diese Frage noch nicht einmal andeutungsweise durch den Kopf gegangen ist. Aber sie gehört zu den Dingen, von denen ihr ab morgen plötzlich feststellen könntet, dass ihr sie sehr genau bedenken müsst: die Linie, die weiterführt in die Zukunft, mit vielleicht noch mehr kleinen Hooks.

Und das lässt nur eine weitere, gewichtigere Frage offen, die vielleicht die erste einfach schluckt. Warum überhaupt Kinder haben? Natürlich muss ich mir diese große Frage auch einmal gestellt und eine Antwort darauf gefunden haben, die, wie ihr jetzt wisst, nur von begrenzter Gültigkeit war. Das Leben war ohne Kinder möglich. Allerdings ohne *euch* zwei – also das ist etwas anderes.

Aber ich kann mich nicht erinnern, dass ich, und sei es, um meine merkwürdige Lage zu rechtfertigen, die Frage je so gestellt hätte: Wozu Kinder in die Welt setzen? Ist sie so gut und sicher, dass man das tun sollte? Wird sie es sein? Und ich kann mich auch nicht erinnern, dass Mike dieses Argument je ins Feld geführt hätte, obwohl es für ihn eine sogar noch viel attraktivere Rückzugsmöglichkeit gewesen sein muss. War es eine so angenehme, sichere Welt damals, 1972, als ihm Doktor Chivers seine Eröffnung machte? Ich fürchtete vielleicht um *unsere* Zukunft, nicht um die der Welt.

Euer Vater macht neuerdings – wenn er es sich leisten kann – gern den Scherz, dass sie eigentlich *The Perishing World* heißen sollte. Die Zeitschrift, meine ich, obwohl natürlich für den Verlag dasselbe gilt. Immer mehr Seiten scheinen sich mit Niedergängen und Dezimierungen, um nicht zu sagen totalem Aussterben zu befassen, damit, dass bei der Natur etwas schiefläuft, ihr Schaden zugefügt wird, dass Katastrophen auf uns warten. Es scheint sogar eine Leserschaft zu geben, die diese entsetzlichen, warnenden Sachen richtig gern liest. Obwohl es auch noch durchaus verlässliche Leser gibt, die, wie es euer Vater formuliert, ganz einfach etwas über Frösche erfahren möchten.

Die Mehrzahl der bei Living World erscheinenden Publikationen besteht immer noch aus »Naturbüchern«, hübsch anzuschauen, intelligent gestaltet, moderne Entsprechungen von Onkel Edwards Buch über Weichtiere. Eurem Vater macht das manchmal Sorge. Es ist ihm so etwas wie ein Pfahl im Fleisch, den er zu brauchen scheint. Er ist besorgt wegen der »Nur Natur«-Bücher. Er befürchtet, dass diese »Nur Natur«-Sachen in Wirklichkeit »Kopf in den Sand«-Sachen sind und nicht einmal gute Wissenschaft. Diese schrecklichen Warnungen sind keine Erfindung, der Planet ist in ernsthaften Schwierigkeiten. Ich glaube, er befürchtet, selbst ein »Nur Natur«-Mensch zu sein. Der noch immer in kurzen Hosen in Sussex herumläuft und nicht einmal etwas von der Existenz der DNA weiß. Oder von mir.

Aber seht euch eure Mutter an. Der Planet steckt in ernsthaften Schwierigkeiten, doch sie handelt noch immer mit Kunst. Ein Teil von ihr ist immer noch in der Renaissance.

War die Welt 1972 besser, damals, als von euch, wie ihr wisst, überhaupt noch keine Rede war? Vielleicht habt ihr manchmal gedacht, dass ihr, wie eure Eltern auch, zeitlich ganz gut geplant wart, zwei kleine Kaltekriegsbabys, die, als sie dazu bereit waren, in eine Welt kamen, welche nicht mehr kalt war – ein glückliches, wärmeres

Klima, wohin man blickte. Jetzt, nur ein paar Jahre später, sieht es nicht mehr so gut aus. Es heißt sogar, das Klima werde zu warm.

Eure Zukünfte? Eure Zukunft? Wie wird die Welt in nur fünf Jahren aussehen, im Jahr 2000, wenn ihr einundzwanzig seid? Wie in weiteren sechzehn Jahren, wenn ihr zweiunddreißig seid, also in dem Alter, in dem ich mich entschied, Mutter zu werden? Wie wird die Welt aussehen, wenn ihr fünfzig seid, im Alter eures Vaters? Ihr werdet mir nicht dafür danken, dass ich manchmal ein Opfer dieser Art von Arithmetik werde (und noch dazu ausgerechnet heute Nacht) oder gelegentlich zu dem Schluss komme, dass euer Vater und ich, beide schön ordentlich 1945 geboren, vielleicht in der besten Zeitspanne, die die Geschichte jemals zu bieten hatte, abgesetzt worden sind.

Der Planet steckt in ernsthaften Schwierigkeiten? Wir schreiben 1995, ein Jahrtausend geht zu Ende, wir sind alle dabei, vor die Hunde zu gehen? Ich weiß nicht, ob der Planet in ernsthaften Schwierigkeiten steckt, wenn ich so dem Regen lausche, der dem Garten guttut. Ich glaube, Rutherford Road 14 könnte in großen Schwierigkeiten sein. Dies könnte schlicht der Anbruch des Jüngsten Tages sein. Werden wir den Tag so nennen, wenn wir mal auf ihn zurückblicken? »Tag des Weltgerichts«? »Tag des Bombeneinschlags«? Wird er einmal seinen normalen Platz in unserem Kalender finden, in unseren privaten Annalen? *Jener* Tag, jener Tag im Juni? Wir werden offen und ruhig von ihm sprechen – obwohl natürlich nur untereinander –, mit einem Anflug von Ehrfurcht und Solidarität, ja sogar mit einer Spur Humor. »Tag des Bombeneinschlags«, scherzhaft, denn in Wirklichkeit ist ja gar keine Bombe hochgegangen. »Jüngster Tag«, weil es nicht das Ende der Welt war, sondern nur ein verregneter Sonnabend im Juni. Noch ein besonderer Tag, eine Woche nach eurem Geburtstag, der alljährlich diskret, aber lächelnd begangen wird?

Ich sehe vor mir, wie alles in diesem Haus in nur wenigen Stunden genauso aussehen wird wie immer. Ich sehe, wie alles – jeder Gegenstand, jedes Bild an der Wand, jedes kleine Erinnerungsstück, jedes einzelne Andenken an unsere guten Tage und unser Glück – bedeutungslos und falsch aussieht. Aber dann würde sowieso nichts mehr von all diesem Zeug (wie ihr es so zartfühlend nennt) von Bedeutung sein, das könnt ihr uns glauben, jedenfalls nicht, wenn man es gegen euch aufwiegt. Ich habe es Mike schon so oft gesagt, dass auch ich daran glauben muss: dass er nichts zu fürchten hat, was das Grundlegende anbetrifft. »Haben sie einen besseren Vater gehabt?« (Nun, *habt* ihr?) So oft, dass ich ihn am Ende überzeugt haben dürfte. Seht ihn euch doch an, wie er hier liegt und fest schläft. Aber in jedem Fall müsst ihr mir einfach glauben, dass euer Vater, der in den zurückliegenden Jahren – wie immer er morgen genannt werden wird – den unerwarteten Beinamen »Mr Living World« übernommen hat, gerne alles, die ganze lebende Welt, dafür geben würde, dass ihr seine *echten* Kinder sein könntet.

Ich glaube, wenn der Regen nicht wäre, müssten inzwischen die ersten Lichtstreifen zu sehen sein. Es rauscht und rieselt nicht mehr. Jetzt trommelt der Regen aufs Dach, wie aus einer bewegungslosen, sich riesig auftürmenden Wolke. Mitten über Putney. Nur ein verregneter Sonnabend im Juni oder höchste Zeit, eine Arche zu bauen?

Zu all den Besitztümern und Kunstwerken in diesem Haus gehört, falls ihr das nicht wisst, immer noch eine kleine, kostbare Sammlung der Bilder, die ihr beide in der Grundschule gemalt habt, als ihr sechs oder sieben wart. Ich habe sie in meiner besonderen Schachtel aufgehoben. Aber sie wurden ganz sicher einmal … erinnert ihr euch? … in unserer Küche ausgestellt. Eine gewisse Zeitlang gab es dort eine ständig wechselnde Schau. Ihr wusstet damals – so ungefähr –, dass ich mit »Kunst« zu tun hatte, dass ich Bilder kaufte und verkaufte, und wenn eure Bilder abgehängt wurden, um durch eure neuesten Werke ersetzt zu werden, dachtet ihr, ich ginge und verkaufte sie. Dachtet, ihr würdet edelmütig zum Lebensunterhalt eurer Mutter beitragen. Ihr habt nie nachgefragt, und es schien euch nie etwas auszumachen, dass ihr nicht prozentual am Erlös eures Eigentums beteiligt wurdet. Was für ein Raffke eure Mutter doch war. Aber ihr werdet froh sein, zu erfahren, dass ich nicht alle Bilder weggeworfen, sondern einige der besten aufgehoben habe. Und wenn ich einen ersten Preis hätte verleihen müssen, dann hätte ich ihn zweifellos euren Archen Noah zugesprochen.

Es war strenge Küchengalerie-Politik, dass keiner von euch beiden dem anderen vorgezogen werden durfte, und ich hätte mich ohnehin trotz meines beruflich geschulten Auges nicht dazu geäußert, wen von euch beiden ich für den besseren Aquarellmaler hielt (obwohl ich glaube, dass du es warst, Nick; da warst du deiner Schwester mal um eine Nasenlänge voraus). Aber da ihr beide in die gleiche Grundschule gingt und in einer Klasse wart, habt ihr sehr oft dasselbe gemalt. Wenigstens darin herrschte Gleichheit.

Wie auch immer, die Arche Noah muss ein sicherer Gewinner sein, ist sie doch in der Grundschule beim Malen seit eh und je das Lieblingsthema. Gibt es ein Kind, das niemals dazu aufgefordert worden ist? Ein regnerischer Nachmittag in der Klasse, das Licht brennt, schon wird der Malkasten hervorgeholt. Erst erzählt der Lehrer die Geschichte, dann machen sich die Pinsel an die Arbeit. Für *euch* beide war es natürlich dieser einprägsame Ausdruck »je ein Paar«, der die Inspiration beflügelte. Die Tiere gingen paarweise hinein, und sie taten dies, so wurde euch zu verstehen gegeben, damit die Welt gerettet würde. Ob ihr nun wusstet, was das wirklich bedeutete, oder nicht, ihr dachtet ganz eindeutig, dass eure Rettung angesichts der Tatsache, dass ihr wart, was ihr wart, gesichert sei. Damals pflegte man euch die »Hook-Zwillinge« zu rufen, was euch inzwischen wohl zutiefst zuwider wäre.

Aber in euern Köpfen herrschte offensichtlich auch eine gewisse Verwirrung hinsichtlich der Frage, ob die Arche oder die Sintflut etwas waren, was sich bereits zugetragen hatte oder was sich zutragen könnte oder würde. Das zeigte sich daran, dass ihr beide – ob in stillschweigendem Einverständnis oder nicht – euch selbst zu den Elefanten, Kamelen, den unvermeidlichen, alles überragenden Giraffen und – in deinem Fall, Nick – einem erstaunlichen (weil sie schwimmen können), aber eigentlich ganz entzückenden Paar Eisbären hinzugefügt habt.

Aber da seid ihr beide in beiden Fällen. Ihr seid nicht leicht zu erkennen, aber Kate ist die Gestalt mit dem längeren Haar und dem steifen, dreieckigen Rock. Euer Platz in der Arche Noah ist ganz entschieden reserviert worden. Ja, wiederum in beiden Fällen sind Noah und seine Frau überhaupt nicht sichtbar, und es sieht eher so aus, als ob ihr beide deren ehrwürdige Rollen übernommen hättet und nun nicht einfach nur zu den vom Glück begünstigten Passagieren gehörtet, sondern auf dem Schiff das Kommando führtet.

Wir brachten euch nicht durch die Frage in Verwirrung, ob die Möglichkeit bestünde, dass auch euer Vater und ich gerettet und einen Platz an Bord bekommen würden, und ihr wart noch zu jung für den Scherz, dass euer Vater fraglos Noah sein sollte, da er doch bereits das Kommando über die Living World hatte. Aber die Bilder wurden natürlich gerettet. Sie befinden sich jetzt hier im Haus, in meiner Schachtel. Auf beiden fallen außergewöhnlich dicke blaue Regenbänder herab, obwohl in deinem Fall, Nick, aus einem durchaus überzeugenden gewitterschwarzen Himmel. Und wie ihr jetzt verstehen werdet, kommt mir diese Schachtel mit ihrem Schatz verschiedenster Dinge, von denen eine überraschend große Zahl paarweise vorhanden ist, allmählich selbst wie eine Miniaturarche vor, die auf einen ganz besonders verregneten Tag wartet.

# 30

Aber ich glaube, jetzt sehe ich sie wirklich um den Rand der Vorhänge, die erste graue Andeutung von Tageslicht. Jetzt ist es heute, nicht mehr morgen, jetzt kann ich mir nichts mehr vormachen: der erste Tag eures zweiten Lebens.

Euer Vater hat mir einmal von einer Zeit erzählt, als Großmutter Helen ihm von der Zeit vor seiner Geburt erzählte. Und jetzt tue ich dasselbe für euch beide. Aber ich weiß, Kate, dass er dir erst vergangene Weihnachten von eben dem Fest erzählt hat, von einem Weihnachten vor langer Zeit, als seine Mutter mit ihm gesprochen hatte. Und du musst dir ausgerechnet haben, dass er von dem Jahr redete, in dem er und ich uns kennengelernt hatten, dem Jahr, in dem, was mich betrifft, *mein* zweites Leben begann. Das war vielleicht ein weiteres Teilchen in dem Puzzle, das du versucht hast zusammenzusetzen, seit ich dir von dem Ausdruck »einen Antrag machen« erzählt hatte. Obwohl du vielleicht schon vor Langem aufgehört hattest, das ganze Bild sehen zu wollen, und auch nicht mehr die Kleine-Mädchen-Vorstellung hattest, dass dir etwas Ähnliches (sogar mit Nick) passieren sollte.

Aber du hattest dir bestimmt ausgerechnet, dass er von

Weihnachten 1966 redete. Vielleicht hatte er es dir auch gesagt, es sogar betont: »Es war das Jahr, in dem eure Mutter und ich uns kennengelernt haben.«

Er war über Weihnachten zu Hause, in Orpington. Ich war in Kensington. Aber schließlich hatte ich die Eltern eures Vaters nur ein paarmal getroffen, und die Sache auf der Düne war ganz bestimmt nur ein Geheimnis zwischen Mike und mir. Aber ich glaube, seine Mutter wusste davon. Nicht von der Düne, das meine ich nicht. Ich glaube, sie wusste, dass das zwischen Mike und mir nicht nur etwas Vorübergehendes war. Mütter wissen so etwas. Sie hat bestimmt auch gewusst, ohne dass sie Einzelheiten hätte kennen müssen, dass die Art und Weise, wie Mike und ich zusammengekommen waren, eine ganz andere war als die, auf die sie und Großvater Pete sich einmal darangemacht hatten, das Leben miteinander zu teilen. Es war das Jahr 1966, es war eine andere Welt. Wahrscheinlich dachte sie sogar: Diese jungen Leute heutzutage, die kriegen es auf einem Tablett serviert. Aber jedenfalls beschloss sie, Mike davon zu erzählen, und er beschloss all die Weihnachten später, dir, Kate, von der Zeit zu erzählen, als sein Vater nicht da war.

Und natürlich war er auch letztes Weihnachten nicht da. Das erste Weihnachtsfest ohne ihn, und im Januar würde sein erster Todestag sein, von dem fünfzigsten Geburtstag eures Vaters eine knappe Woche später gar nicht zu reden. Alles in allem eine schwierige Zeit des Jahres. Dein Vater sagte zu dir: »Komm, Katesy, lass uns den Abwasch machen.« Vielleicht flüsterte er es. Großmutter Helen war eingeschlafen. Vielleicht träumte sie von Großvater Pete. Aber in seiner Stimme hatte etwas gelegen, in jenem Flüstern – ich weiß nicht, ob du das auch gemerkt hast –, als hätte er gesagt: »Lass uns mal unter vier Augen miteinander reden, Kate, ganz offen.«

Und mir wurde einen Augenblick ganz schwummerig zumute. Jetzt weißt du, was ich meine. Ich dachte, er würde vielleicht voreilig handeln und es *dir sagen*, und das aus irgendeinem Grund beim Abwaschen und aus irgendeinem Grund nur dir und nicht Nick. Es war ein Zeichen dafür, wie angespannt die Situation war (schließlich hieß es jetzt »nächstes Jahr«, und das nächste Jahr war nicht mehr weit), dass ich so etwas überhaupt denken konnte. Es wäre eine seltsame Art gewesen, die Sache anzupacken. Um die Wahrheit zu sagen, seit Großvater Petes Tod war ein Teil von mir in Alarmbereitschaft. Ich dachte, euer Vater könnte jetzt vielleicht jederzeit damit herausplatzen.

Es stellte sich heraus, dass er sich bloß mit dir an das andere Weihnachten erinnern wollte. Obwohl du morgen im Rückblick vielleicht denkst, Kate, dass er der anderen Sache ganz schön nahe kam. Es war eine gewisse Vorbereitung.

Damals, 1966, war es Großvater Pete gewesen, der, den Bauch voller Weihnachtsessen, am Kaminfeuer eingeschlafen war. Und wie du weißt, Kate, war es Großmutter Helen gewesen, die damals zu ihm gesagt hat, lass uns nicht abwaschen, sondern spazieren gehen, während dein Vater sein Verdauungsschläfchen hält. Das Seltsame ist, dass ich vergangenes Weihnachten fast wörtlich dasselbe zu dir gesagt habe, Nick. Ich habe gesagt: »Also, wenn die den Abwasch machen, dann lass uns einmal um den Block gehen.« Es kam mir nicht in den Sinn, dass ich

Großmutter Helens Worte wiederholte. Ich versuchte, das Gefühl zu verdrängen, dass Mike nicht den Mund halten würde – was für ein Unsinn –, aber ich dachte auch ganz einfach an Nelson.

Auch das war ein Grund spazieren zu gehen. Das erste Weihnachten nach Großvater Petes Tod, das konnte wohl kaum in Coombe Cottage stattfinden. Großmutter Helen kam zu uns, und das hieß, Nelson kam auch. Und sie war die, die jetzt tief und fest in unserem Wohnzimmer schlief. Und da sie fest schlief, kann sie nichts von dem gewusst haben, was euer Vater dir, Kate, in der Küche erzählt hat. Andererseits bin ich nicht so sicher. Sie ist eine vorsichtige Frau. Sie musste, als sie vor all den Jahren mit Mike um den Block ging, gefühlt haben, dass es an der Zeit war zu reden.

Wie auch immer, sie erzählte ihm von einem anderen Weihnachten – Weihnachten 1944 –, als sein Vater nicht da war, weil er Weihnachten in einem Kriegsgefangenenlager verbrachte. Wenigstens war er nicht mehr einfach nur »vermisst«. Großmutter Helen verbrachte Weihnachten zu Hause in Dartford. Und *dein* Vater, Kate, war auch nicht da, jedenfalls noch nicht ganz. Oder vielleicht könnte man auch sagen, dass er es irgendwie war. Sie war im letzten Monat, und er leistete ihr Gesellschaft.

Aber was eure Großmutter wirklich wollte, war, sich bei deinem Vater in gewisser Weise zu entschuldigen. Sie hatte es lange genug für sich behalten, und sie hätte es einfach weiter tun können, aber Mike war einundzwanzig, und das war vielleicht noch etwas, was sie angetrieben hat. Er war genauso alt wie sein Vater damals. Was sie ihm klarmachen wollte, war, dass sie, als Mike zur Welt gekommen und Großvater Pete immer noch ein Kriegsgefangener war, ihn Mike gegenüber nie erwähnt hat. Sie hat seinen Vater niemals erwähnt.

Natürlich war Mike nur ein winziges Baby, was hätte er schon verstanden? Aber schließlich hätten die meisten Mütter in einem solchen Fall, wo der Vater eines Tages heimkehren würde, von ihm geredet, vielleicht sogar recht viel, um seine Abwesenheit wettzumachen. Sie hätten ihn bestimmt in leuchtenden Farben geschildert. Sie hätten den kleinen jungen Ohren etwas vorgeschwatzt, und sei es auch nur, um selbst nicht den Mut zu verlieren. Und wer weiß, was selbst so ein winziges Baby nicht alles rein instinktiv aufschnappt?

Aber was verstehe ich schließlich schon von so einer Situation? Als Mike geboren wurde, konnte niemand wissen, dass der Krieg innerhalb von sechs Monaten vorüber sein würde. Großmutter Helen hatte die Dinge anders, realistischer gesehen. Sie hatte zu eurem Vater nichts sagen wollen, was sie später vielleicht einfach nur töricht und bedauerlich finden würde. Sie wollte ihm keine Märchen erzählen – selbst wenn er kein Wort davon verstand –, die sich später als solche herausstellen würden. Als Mutter kann ich das verstehen. In mancher Beziehung sind Großmutter Helen und ich einer Meinung. Was jedoch nichts daran ändert, dass ich Angst vor ihr habe. Es ist einfach so, dass, obwohl Großmutter Helen wusste, dass Großvater Pete am Leben und Gefangener war, es keine Garantie gab, dass sie ihn wiedersehen würde. Ich nehme an, dass das nur realistisch war, und vermutlich könnte man sagen, dass sie durchaus darin geübt war, so zu denken. Das einzige Training, das ich in dieser Hinsicht jemals hatte, sind die Male, da euer Vater frühmorgens (allerdings nicht heute Morgen, glaube ich) aufsteht und für kurze Zeit das leere, kühler werdende Stück Laken neben mir zurücklässt.

Aber Großmutter Helen ist, um sich gegen das Schlimmste zu wappnen, bestimmt sich selbst gegenüber noch viel härter gewesen. Als sie erfuhr, dass Großvater Pete vermisst wurde, ging sie von der Annahme aus, dass er tot war. Das hat sie jedenfalls eurem Vater erzählt. Das wollte sie auch noch sagen. Sie hatte sich keine falschen Hoffnungen machen wollen. Das klang hart, aber, so sagte sie, letztendlich schien ihr der Schmerz auf diese Weise geringer zu sein.

Wenn sie kein Kind erwartet hätte, wäre es vielleicht anders gewesen. Aber das war einer der Gründe, warum sie – warum sie beide – dieses Kind in ihr *gewollt* hatten. Es ist nur so ein Gefühl eurer Mutter, aber ich denke, es könnte ebenfalls ein Grund gewesen sein, warum Mike ein Einzelkind geblieben ist. Wie auch immer, angesichts der Tatsache, dass sie ein Kind *erwartete*, musste sie ganz schön praktisch und nüchtern sein.

All das hat sie eurem Vater erzählt. Sie hat ihm sogar erzählt, dass sie, als sie schwanger und sein Vater vermisst war, ernsthaft erwogen hat, sich jemand andern zu suchen – als Vater für ihn, Mike. So hatten ja damals viele Frauen in solch einer Situation denken müssen, nicht zu reden von denen, die tatsächlich wussten, dass ihre Männer tot waren. Jedenfalls wollte sie nun, nach all den Jahren, sagen, dass es ihr leidtue. Leidtue, dass sie sich so hatte verhalten müssen und dass sie ihn sogar noch nach seiner Geburt sozusagen im Dunkeln gelassen hatte. Auch wenn er ohnehin im Dunkeln war.

Euer Vater hat mir erzählt, dass ihm, als ihm seine Mutter die ganze Sache erzählte, der flüchtige Gedanke gekommen war, dass sie in der Tat schon einen anderen Mann im Auge hatte oder sogar mehr als nur im Auge, und dass dies alles darauf hinauslief. Aber sie konnte seinen Gedanken lesen und beruhigte ihn. Sie sagte: »Sei ganz unbesorgt, Mikey, ich hatte nicht vor, deinen Onkel Eddie zu heiraten.«

Sie hatte, wie es schien, einfach das Bedürfnis, sich nach all den Jahren für ihre *Gedanken* zu entschuldigen, als ob allein sie schon eine Form von Verrat gewesen wären. Vielleicht war sie auch einfach froh – vielleicht auch ein bisschen neidisch –, dass für Mike und mich alles so glattlief, für uns kleine Kriegsbabys im Glück. Vielleicht wollte sie einfach ihrem Sohn aus einem gewissen weihnachtlich-sentimentalen Gefühl heraus – ausgelöst durch die Tatsache, dass er seine »feste Freundin« nun schon beinahe ein ganzes Jahr hatte (was sie wohl von all den anderen Freundinnen wusste?) – sagen, wie sehr sie seinen Vater liebte, wie sehr sie ihn einmal vermisst und welche Angst sie um ihn gehabt hatte. Um diesen Mann, der genau zu der Zeit heil und gesund und mit vollem Bauch am weihnachtlichen Kamin in Orpington schlief.

Vielleicht war es, wenn man es umdreht, alles bereits so etwas wie eine frühe Einübung (auch wenn sie es damals nicht wusste) in die Zeit, da *sie* vor einem weihnachtlichen Feuer schlafen und Großvater Pete tatsächlich und für immer nicht mehr da sein würde. Vielleicht ist deinem Vater dieser Gedanke letztes Weihnachten durch den Kopf gegangen, Kate.

Jedenfalls hat sie eurem Vater erzählt, dass sie erst nach Ende des Krieges und sogar noch ein wenig später gewagt hat, ihm zu sagen – und vielleicht hat er es verstanden, aber vielleicht auch nicht –, ja, er habe einen Vater, und ja, er werde bald nach Hause kommen. Jetzt würde er seinen Vater ganz bald sehen.

Ich weiß nicht so recht, Kate, wie viel davon er dir weitererzählt, wie er es dargestellt hat. Später hat er mir auch gesagt, dass er dir beim Abwasch von der Zeit mit seiner Mutter erzählt habe, und ich hielt es für das Beste, nicht nachzubohren. Aber während er mit dir geredet hat, hatten Nick und ich unsere kleine weihnachtliche Aussprache.

Du und ich, Nick, und natürlich Nelson. Nelson hätte zuhören können, wenn er gewollt hätte. Was Hunde wohl wissen? Es schien ihm nicht viel auszumachen, dass dies die Straßen Putneys waren und nicht die South Downs, ja, er schien noch nicht einmal zu finden, dass dieses Weihnachten irgendwie anders war, dass es etwas Seltsames und Trauriges an sich hatte. Aber ich glaube, *wir* beide hatten denselben Gedanken, Nick, nämlich, dass wir in Wahrheit mit Großvater Pete spazieren gingen.

Jedenfalls sagtest du plötzlich und blicktest dabei auf Nelson, der vorneweg trottete: »Habt ihr jemals einen Hund gehabt, du und Vater?«

Und ich sagte: »Nein.« Und schwieg ein paar Schritte lang. Dann sagte ich: »Aber wir hatten früher eine Katze.«

Und du sagtest, nachdem du ebenfalls ein Weilchen still gewesen warst: »Ja, ich weiß.«

Du steckst voller Überraschungen, Nick. Inzwischen bist du nicht mehr so ein vorsichtiger, zögerlicher kleiner Bruder.

»Du *weißt*? Aber das war vor deiner Geburt. In der Davenport Road.«

»Ja. Da stand ein Fliederbusch, nicht wahr? Kate hat mir einmal erzählt, dass Vater gesagt hat, unter dem Flieder wäre eine Katze, und sie hätte gesucht und gesucht, aber sie niemals gesehen. Sie hat gedacht, es wäre ein Spiel. Kate kann ganz schön doof sein, findest du nicht?«

»Sie kann nicht älter als drei gewesen sein, Nick. Ich bin erstaunt, dass sie sich daran erinnert hat.«

»Ja, aber es war eine richtige Katze, stimmt's? Es war eine *tote* Katze. Ihr habt sie unter dem Fliederbusch begraben.«

»Dahinter bist du ganz allein gekommen? Als du drei warst?«

»Später. Aber darum geht's nicht. Die Frage ist, warum habt ihr uns das nie erzählt? Warum habt ihr uns nicht einfach erzählt, dass ihr mal eine Katze hattet?«

»Das habe ich doch gerade, Nick.«

»Ja, jetzt, nach all den Jahren.«

»Ist das so wichtig?«

Ich hatte mich bei dir eingehakt. Die Straßen waren menschenleer und so still, wie sie es nur zu Weihnachten sind. Die bunten Lichterketten der anderen blinkten durch die Dunkelheit. Zum ersten Mal im Leben dachte ich: Eine Mutter, die sich auf ihren Sohn stützt.

»Wie war sein Name?«, fragtest du.

»Otis. Er hieß Otis.«

Nelson trottete uns unbeirrt voran.

»So wie Otis Redding?«

»Ja, Nick. Ich bin überrascht, dass du von Otis Redding auch nur gehört hast.«

»Ich habe noch nie von einem andern Otis gehört. Bis heute. Du und Vater, ihr wart Fans von Otis Redding?«

»Er war ein wunderschöner Kater, Nick, ein wunderschöner schwarzer Kater. Er ist in dem Monat vor deiner und Kates Geburt gestorben. Das ist der Grund, glaube ich, warum wir es euch nie erzählt haben.«

Euer Vater und Großvater Pete haben Weihnachten immer den Abwasch gemacht, das war Tradition. Das letzte Mal haben sie das knapp zwei Wochen vor Großvater Petes Tod getan. Es war ein letztes Vater-Sohn-Gespräch. Daran musst du gedacht haben, Kate, als Mike sich mit dir unterhielt.

Ich nehme an, Nick hat dir von Otis erzählt, auch wenn du nie darauf zu sprechen gekommen bist. Aber ich könnte mir denken, dass du dich an die Sache mit dem Fliederbusch erinnert hast, und morgen – heute – wirst du denken: Na, diese Katze ist jetzt endlich aus dem Sack.

Aber ich weiß nicht, ob Mike dir auch den Rest von dem erzählt hat, was seine Mutter vor all den vielen Weihnachten zu ihm gesagt hatte. Vielleicht nicht. Aber vielleicht haben ihn ja auch die Überreste des Puters dort zwischen all den Trümmern auf dem Küchentisch dazu veranlasst. Sie sagte, dass sie, selbst als sie wusste, dass Großvater Pete zurückkommen würde, ja, sogar als er tatsächlich kam, dachte, es wäre vielleicht doch ein Fehler gewesen, das Ereignis im Voraus so herauszustreichen.

Die Kriegsgefangenen haben nämlich nicht einfach in

ihren Lagern herumgesessen und fröhlich auf ihre Befreiung gewartet, genauso wenig, wie sie alle versucht haben zu fliehen. Er war mitten im Winter zu Gewaltmärschen gezwungen worden, zusammen mit Tausenden anderer, von denen viele starben. In einem Hospital, immer noch in Deutschland, stand euer Großvater Pete eine Zeitlang an der Schwelle des Todes. Und Charlie Dean ebenfalls. Sie haben nie darüber gesprochen. Ich denke, sie haben einander geholfen zu überleben.

Und selbst als es ihm gut genug ging, um nach Hause entlassen zu werden, glich er kaum noch dem Mann, den Großmutter Helen vor über einem Jahr zuletzt gesehen hatte. Das war gegen Ende Juni 1945, vor fast genau fünfzig Jahren. Was für ein toller Monat der Juni doch ist. Großvater Pete war nur noch ein Schatten seiner selbst. Endlich war er zu Hause, aber, wie es Großmutter Helen an jenem Weihnachtstag in Orpington eurem Vater gegenüber ausdrückte: »Du liebe Güte, Mikey, da war nicht viel von ihm übrig. Er musste dringend aufgepäppelt werden. Er war nur noch Haut und Knochen.«

# 31

Und jetzt werdet ihr gleich erfahren, dass er sowieso nicht euer Großvater war, etwas, was er selbst niemals erfahren musste. Ihr seht, wie weit Wellen sich ausbreiten können. Damals in jenen Tagen, als eure Geburt nicht mehr fern war, mussten wir ein bisschen Gott spielen. Wie wird die Welt in sechzehn Jahren sein? Dann ist es 1995. Pete und Helen werden siebzig sein …

Vor über sechzehn Jahren hatte euer Vater einmal mehr etwas Wichtiges anzukündigen. Es war, könnte man sagen, das Gegenteil von dem, was er heute sagen wird. Heute werdet ihr euch vielleicht sogar darüber wundern. Er musste *seine* Eltern anrufen, um ihnen eine einfache, glückliche Nachricht zu übermitteln – die werden sich inzwischen gefragt haben, ob sie überhaupt jemals kommen würde. Ich saß dabei und hörte zu, während euer Vater telefonierte. Er wollte, dass ich dabei war. Und Otis war auch da, zusammengerollt auf meinem Schoß.

Daraus folgt natürlich, dass auch ihr anwesend wart, auch wenn ihr nicht gerade zuhörtet, obwohl das Telefonat hauptsächlich mit euch zu tun hatte. Und Otis wusste vielleicht schon, was sonst noch in meinem Schoß war, denn obwohl ich ihn streichelte, schnurrte er nicht.

Bald würde eine Zeit kommen, da es Otis sehr schlecht gehen und er überhaupt nicht auf meinem Schoß sitzen würde. Aber ihr sollt doch wissen, dass ihr Otis, obwohl ihr ihn nie gesehen habt, manchmal sehr nahe wart, wirklich sehr nahe, nahe genug, um sein gedämpftes Schnurren zu hören, wenn ihm nach Schnurren zumute war. Aber vielleicht schnurrte er an dem Tag gar nicht, weil er, wie ich auch, zuhörte, was euer Vater ins Telefon sprach.

Was er sagte, war: »Paula ist schwanger«, das ist die Formel, die er wählte. Es war nicht gelogen, und warum sich nicht der Mutter dankbar verpflichtet fühlen? Aber was euer Vater zu seinen Eltern nicht gesagt hat, wie es jemand bei einem solchen Anruf verständlicherweise wohl getan hätte, war: »Ich werde Vater.« Oder: »Ihr werdet Großeltern.« Er achtete sorgfältig darauf, die Wörter »Großeltern« oder »Enkel« nicht zu benutzen, obwohl er es später, sogar ganz selbstverständlich, tat.

Das dürfte im Herbst 1978 gewesen sein. Sein Anruf war irreführend, könnte man sagen, ja betrügerisch, obwohl jedes Wort der Wahrheit entsprach. Und eins müsst ihr auf jeden Fall wissen: Als euer Vater telefonierte, war er wirklich und offenkundig aufgeregt. Niemand am anderen Ende hätte Grund gehabt zu zweifeln oder misstrauisch zu sein, und warum in aller Welt sollte er auch? Sagt oder zumindest denkt denn jemand nach so einer Eröffnung: Oh … und wer ist der Vater?

Euer Vater gab eine bemerkenswert überzeugende Vorstellung, aber gleichzeitig war es auch wieder keine. Es war wie in dem Augenblick, da wir euch zum ersten Mal »sahen«. Da hat er auch nicht geschauspielert. Die Wahrheit ist, dass ich, obwohl ich mir Gedanken gemacht hatte, wie er an dieses Telefongespräch herangehen würde, wenn es dazu kam, tatsächlich eifersüchtig war. Ich will damit sagen, dass ich eifersüchtig war, weil ich ein solches Gespräch niemals würde führen können.

Denn Großvater Pete war am Telefon (und Großmutter Fiona war bereits im Märchenland). Die ersten Worte eures Vaters waren: »Hallo, Vater.« Euer Großvater Pete erhielt die Nachricht als Erster. Natürlich konnte ich, obwohl ich so nahe dran saß, nicht hören, was er sagte, und schon gar nicht sehen, wie er reagierte – meine Situation war ein bisschen so wie eure bei Otis –, aber ich kann definitiv dafür bürgen, dass auch er sehr aufgeregt war. Er war von dem, was sein Sohn zu sagen hatte, nicht nur überrascht, er war auch ganz schön überwältigt. Es herrschte nämlich eine ziemlich lange Pause, in der ich mit der gleichen Bestimmtheit wie Mike, der den Hörer ans Ohr gepresst hielt, zu hören meinte, wie ein Mann in einen Großvater verwandelt wurde. Vielleicht ein unverwechselbares Geräusch. Es war, als hätte Großvater Pete am anderen Ende der Leitung den Hörer hinlegen, sich umdrehen und ein paarmal tief durchatmen müssen, um dann als die andere Person zurückzukommen.

Und das machte mich nur doppelt eifersüchtig. Obwohl ich gleichzeitig dachte: So, jetzt haben wir den Salat, Mikey, jetzt können wir nicht mehr zurück. Damit ist die Sache besiegelt. Du kannst jetzt wohl kaum noch sagen: »Weißt du … da gibt es etwas, was du wissen solltest.«

Aber das mit der Eifersucht hörte da noch nicht auf.

Denn einige Zeit später musste euer Vater noch einmal anrufen, und wieder war Großvater Pete am Telefon.

»Ich muss dir noch etwas sagen, Vater. Sogar noch was Besseres. Zwillinge.«

Auch da vermied er das Wort »Enkel«. Aber ich war doppelt-doppelt eifersüchtig.

Als Großmutter Helen erfuhr, dass sie schwanger war, dürften weder sie noch Großvater Pete einen Grund gehabt haben, zu denken: Wie wird die Welt aussehen, wenn unser Kind sechzehn ist? In was für eine Welt wird es hineinwachsen? Ihre eigene Welt war zu der Zeit bedrückend genug, konnte sie noch schlimmer werden? Und als nur wenig später euer Großvater Pete über Deutschland abgeschossen und gefangen genommen wurde, muss es tröstlich für ihn gewesen sein, zu wissen, dass ein Kind von ihm unterwegs war. Es muss ganz toll für ihn gewesen sein. Und muss ihm viel bedeutet haben, auch wenn er keine Ahnung hatte, wann und ob überhaupt er sein Zuhause wiedersehen würde, als endlich die Nachricht zu ihm im Kriegsgefangenenlager durchkam, dass sein Kind wohlbehalten zur Welt gekommen und ein Junge war.

Vielleicht hat Großvater Pete während jenes ersten Anrufs von Mike oder sehr bald danach ein paar Tränen vergossen. Vielleicht waren ihm auch ein paar ziemlich schreckliche Erinnerungen durch den Kopf geschossen. Als er aus dem brennenden Flugzeug sprang, kann er unmöglich angenommen haben, dass er eines Tages diesem seinem ungeborenen Sohn zum einundzwanzigsten Geburtstag eine Kiste Champagner schicken würde, geschweige denn, dass derselbe Sohn ihn eines Tages anrufen würde, um ihm, wenn auch nicht direkt, mitzuteilen, dass er Großvater geworden sei. Die Biologie ist schon etwas Merkwürdiges (aber fragt euren Vater), sie vergeudet Millionen von Spermien, als ob die Anzahl keine Rolle spielte, aber hier und da kann sie, wie es scheint, jeden von uns packen und bis ins Innerste erschüttern.

Jetzt wisst ihr vielleicht, dass die Tränen, die ihr euren Vater bei der Beerdigung seines Vaters habt vergießen sehen, nicht die einfachen Tränen waren, für die ihr sie gehalten habt, wenn denn Tränen um einen Vater jemals so einfach sind. Jetzt wisst ihr, dass dieser Mann, der hier liegt, tatsächlich der Letzte der Hooks ist, der Allerletzte des Geschlechts, der Letzte der Hooks aus Sussex. So wie euer Großvater Dougie – euer *richtiger* Großvater – sich trotz seiner drei Ehen als der Letzte der Campbells herausgestellt hat, oder zumindest dieses speziellen Zweiges, eine Tatsache, die er bei *seiner* Beerdigung unbedingt vor Augen führen wollte.

Der Letzte der Hooks, der Letzte der Campbells. Ist das wirklich so wichtig? Der letzte Mohikaner – das klingt alles ziemlich großartig und heroisch – und ein klein bisschen männlich, findest du nicht auch, Kate? Der letzte Dodo … Der letzte Quastenflosser … Wenn erst alles durch Klonen auf Bestellung und mit Hilfe genetischer Techniken geschieht, wem wird dann mehr fehlen? Werden es die Männer sein mit ihrer alten Geschichte von »die Fackel weitertragen« durch Vaterschaft oder die Frauen, denen die authentische Erfahrung der Mutterschaft versagt bleibt?

Es ist hell, es wird wirklich Tag.

»Onkel« Charlie und »Tante« Grace waren ebenfalls bei Großvater Petes Beerdigung. Man wusste natürlich immer, dass sie nicht wirklich Tante und Onkel waren. Aber trotzdem mussten sie dabei sein. Sie waren von Spanien hergeflogen, sobald sie die Nachricht erhalten hatten, und wie sie da so im Januar mit ihren sonnengebräunten Gesichtern auf dem Friedhof standen, sahen sie aus wie zwei Ferienreisende, die irgendwie das falsche Flugzeug bestiegen hatten.

Als Charlie 1944 aus jenem brennenden Flugzeug sprang, kann er auch nicht damit gerechnet haben, dass er sich eines Tages nach einer profitablen Karriere in der Leichtindustrie in eine Villa mit Swimmingpool in der Nähe von Malaga zurückziehen würde – in die »Villa Sidcup«, wie er sie schalkhaft nannte. Aber als er da zwischen den Grabsteinen stand, muss er bestimmt gedacht haben, dass er jetzt als Letzter übrig war, als Allerletzter jener alten Besatzung, die ja, wenn auch nur kurz, nur für die Dauer einer Nacht, so etwas wie eine aus besonderem Anlass zusammengestellte Familie gewesen sein musste.

Ihr beide kennt die Geschichte. Großvater Pete, der Navigator, und Charlie (»Was sonst, mit meinem Namen?«), der Heckschütze, die beiden Einzigen von sieben, die überlebt hatten und sich dann im Gefangenenlager wiedertrafen. So etwas schafft eine Bindung, und so war es auch. Dean & Hook. Jetzt war es nur noch Dean. Der Raureif war geschmolzen, aber auf seinem Kopf lag nun der Raureif seines kurzgeschnittenen, beinahe weißen Haars.

Charlie hatte natürlich Grace neben sich, die seinen

Arm hielt – eine völlig andere Partnerschaft. Aber wie immer es auch geschieht, dass man als Letzter übrig bleibt, als der Einzige von nur zweien, es ist das Schlimmste, was einem passieren kann, oder? Schlimmer, als der Letzte einer Linie zu sein.

Aber Charlie hatte nicht nur Grace, wie ihr euch erinnern werdet, er hatte auch noch Nelson. Angesichts der Umstände von Großvater Petes Tod hatte Nelson auf jeden Fall auch dabei sein müssen. Und angesichts dieser Umstände und Nelsons offenkundiger Fähigkeit, loyal zu sein, hätte man erwarten können, dass er sich jetzt Großmutter Helen oder Mike anschließt. Aber zu jedermanns Überraschung und unbestimmter Verlegenheit schloss er sich Charlie an. Charlie stand am Grab seines alten Kumpels mit Grace auf der einen Seite und einem Hund auf der anderen, der ergeben neben ihm saß.

Habt ihr euren Großvater vermisst, habt ihr um ihn getrauert? Werdet ihr jetzt um ihn trauern? Geweint habt ihr nicht. Ihr wart vierzehn. Auch Charlie hat nicht geweint, selbst Nelson konnte ihn nicht dazu veranlassen. Er stand bloß ganz still da. Nur euer Vater weinte. Sogar Großmutter Helen hielt ihre Tränen unter Kontrolle, wie ihr wahrscheinlich bemerkt habt, obwohl sie am meisten Grund dazu hatte und ihr Sohn neben ihr weinte. Eine härtere Generation? Und sie hatte all das frühe Training gehabt.

Würde ich gern Großmutter sein? Seid ganz ruhig, das ist eine rhetorische Frage. Obwohl es auch eine legitime ist, so legitim, wie es für eine zweiunddreißigjährige Frau ist, zu fragen: Werde ich Mutter sein? Du liebe Güte! Ich bin schließlich erst neunundvierzig, ich habe ja noch ein ganzes *Jahrzehnt* im Vergleich zu eurem Vater! Und »Großmutter Paulie«, das ist einfach absolut grässlich.

Und die Antwort ist, kurz gesagt, dass mich allein schon bei dem Wort ein Schauder überläuft, dass es mir Angst macht. Als könnte das nächste Wort nur »Witwe« sein. Ich entscheide mich dafür, Mutter zu sein. Mikes Frau und die Mutter meiner Kinder – genau das und nichts anderes ist meine Stellung im Leben.

Aber gewinnt Großmutter Helen, die jetzt seit über einem Jahr verwitwet ist, Trost und Kraft aus der Tatsache, dass sie Großmutter ist, und aus dem Wissen, dass Großvater Pete als Großvater gestorben ist? Jetzt werdet ihr verstehen, dass Mike und ich nach der Beerdigung seines Vaters von dem fieberhaften Gefühl ergriffen wurden, dass dies der richtige Augenblick sein könnte, ja sogar der beste Augenblick, und zum Teufel mit allen sinnlosen und selbst auferlegten Verboten. Ihr habt euch schließlich so erwachsen benommen, und was könnte passender sein nach dem Tod *eines* Vaters?

Aber zu so einem Zeitpunkt wäre das zu plötzlich, zu grausam gewesen. Und Mike wollte euch einfach diese anderthalb Jahre länger – kann ich das so sagen, und werdet ihr ihm daraus einen Vorwurf machen? – »behalten«. Und überhaupt, angenommen, es hätte in dieser ohnehin schon schwierigen Zeit durch irgendeine Kette unglücklicher Reaktionen den Weg zu seiner Mutter gefunden? Das wäre ein weiterer Schlag gewesen. Und was für eine Ungerechtigkeit! Mikes Vater wäre in dem Glauben gestorben, Großvater zu sein, und seine Mutter hätte die ganze Doppellast des Wissens allein tragen müssen. Seht ihr, was euch bevorsteht? Damals gab es noch den offiziellen Spielraum von weiteren achtzehn Monaten.

Und die sind jetzt vorbei, zumindest bis auf einige Stunden. Der Morgen des siebzehnten Juni dämmert herauf. Es ist eine nasse und trübe Dämmerung, eine irgendwie zögerliche Dämmerung. Und das sollte sie auch sein. Und dieser Mann, der hier leise schnarchend neben mir liegt und dessen vertraute Züge langsam wieder Konturen annehmen, schläft – erstaunlicherweise – immer noch fest, als sei er wild entschlossen, nicht aufzuwachen. »Dieser Mann« – ist das alles, was er inzwischen ist? Ich war früher einmal Senfsamen, Titanias kleiner Helfer. Wie ich dich liebe! Wie ich dich vergöttere!

Und wie erstaunlich! Da draußen, das ist ein Vogel, der trotz des Regens eindeutig singt, wie es im Juni Vögel bei Tagesanbruch zu tun haben. Eine Amsel ist es nicht, glaube ich. Eine Singdrossel? Ein Rotkehlchen? Mike würde es wissen, er kennt sich in diesen Dingen aus. Ich könnte ihn wecken, ihn fragen.

Vor Großmutter Helen habe ich Angst. Bei der Beerdigung hatte ich vor ihr Angst. Hattet ihr auch ein bisschen Angst davor, ihr scharf in die Augen zu sehen? Ich wusste nicht, wie ich sie trösten sollte. Das Beispiel meiner Mutter half mir nicht. Aber zweifellos hat sie *euch* oft und aufmerksam angeblickt. Habt ihr das bemerkt? So als wärt *ihr* vielleicht ihr bester Trost an jenem Tag. Oder vielleicht war sie einfach voller Bewunderung für euch. Wie groß ihr inzwischen wart, wie sehr in die Höhe geschossen, keine Kinder mehr. Und es ist eins der Merkmale jener sechzehn Jahre, die euch unermesslich lang vorgekommen sein mögen – schließlich sind sie euer gesamtes Leben –, dass sie euch manchmal vorwärtszuhetzen schienen, als ob jeder Monat eine neue Version von euch hervorgebracht hätte. Darin lag für uns eine Art unbändiger Trost, auch wenn es uns Angst machte: diese ganze erstaunliche Verwandlungsfähigkeit.

Aber ich habe Angst vor Großmutter Helen, die mit zweiundsiebzig, wie wir wohl sagen dürfen, aufgehört hat zu wachsen und sich zu verändern und einfach die ist, die sie ist. Ich habe Angst vor dem Wort »Witwe«. Wahrscheinlich liegt sie jetzt im Coombe Cottage ebenfalls wach – ich bin sogar sicher –, sieht zu, wie das graue Licht zunimmt, und lauscht dem Trommeln des Regens. Ich habe einfach solche Angst, dass Mike eines Tages nicht mehr länger da ist, es ist die größte Angst meines Lebens. Und ich weiß, dass dies nicht die Zeit ist, an mich zu denken, und ich weiß, dass es bei dir liegt, aber bitte, nimm ihn mir nicht heute.

Aber ich fürchte mich vor Großmutter Helen noch in anderer Weise. Auch das muss ich euch sagen. Ich habe schon früher gesehen, wie sie euch durchdringend angeblickt hat. Gut, sie ist eure Großmutter – oder zumindest weiß sie nicht, dass sie es nicht ist. Ich habe gesehen, wie sie erst euch und dann Mike angeschaut hat und dann wieder euch. Gut, auch sie ist eine Mutter. Aber Mütter sind nicht von gestern, sie wissen einfach Bescheid.

Ich glaube, bei der Beerdigung, auf der sie nicht geweint hat, hat sie vielleicht gedacht, wie erfolgreich sie euren Großvater Pete beschützt hat. Jetzt ist es vielleicht ihr Sohn, den sie beschützt, wenn auch nicht auf genau dieselbe Art. Mütter wollen nur das Beste für ihre Kinder.

Es könnte sein, dass sie von heute an auch euch beschützen wird, und zwar vor der Lüge, die ihr glaubt, ihr verschweigen zu müssen. Wenn es denn so sein soll, wenn ihr es so haben wollt.

Mike möchte, dass wir ins Gifford Park gehen, nur diese paar Meilen von Birle entfernt. Ein Zufall? Ein Zufall zusätzlich zu einem anderen Zufall, von dem nur ich weiß. Es wird sowieso ein erstes Mal geben müssen, wenn Mike und ich Großmutter Helen besuchen in dem Wissen, dass ihr es jetzt wisst. Es wird ein erstes Mal für euch geben müssen. Und wenn diese Zeit für mich kommt, werde ich sie ansehen müssen und wissen, dass ihr es wisst, gleichzeitig jedoch denken, dass sie es vielleicht schon die ganze Zeit geahnt hat. Könnt ihr mir folgen? Und was für eine doppelte und dreifache Verstellung, und was für ein Eiertanz damit verbunden sein wird! Auch darauf könnte ich nächstes Wochenende verzichten.

Vielleicht sehe ich das alles falsch, vielleicht ist das alles nur der Stress dieser Situation und die Schuld meiner überspannten Einbildungskraft. Es ist Morgen, eine Woche nach eurem sechzehnten Geburtstag. Es regnet, es gießt in Strömen. Irgendein kleiner, durchnässter Vogel, den ich nicht identifizieren kann, der zweifellos irgendwo hier sein Nest hat, das ebenfalls durch und durch nass werden wird, singt sich die Seele aus dem Leib. Vielleicht irre ich mich, aber manchmal wissen Mütter einfach Bescheid. Und auf alle Fälle wollen sie nur das Beste für ihre Kinder.